MARINA SIMCOE

Die BERÜHRUNG der SCHLANGE

TEIL 1

DER FLUSS DER NEBEL

Die Berührung der Schlange

TEIL 1

MARINA SIMCOE

Eins

AMIRA

„Viel Spaß bei der Vorstellung." Ich reichte dem älteren Ehepaar in der Schlange zwei Tickets.

Sie gingen zu den gestreiften Zelten am Rand des Festplatzes, wobei der Mann seine Begleiterin am Ellbogen stützte.

Obwohl es Januar war, war es ein warmer, sonniger Tag im Süden der USA. Die bunten Lichter rund um das bemalte Schild „Madame Tans Menagerie" über dem Eingang zu den Zelten waren eingeschaltet, aber das Licht verblasste im Sonnenschein.

Ich konnte mich nicht an den Namen der Stadt erinnern, in der die Messe diese Woche stattfand. Nicht, dass es wichtig war. Nächste Woche würde es eine andere Stadt sein, ein anderer Name, den ich auch schnell wieder vergessen würde.

Radax, einer von Madame Tans Männern, ließ das ältere Paar in die Zelte eintreten und zog dann nach ihnen die Klappe aus gestreifter Leinwand herunter, um den Eingang zu schließen. Madame war dabei, mit der Führung durch ihre Menagerie zu beginnen.

Ein junges Paar eilte zu meinem Stand.

„Oh nein!"

1

„Haben wir es verpasst?"

Der Mann umklammerte fest den Arm der Frau, die in ihrer anderen Hand einen Klumpen Zuckerwatte an einem Stiel hielt.

Ich verzog meine Lippen zu einem Lächeln, das Madame von ihrem gesamten Personal verlangte, wenn Kunden in der Nähe waren. „Die nächste Vorstellung beginnt in fünfundvierzig Minuten. Sie können hier warten oder später wiederkommen."

Der junge Mann, der eigentlich noch ein Junge war, wahrscheinlich ein Schüler, fuhr sich mit der Hand über seine ordentlichen, dunklen Cornrows.

„Was möchtest du tun?", fragte er seine Begleiterin. „Warten?"

Das Mädchen zuckte mit den Schultern und biss ein Stück von ihrer Zuckerwatte ab. „Ist mir eigentlich egal. Wir können hier rumhängen."

„Okay. Zwei Tickets, bitte." Der Junge schob einen Fünfzig-Dollar-Schein durch den Ausschnitt im Plexiglas, der mich vom Rest der Welt trennte. Er blickte stolz zu dem Mädchen, als wollte er sichergehen, dass sie das Geld bemerkte. Oder vielleicht war er einfach nur glücklich, dass er es sich leisten konnte, sie einzuladen.

Sie lächelte und warf ihre dünnen, schwarzen Zöpfe über ihre Schulter.

Ich zählte das Wechselgeld ab und gab ihm die beiden Tickets. Er steckte die Tickets in seine Gesäßtasche und trat beiseite, wobei er das Mädchen mit sich zog.

Sie riss ein Stück von ihrer Zuckerwatte ab und bot es ihm an. „Willst du etwas?"

Er hielt ihr Handgelenk fest, während er die Süßigkeit aus ihrer Hand aß, und dann ihren Finger leckte. Sie kicherte und zog ihre Hand ruckartig weg. Er fing sie um die Taille.

„Es ist so süß. Genau wie du." Er küsste ihre vollen, lächelnden Lippen.

Es wirkte ein bisschen wie ein privater Moment, auch wenn sie es mitten auf dem überfüllten Festplatz taten. Ich sollte ihnen nicht zusehen, aber ich konnte meinen Blick nicht abwenden.

Das Paar war ein paar Jahre jünger als ich. Obwohl niemand wusste, wie alt ich wirklich war. Radax, der mich vor fast zwanzig Jahren gefunden hatte, dachte, ich könnte jetzt etwa vierundzwanzig oder fünfundzwanzig Jahre alt sein. Doch im Gegensatz zu diesen Kindern war ich noch nie geküsst worden. Abgesehen von einem seltenen, freundschaftlichen Kuss auf die Wange oder einer schnellen Umarmung von Radax, der für mich immer wie ein älterer Bruder gewesen war, hatte mich noch nie ein Mann berührt.

Der Junge drückte den Hintern des Mädchens, dann schob er seine Hand unter den Saum ihres Shirts. Ich stellte mir vor, wie er seine Handfläche unter ihrem Top auf ihre dunkle, glatte Haut presste. Wie würde sich seine Berührung anfühlen?

Das Mädchen legte ihren Arm um seinen Nacken und drückte sich an ihn. Wie würde es sich wohl anfühlen, so innig geküsst zu werden?

„Wie viel kostet ein Ticket, Süße?" Eine männliche Stimme riss mich aus meinen Gedanken.

Erschrocken sprang ich auf meinem Holzhocker hoch. Leute anzustarren, anstatt meinen Job zu machen – das war ein sicherer Weg, um Ärger mit Madame zu bekommen.

Eine Gruppe von Männern sah mich hinter dem Plexiglas an.

Ich räusperte mich und zeigte auf das gemalte Schild zu meiner Rechten. „Der Preis steht hier."

Der Mann ganz vorne, mit zerzausten, überlangen blonden Locken und tiefgebräuntem Gesicht, musterte mich genau. Hatte er mich dabei erwischt, wie ich den Teenagern beim Küssen zusah?

Hitze stieg in meine Wangen. Ich zog mein Kinn in den breiten Schal, den ich trotz der Hitze in meiner Kabine um den Hals trug.

„Ist die Show gut?", fragte der blonde Mann, ohne auch nur einen Blick auf das Preisschild zu werfen.

„Es ist die einzige dieser Art", wiederholte ich mechanisch die

Worte, die ich auswendig kannte. „Noch nie zuvor von Menschen auf der Erde gesehen."

„Und was ist mit diesen Leuten?", fragte er und zeigte auf die Gruppe von Besuchern, die begannen aus dem Ausgang des Zeltes zu strömen.

Die letzte Tour durch die Menagerie war vorbei. Eine Schlange neuer Kunden bildete sich bereits hinter dem blonden Typen und seinen Freunden und wartete darauf, Tickets für die nächste Show zu kaufen. Madame gab mehrere Touren am Tag, zusätzlich zu ihren VIP-Shows.

„Diese Leute haben es gerade gesehen, also kannst du nicht behaupten, dass es niemand gesehen hat." Der blonde Typ grinste und stieß seinen Freund neben ihm mit dem Ellbogen an, um ihn zum Mitmachen zu animieren.

Ich sah ihm direkt in seine babyblauen Augen. „*Sie* haben es gesehen, aber nicht Sie. Möchten Sie ein Ticket kaufen?"

Er ruckte mit dem Kopf zu seinen Freunden. „Sie ist irgendwie schnippisch, nicht wahr?" Er kniff die Augen zusammen und blickte zurück zu mir. „Und ganz süß noch dazu, auf so eine Gothic-Art."

Gothic?

Ich hatte das Wort schon einmal gehört, kannte aber die genaue Bedeutung nicht. Obwohl ich in dieser Welt geboren und aufgewachsen war, wusste ich wenig über das Leben außerhalb der Menagerie.

Einer seiner Freunde schnaubte und musterte mich von der Seite. „Sie ist schon süß. Wie Wednesday Addams. Ich wette, all ihre Puppen waren kopflos, als sie ein Kind war."

Was sollte das bedeuten?

Ich hatte keine Puppen in meiner Kindheit, oder überhaupt irgendwelches Spielzeug. Ich hatte keine Zeit zum Spielen. Soweit ich mich erinnern kann, hatte ich immer in der Menagerie gearbeitet, und ich bekam immer mehr Pflichten, je älter ich wurde. Wie Schule, Freunde oder Familie waren Puppen ein abstrakter

Begriff für mich. Ich wusste, was sie waren, aber ich hatte nie selbst welche besessen.

Außerdem ... wenn ich Puppen gehabt hätte, warum sollten sie kopflos sein?

Die Männer ergaben keinen Sinn. Oder zumindest ergaben sie *für mich* keinen Sinn. Unbehagen kribbelte auf meiner Haut. Ich wünschte mir, die Gruppe würde einfach verschwinden, ob sie nun Tickets kauften oder nicht.

Leider schienen sie zu viel Spaß zu haben, um weiterzuziehen.

Ein anderer gab mir einen abschätzenden Blick. „Sie sieht aus wie ein Geist, Brad."

Ich zog mich tiefer in meinen Schal zurück und wünschte, ich könnte darin völlig verschwinden.

„Möchten Sie Tickets kaufen?", wiederholte ich und vermied Augenkontakt.

Der blonde Typ, Brad, legte eine Plastikkarte auf den Tresen. „Ungeduldig, was?" Er lachte.

Ich berührte seine Karte nicht. „Ähm, nur Bargeld, bitte."

Madame weigerte sich, sich mit den Maschinen zu befassen, die für die Verarbeitung anderer Zahlungsformen nötig waren. „Wenn Leute kein Bargeld haben, will ich sie hier nicht haben", pflegte sie zu sagen. „Es ist schlimm genug, dass ich mich dazu herablasse, ihr armseliges Papiergeld anzunehmen. Ich werde mich nicht mit Plastik-Kreditversprechen von Menschen herumschlagen, die ihre Versprechen ständig brechen. Anständige Leute handeln mit Gold und Juwelen."

Mir war noch nie Gold oder Juwelen für ein Ticket zur Show angeboten worden. Ich nahm also an, dass in Madames Augen keiner der Menschen in dieser Welt zu den „anständigen Leuten" gehörte.

Brad starrte mich an, offensichtlich verärgert. „Was? Warum nur Bargeld? Was stimmt nicht mit meiner Karte?"

Er griff nach der Karte und schlug sie dann gegen das Plexiglas, wobei er sich so schwer darauf lehnte, dass ich befürchtete, er könnte die dünne Trennwand zerbrechen.

„Hä? Was stimmt damit nicht?", schrie er praktisch.

Ich zuckte zusammen und rutschte auf meinem Hocker so weit zurück, wie es möglich war, ohne herunterzufallen.

„Hey, du machst ihr Angst." Eines der Gruppenmitglieder hinter Brad legte einen Hundert-Dollar-Schein auf den Tresen.

Ich streckte meine Hand durch das kleine Fenster, um ihn zu schnappen, aber Brad packte mein Handgelenk.

„Nein." Er grinste. „Ich will, dass du aus dieser Bude kommst, Süße, und es hier von mir nimmst." Mit einer Hand um mein Handgelenk gewickelt, riss er mit der anderen den Geldschein aus meinen Fingern. „Komm raus und mach einen Spaziergang mit mir."

„Ich muss arbeiten ...", ich versuchte mein Handgelenk aus seinem Griff zu reißen, aber er hielt mich fest.

„Die Arbeit kann warten."

Ein Mann in der Schlange hinter der Gruppe protestierte in meinem Namen. „Lass sie los!"

„Hey! Was ist hier los?", rief jemand anders. „Kauft eure Tickets und geht weiter. Wir warten hier."

„Verpisst euch!", knurrte Brad über seine Schulter.

„Gibt es ein Problem?", dröhnte Radax' tiefe Stimme in der Nähe, als er sich der aufgeregten Menschenschlange näherte, seine große Gestalt überragte alle.

„Und wer zum Teufel bist du?", schnauzte Brad Radax an und straffte die Schultern.

Seine Großspurigkeit schmolz jedoch schnell dahin. Die meisten Unruhestifter überdachten ihr Verhalten, sobald sie Radax sahen.

Mindestens einen Kopf größer als jeder in der Schlange war Radax auch viel breiter. Er verschränkte die Arme vor seiner breiten Brust. Seine dicken Bizeps wölbten sich heraus und streckten die kurzen Ärmel seines schwarzen T-Shirts.

„Was ist hier los?", verlangte er von Brad zu wissen, der ihn lang musterte. Der blonde Mann musste seinen Kopf weit zurücklegen, um Radax' dunkle Augen hoch über ihm zu treffen.

Radax war ein *Brack*, einer von Madames Leuten. Und all ihre *Bracks* sahen ziemlich gleich aus – groß, breit, mit kahlen Köpfen und riesigen Muskeln. Alle hatten ein Tattoo, das ihren Hals umschloss und ihren gesamten rechten Arm bedeckte. Im Gegensatz zu den anderen trug Radax auch einen Vollbart, der ihn nicht gerade zugänglicher aussehen ließ.

Das Aussehen der *Bracks* täuschte nicht. Sie waren gefährlich. Ich hatte ihre nicht-menschliche Stärke bei mehr als einer Gelegenheit erlebt. Jeder von ihnen konnte diesen Stand mit mir und dem Hocker darin mühelos anheben.

Radax reckte seinen dicken Hals. Die Linien seines Tattoos bewegten sich, als die Muskeln unter seiner Haut zuckten.

„Ich habe gefragt, ob es hier ein Problem gibt?", wiederholte er, als Brad offenbar sprachlos war.

Der blonde Typ schluckte schwer, dann streckte er seinen Rücken und kam aus seiner Starre. „Ja? Und was, wenn es eins gibt?"

Er neigte den Kopf, nahm eine breitere Haltung ein. Trotz der Herausforderung in seinem Ton ließ er meine Hand los. Ich zog sie zurück und versteckte sie in meinem Hoodie.

Von Radax' Blick getroffen, trat Brad zurück. Er muss gedacht haben, dass er sich außerhalb der Reichweite von Radax' Faust bewegte. Er wusste nicht, dass *Bracks* sich schnell bewegen, viel schneller, als ihre Größe und ihr Gewicht es erlauben sollten. Wenn Radax wütend genug wurde, war kein Ort vor ihm und seinem Zorn sicher. Glücklicherweise für Brad und seinesgleichen hatte Radax eine tadellose Selbstbeherrschung.

„Wenn es ein Problem gibt, habe ich eine Lösung", sagte er gleichmäßig. „Entweder kaufst du ein Ticket oder bringst dein Geld woanders hin." Er lehnte sich kaum merklich vor und fügte mit einem Knurren der Warnung hinzu: „Aber in jedem Fall wirst du das Mädchen in Ruhe lassen."

Brad erstarrte unter Radax' Blick.

Sein Freund griff schnell nach dem Hundert-Dollar-Schein

von ihm und stupste ihn mit einem Ellbogen an. „Lass uns gehen, Mann."

„Scheiß auf diese dumme Show", lallte ein anderer aus ihrer Gruppe. „Lasst uns ein paar Biere trinken gehen."

Die rowdyhafte Gruppe zog endlich ab und schleifte ihre Füße über den festgestampften Schmutz des Festplatzes.

Ich warf Radax einen dankbaren Blick zu. „*Geh*", formte ich lautlos mit den Lippen und ließ meinen Blick zu den Zelten wandern.

Die nächste Tour würde bald beginnen. Madame brauchte ihn dort. Wenn sie herausfinden würde, dass er fehlte, wäre sie unzufrieden. Wenn sie herausfinden würde, dass seine Abwesenheit wegen mir war, würde sie wahrscheinlich wütend werden und ihn bestrafen. Wieder einmal.

Da Radax derjenige war, der mich zur Menagerie gebracht hatte, hielt Madame ihn oft für meine Fehler verantwortlich. Radax war öfter ausgepeitscht worden, als ich mich erinnern wollte.

„*Geh*", formte ich wieder mit den Lippen und neigte meinen Kopf in Richtung des Eingangs, wo sich bereits eine neue Gruppe von Kunden versammelt hatte, einschließlich der Highschool-Verliebten, denen ich vorhin die Tickets verkauft hatte.

Ich wandte mich wieder der Schlange von Menschen hinter meinem Fenster zu.

„Wie viele?", fragte ich den nächsten Kunden.

Aus dem Augenwinkel sah ich, wie Radax zum Zelt zurückging, und atmete erleichtert auf. Hoffentlich würde es heute keine Strafen geben.

Zwei

AMIRA

Ich hatte gerade das Fegen des leeren Raums im Zelt fast beendet, als Krin, einer von Madames *Bracks*, eine riesige Holzkiste hereinschleppte. Ein Lastwagen hatte sie früher am Morgen geliefert und im Hof abgeladen, während die *Bracks* frühstückten.

„Geh aus dem Weg", zischte Krin mich an.

Ich huschte näher an die gestreifte Zeltleinwand, während er einen massiven Metallrahmen aus der Kiste manövrierte.

Ein großes Wesen war an den Rahmen gekettet. Es stand aufrecht, Arme und Beine wie ein Seestern ausgestreckt, Knöchel und Handgelenke in Metallfesseln eingeschlossen.

Im Laufe der Jahre hatte ich viele seltsame Tiere in Madames Menagerie gesehen. Die *Bracks* jagten und fingen sie in Nerifir, der Welt, aus der Madame und die *Bracks* auf die Erde gekommen waren. Madame konnte nicht nach Nerifir zurückkehren, hatte Radax mir erzählt. Aber ihre *Bracks* reisten zwischen den Dimensionen und brachten wundervolle Dinge und prächtige Bestien aus dem magischen Königreich mit.

Dieses hier wirkte jedoch erschreckend menschenähnlich.

Seine verzerrten Proportionen ließen es wie die groteskeste Version eines Mannes aussehen.

Es war eindeutig ein *Er* – ein riesiger Penis baumelte zwischen seinen muskulösen Schenkeln. Die Kreatur war teilweise mit schwarzem Fell bedeckt. Es reichte jedoch nicht aus, um seinen gesamten Körper zu verhüllen. Fellbüschel wuchsen auf seinen breiten Schultern und schmalen Hüften, in Teilen seines Schrittbereichs und an den Oberschenkeln, während seine graue Haut an anderen Stellen unbedeckt blieb.

„Wo will Madame ihn haben?", fragte Krin einen anderen *Brack*, Dez, der ihm folgte.

Ich hatte Dez in den letzten Monaten nicht gesehen. Er war von der Menagerie abwesend gewesen, aber nicht in Nerifir. Madame hatte einmal erwähnt, dass Dez sich an einem anderen Ort im Land um ein Biest für sie kümmerte. Ich fragte mich, ob diese Kreatur das Biest war, das Dez bewacht hatte.

Dez zuckte mit den Schultern. „Stell ihn erstmal hier ab."

Die Bestie knurrte und schnappte mit nadelspitzen Zähnen. Speichel tropfte von seinen Reißzähnen. Er zischte und dampfte, als er auf den festgestampften Erdboden des Zelts traf.

„Ruhig, *Voukalak*." Dez rammte seine Faust in die Rippen des Tieres. Die Bestie knurrte und schnappte mit den Zähnen, verfehlte Dez' Arm nur knapp. „Ruhig!" Der *Brack* sprang zurück und bemerkte mich dann, als ich versuchte, mich in den Schatten an der Wand zu verstecken. „Hey! Was machst du hier?"

Madame hatte mir befohlen, diesen Raum für die Ankunft der Kiste zu fegen. Sie hatte erwähnt, dass die Kreatur ihre neue VIP-Attraktion werden würde. Ich war fertig mit dem Fegen und auf dem Weg nach draußen, als Krin meinen Fluchtweg blockiert hatte.

Ich hob den Besen in meiner Hand und erklärte Dez meine Anwesenheit im Raum ohne Worte.

Dez machte ein Gesicht, als wäre er in Kaugummi auf dem Bürgersteig getreten – harmlos, aber lästig. Außer für Radax interessierten sich die *Bracks* nicht sonderlich für mich. Für sie war ich meist eine Unannehmlichkeit, mit der sie den Raum teilen mussten. Egal wie sehr ich versuchte, ihnen aus dem Weg zu gehen, es war nicht immer möglich, ihnen in der kleinen Welt der Menagerie auszuweichen.

„Verschwinde von hier", wies Dez mich ab und deutete mit dem Kopf zum Ausgang.

Mit Besen und Kehrblech in beiden Händen eilte ich zum Ausgang, als Krin vor Schmerz aufschrie. Er sprang vom Rahmen mit der Bestie weg und knallte gegen mich. Blut tropfte aus dem tiefen Kratzer auf seinem Daumenballen.

Ich taumelte rückwärts und versuchte, das Gleichgewicht wiederzufinden.

„Was zum Teufel machst du noch hier?" Krin stieß gegen meine Schulter und warf mich zu Boden.

Besen und Kehrblech fielen mir aus den Händen. Ich schlug mir schmerzhaft das Steißbein auf dem harten Boden auf, schluckte aber den Schmerz herunter. Von den *Bracks* gab es kein Mitgefühl. Mein Weinen würde sie nur noch mehr irritieren.

„Verdammter *Voukalak!*" Krin schlug der angeketteten Kreatur auf den Kopf. Die Bestie heulte auf und wand sich in ihren Fesseln.

„Was hat er gemacht?", fragte Dez und bewegte sich auf das Tier zu, die Fäuste bereit.

„Hat mich mit seiner Kralle gekratzt." Krin saugte an der Wunde an seinem Daumen.

Dez lachte schnaubend und versetzte dem Tier einen Schlag in die Rippen, dann drehte er sich zu Krin. „Glück für dich, dass es seine Kralle war. Wären es seine Reißzähne gewesen, wärst du tot."

Ich griff nach dem Besenstiel, hob das Kehrblech auf und huschte hinter die Stofftrennwand in den schmalen Gang dahinter. Erst als ich aus dem Blickfeld der *Bracks* war, konnte ich wieder tief durchatmen.

Der Vormittag schritt stetig voran. Es blieben noch viele

Aufgaben zu erledigen, aber ich beeilte mich, zu einem der Lagerräume in den Tiefen der verbundenen Zelte zu gelangen.

Obwohl ich fast mein ganzes Leben bei der Menagerie verbracht hatte, besaß ich keinen eigenen Raum. Madame benutzte einen Wohnwagen oder übernachtete in einem Hotel, wenn sie eines nach ihrem Geschmack fand. Die *Bracks* teilten sich ein paar Wohnwagen. Ich blieb normalerweise in den Zelten.

Ich brauchte nicht viel Platz, und es gab immer ein Bündel Lumpen oder einen Haufen Säcke, auf denen ich schlafen konnte. Ich hatte auch nicht so viel Kleidung, dass ich einen Kleiderschrank gebraucht hätte. Ich trug, was die *Bracks* trugen – schwarze T-Shirts und Kapuzenpullover. Ihre Kleidung war mehrere Größen zu groß für mich, aber das störte mich nicht. Sie waren warm und man konnte sich gut darin verstecken.

Außerdem sammelte ich manchmal verlorene Dinge auf dem Jahrmarktgelände auf. So war ich an den grauen Schal gekommen, den ich jetzt Tag und Nacht trug. Er war aus dünnem, aber weichem Material, breit und lang. Ich liebte, wie warm er sich anfühlte, wenn er in dicken Schichten um meinen Hals gewickelt war, und wie ich mein Gesicht darin vergraben konnte, indem ich meinen Kopf in die Schultern zog. Es gab mir irgendwie ein Gefühl der Sicherheit.

Nachdem ich Besen und Kehrblech weggeräumt hatte, fand ich einen dunklen Platz hinter einer weiteren großen Kiste in einem der stickigen kleinen Lagerräume im Labyrinth der Zeltwände. Ich zwängte mich zwischen die Holzseite der Kiste und die staubige Zelttrennwand.

Das Reinigen von Madames Wohnwagen stand als Nächstes auf meiner Liste der Aufgaben. Aber vielleicht würde sie nicht bemerken, wenn ich mir einen Moment nahm?

Mit dem Rücken an die Kiste gelehnt, zog ich meinen Kopf in die Schultern, vergrub mein Kinn in meinem Schal und umarmte meine Knie, so wenig Platz wie möglich einnehmend. Hier, an diesem Versteck, konnte ich so tun, als wäre ich unsichtbar.

Der Mann an der Ticketkasse, einer von Brads Freunden, hatte mich einen Geist genannt. Und manchmal wünschte ich, ich wäre einer – unsichtbar, unberührbar, ätherisch. Unmöglich zu verletzen.

Mein Steißbein schmerzte, und ich rutschte in eine etwas bequemere Position. Ich ließ einen langen Atemzug entweichen. Er kam zitternd heraus, aber ohne Tränen. Es hatte keinen Sinn zu weinen. Ich hatte vor langer Zeit gelernt, dass Tränen nie etwas änderten.

Ein kratzendes Geräusch kam aus der Kiste hinter mir. Ich zuckte erschrocken weg, ließ mich dann aber wieder nieder. Tiere machten mir weit weniger Angst als Menschen.

Diese Kiste reiste schon seit geraumer Zeit mit uns. Aus irgendeinem Grund hatte Madame gezögert, die Kreatur darin der Öffentlichkeit zu zeigen. Nach der Größe der Kiste zu urteilen, musste die Bestie groß sein, vielleicht so groß wie ein Löwe. Aber es war nur ein weiteres Tier aus Nerifir. In der Kiste eingesperrt, würde es mir nichts anhaben können. Ich lehnte mich wieder gegen das Holz.

Von allen übernatürlichen Wesen in Madames Menagerie bevorzugte ich die Gesellschaft ihrer Tiere. *Bracks* waren herzlos und oft grausam.

Außer Radax. Wäre Radax dabei gewesen, als Krin mich zu Boden stieß, hätte er sich sicherlich Krin entgegengestellt – ihn höchstwahrscheinlich als Vergeltung geschlagen. Dann hätte Madame ihn vielleicht wieder auspeitschen lassen.

Mein ganzes Leben lang hatte Radax auf mich aufgepasst, aber das hatte seinen Preis. Madame verabscheute unsere Beziehung. Ich glaubte, dass sie durch seine Bestrafung versuchte, uns auseinanderzureißen. Und in gewisser Weise funktionierte es. Ich hielt mich von Radax fern, wann immer möglich. Ich dankte den Sternen, dass er an diesem Morgen anderswo beschäftigt gewesen war. Aber es gab so viele andere Male...

„Wo ist es?", erklang Madames scharfe Stimme direkt außerhalb des Raumes mit der Kiste.

Panik überkam mich, gefolgt von eisiger Angst.

Suchte sie nach mir? Wie lange hatte ich hier gesessen? Zu lange?

„Wo habt ihr ihn diesmal hingestellt?", klang ihre Stimme näher.

Ich erstarrte, hielt den Atem an. Angst ließ mein Inneres gefrieren und lähmte meine Glieder – meine übliche Reaktion auf Madames Anwesenheit.

„Er ist hier, Madame", antwortete Krins Stimme.

„*Er*" nicht „*sie*". Madame suchte diesmal nicht nach mir. Ich ließ etwas Spannung abfließen und entspannte meine steifen Schultern.

„Stellt den Spiegel hier hin", befahl Madame scharf, das Geräusch ihrer Schritte vor der Kiste verstummte, hinter der ich mich versteckte.

Weitere Schritte kamen dazu – schweres Stampfen von *Bracks'* Stiefeln. Es waren mehr *Bracks*, die mit ihr kamen, nicht nur Krin. Ich versuchte, mich noch kleiner zu machen, in der Hoffnung, dass sie nicht hinter die Kiste schauen würden.

„Holt mir auch einen Stuhl", forderte Madame.

Zu verängstigt, um entdeckt zu werden, wagte ich es nicht, hinter der Kiste hervorzuschauen, und verhielt mich so ruhig wie möglich.

„Öffnet die Kiste", befahl Madame. „Er ist angekettet, oder?"

„Ja, Madame", antwortete Krin. Die *Bracks* befolgten ihre Befehle, nach dem kreischenden Geräusch zu urteilen, mit dem Nägel aus dem Holz gezogen wurden. „Er trägt auch seine Kapuze."

Sie schnaubte. „Ich traue ihren Kapuzen nicht. Ich werde einen Gorgonen nicht direkt anschauen. Das solltet ihr auch nicht, wenn euch euer Leben lieb ist. Stellt den Spiegel so, dass ich ihn darin sehen kann."

Weiteres Schlurfen und Rascheln war zu hören, als die *Bracks* gehorchten. Dann kam das Schlagen einer Seite der Kiste, die aufklappte.

„Was für ein erbärmlicher Zustand für einen zukünftigen Hohen Lord", murmelte Madame mit einem spöttischen Ton in ihrer Stimme.

Ein Rasseln von Ketten kam aus dem Inneren der Kiste, als ob sich die darin gefangene Kreatur bewegte.

Madame kicherte. „Sicherlich könnte die Arbeit für mich nicht erniedrigender sein als deine Tage angekettet in einer Kiste wie ein Tier zu verbringen."

„Ich würde lieber als Tier sterben, als als dein Sklave zu leben." Es wurde mit leiser, rauer Stimme gesagt, kaum hörbar. Doch der Klang traf mich wie ein Hammer.

Es war kein Tier, sondern eine Person in dieser Kiste! Eine Person, die sprechen, denken, fühlen konnte ...

Wie lange war er schon darin?

Ich hatte nie den Befehl erhalten, den Insassen dieser Kiste zu füttern. Fütterte ihn jemand anders?

„Mein Sklave?", spottete Madame. „Wie meine *Bracks*? Nein, Schätzchen. Ich biete dir nicht die Ehre an, einer von ihnen zu werden. Alles, was ich von dir verlange, ist eine Partnerschaft, eine geschäftliche Vereinbarung, wenn du so willst. Du wirst meine nächste VIP-Attraktion. Ich will, dass du deine Magie einsetzt, um mein menschliches Publikum zu beeindrucken, aber ohne ihnen zu schaden. Tote können nicht zahlen, oder?" Sie kicherte. „Dann werde ich eines Tages darüber nachdenken, dich nach Nerifir zurückzuschicken. Alles, was ich brauche, ist dein Versprechen zu kooperieren."

„Das wirst du nicht bekommen", kam die Antwort. „Ich schließe keine Geschäfte mit in Ungnade gefallenen Göttinnen."

So leise die Stimme auch war, sie trug die Kraft des Trotzes und der Verachtung in sich. Madames Gefangener schien sie zu verspotten. Ich staunte darüber, wie mutig er war – dumm, aber mutig.

Fassungslos über seine Unverschämtheit, hätte ich fast die Tatsache übersehen, dass er sie als Göttin bezeichnet hatte. War *das* wirklich, was Madame war?

Madames Stuhl krachte plötzlich mit einem lauten Knall zu Boden. Sie musste auf die Füße gesprungen sein.

Allzu vertraut mit ihrem Temperament, zog ich meinen Kopf in die Schultern, obwohl ich wusste, dass sie mich nicht sehen konnte.

„Sieh dich an!", schrie sie. „Du bist erbärmlich! Du schrumpelst und trocknest aus vor Durst. Du hast seit Monaten keinen Tropfen Wasser bekommen, und du wirst sicher keines bekommen, bis du einwilligst, für mich zu arbeiten. Widerstehe, und du wirst auf erbärmlichste Weise sterben. Niemand in Nerifir wird jemals von deinem Schicksal erfahren. Du wirst hier in dieser traurigen Menschenwelt zugrunde gehen. Namenlos!"

Ein leises, trockenes Kichern kam aus der Kiste. Die Person musste wahnsinnig sein, ihr ins Gesicht zu lachen. „Ich fordere dich heraus, mich direkt anzusehen, Göttin Ghata. Anstatt dich hinter diesem alten Spiegel zu verstecken wie der Feigling, der du bist–"

„Genug!", donnerte Madames Stimme und jagte einen Schauer des Terrors durch meine Brust. „Schließt die Kiste. Lasst ihn darin verrotten."

Die *Bracks* bewegten sich, um ihren Befehlen zu gehorchen.

„Seine Kapuze!", schrie Madame plötzlich warnend. „Krin. Nein!" Echte Angst – eine Emotion, die ich bei Madame noch nie zuvor bemerkt hatte – vibrierte in ihrer Stimme. „Zuso, Nerkan, schließt eure Augen!"

Das Geräusch eines Schlags ertönte.

Schmerzenslaute.

Dann krachte etwas Hartes und Schweres zu Boden.

Ich bedeckte meine Ohren mit den Händen und versuchte, die Geräusche all der schrecklichen Dinge zu blockieren, die vor dieser Kiste passierten – Dinge, die so erschreckend waren, dass sie *eine Göttin* verängstigten.

Das Zuschlagen der Kiste, die geschlossen wurde, folgte, dann das Geräusch von Nägeln, die eingehämmert wurden.

„Alles erledigt, Madame", sagte Zuso, ein weiterer *Brack*.

„Räumt das hier auf", befahl sie mit einer etwas zittrigen Stimme. „Und kein Wasser für den Gorgonen. Er hat seine Wahl getroffen. Lasst ihn sterben."

Aus Angst zu atmen blieb ich lange hinter der Kiste, nachdem alle Geräusche im Raum verstummt waren – das Schlurfen der *Bracks*, das Fegen des Besens, die Schritte aller, die den Raum verließen.

In der Stille, die folgte, wagte ich es, mein Ohr an die Kiste zu pressen. Es kam eub schwaches Geräusch von flachen, mühsamen Atemzügen aus dem Inneren.

Ein Mensch?

Ein Monster?

Angst durchfuhr mich mit einem Schauder.

Ich versuchte, so wenig Lärm wie möglich zu machen und kroch auf allen Vieren hinter der Kiste hervor. Meine Hand landete auf einem Stück von etwas Hartem auf dem Boden. Ich hob es auf.

Stränge aus weißem Licht hingen hoch unter der Decke des Zeltes und unterstützten das Sonnenlicht, das durch die Leinwand gefiltert wurde, bei der Beleuchtung des Raumes.

Ich untersuchte den Gegenstand in meiner Hand. Er war etwa einen Zoll lang, grau und hart wie ein Stein. Er hatte die Form einer Fingerspitze – eines Daumens – mit dem glatten, kurzen Nagel an einem Ende. Als ich ihn umdrehte, kam ein langer Schnitt am Ballen des Daumens zum Vorschein, der Kratzer von der Kralle der Bestie.

Von Grauen gepackt, warf ich ihn weg und rannte so schnell wie möglich aus dem Raum und so weit weg von der Kiste wie möglich.

Ich hatte keine Ahnung, was genau an diesem Morgen in diesem Raum passiert war. Aber ich war ziemlich sicher, dass ich Krin nie wiedersehen würde.

Drei

AMIRA

Irgendwo zwischen den Albträumen der Nacht und den Schrecken des Tages lagen ein paar verschwommene Momente des frühen Morgens. Die Arme um mich geschlungen, hielt ich die Augen geschlossen und versuchte, diese Momente noch ein wenig zu verlängern.

Nur wenige Geräusche drangen durch die Stoffwände des Zeltes – das Zwitschern der Vögel, das entfernte Brummen des Verkehrs, das Rascheln des Windes zwischen den Lichterketten draußen. Noch waren keine Menschen unterwegs. Normalerweise war ich die Erste, die aufstand.

Ohne feste Unterkunft in der Menagerie schlief ich in jeder versteckten Ecke, die ich finden konnte. Letzte Nacht war es ein Lagerraum mit den Ersatzrollen aus geölter Leinwand gewesen. Aufeinandergestapelt ergaben sie ein anständiges Bett für jemanden wie mich, der nie ein Bett zum Vergleichen gehabt hatte.

Ich schlief vollständig angekleidet, aber die Kälte des Morgens schlich durch die Zeltwände und unter meine Kleidung. Ich umarmte mich selbst fester und kauerte mich in meinen Hoodie.

Wie ein neuer Traum, gekleidet in den goldenen Dunst des Morgens, drang die Erinnerung an das junge Paar, das sich vor meiner Kartenbox küsste, in meinen Geist. Das Mädchen kicherte, während der Junge ihren Kopf mit einer Hand umfasste und seine andere Hand unter ihrem T-Shirt auf ihrem Rücken streckte.

Ein kribbelndes Gefühl breitete sich in meinem Körper aus – angenehm und warm. Ich strich mit einem Finger über meine Unterlippe und versuchte, mir vorzustellen, wie sich ein Kuss auf den Lippen anfühlen würde. Weich und zärtlich und kaum spürbar?

Dann dachte ich an den Rücken des Mädchens, der sich bog, als der Junge sich über sie lehnte. Würde eine solche Leidenschaft nicht eher strafend, vereinnahmend und belebend sein?

Ich hatte keine Ahnung.

In der Menagerie lebend war ich von Madames *Bracks* umgeben – allesamt junge, starke und im herkömmlichen Sinne gutaussehende Männer. Aber *Bracks* waren keine Menschen. Sie verspürten kein Verlangen nach einer anderen Frau als Madame.

Radax behandelte mich wie seine kleine Schwester, auf die man aufpassen und die man beschützen musste. Die anderen *Bracks* schenkten mir wenig Aufmerksamkeit. Sie ertrugen mich widerwillig, manchmal mit Verärgerung, oft mit offensichtlicher Verachtung. Und mir war es so lieber. Der Gedanke, dass ein *Brack* mich in irgendeiner intimen Weise berührte, erfüllte mich mit Angst und einem Hauch von Abscheu.

Madame wählte jeden Abend ein oder zwei *Bracks* aus, die sie mit in ihren Wohnwagen nahm. Wenn ich zufällig vorbeiging, hörte ich ihr Knurren, Grunzen und Stöhnen von innen. Diese Geräusche erfüllten mich eher mit Furcht als mit Erregung.

Ich wusste, was nachts zwischen Madame und ihren *Bracks* geschah. Ich kannte Sex, auch wenn ich selbst nie welchen gehabt hatte. Ich hatte in der Menagerie Tiere bei der Paarung beobachtet. Ich habe auch darüber gelesen. Regelmäßig fand ich auf dem Festplatz überall auf dem Kontinent liegengebliebene Taschenbücher. Die meisten waren nervenaufreibende Thriller oder blutrünstige Horror-Krimis. Aber einige waren Liebesromane, die mein Herz aus anderen Gründen höherschlagen ließen.

Gelegentlich baute der Jahrmarkt neben einem Autokino auf. Dann blieb ich jede Nacht auf, versteckte mich hinter dem Maschendrahtzaun, der das Autokino vom Festplatz trennte, und schaute mir jeden einzelnen Film an, der gezeigt wurde. Natürlich hörte ich keinen Ton, und oft war die Leinwand aus einem falschen Winkel zu sehen. Aber Filme waren wie ein Fenster in das gewöhnliche Leben der Menschen meiner Welt. Das Leben, das ich nie erlebt hatte – Familie, Schule, Freunde ... Liebe.

Sehnsucht erwärmte meinen Körper. Ein Teil davon war körperlich, drückte zwischen meinen Schenkeln und kribbelte in den Spitzen meiner Brüste. Aber ein großer Teil davon lebte viel tiefer in meiner Brust. Einsamkeit zerquetschte mein Herz. Manchmal hatte ich das Gefühl, dass in mir nicht genug Platz war, um das verzweifelte Bedürfnis nach etwas oder ... *jemandem* in meinem Leben zu fassen.

Schweigen hatte mir in der Menagerie Schutz geboten. Aber manchmal schien das Bedürfnis, ein freundliches Wort von jemandem zu hören, ein einfaches Gespräch mit einer anderen Person zu führen, sogar wichtiger als das Leben selbst.

Ich versuchte mir vorzustellen, einen Mann offen vor den Zelten zu küssen, sodass Madame es sehen könnte ... aber ich konnte es nicht. Terror packte mich, wie immer bei dem bloßen Gedanken an Madame.

Ich holte tief Luft und stoß sie langsam wieder heraus.

In wenigen Sekunden müsste ich aufstehen und mit der endlosen Kette von Aufgaben beginnen. Die Sorgen des Tages drohten bereits hereinzustürmen. Ich verscheuchte die meisten, aber die Erinnerungen an Madames Konfrontation mit der Person in der Kiste brachen herein.

Ich verstand nicht vollständig, was gestern geschehen war. Krin war heute nirgends zu sehen, was mich nicht überraschte.

Madame schmollte, machte aber keine Ankündigungen über ihn oder ihren Gefangenen, den sie „Gorgonen" genannt hatte.

Wenn ich Radax danach fragte, würde er vielleicht nicht antworten, oder er könnte in Schwierigkeiten geraten, wenn er es täte. Wahrscheinlich würde er mich einfach abweisen, wie er es gewöhnlich tat, wenn ich Fragen zu den vielen rätselhaften Dingen stellte, die in der Menagerie passierten.

„Es ist besser, wenn du manche Dinge nicht weißt, Amira. So ist es sicherer", würde er sagen.

Mit einem langen Seufzer öffnete ich die Augen und kletterte von dem Stapel Leinwandrollen herunter. Ich verließ das Zelt und ging über den Parkplatz zu einem der Wohnwagen der *Bracks*. Dort benutzte ich die Toilette und begann dann, das Frühstück für Madame vorzubereiten. Ich vergrub mein Kinn in meinen Schal und briet schnell ein paar Eier, so wie Madame sie mochte, toastete eine Scheibe ihres Lieblingsbrotes und drapierte dann Beeren und Joghurt in einer Schüssel.

Das Donnern des Schnarchens der *Bracks* erschütterte den Wohnwagen, während ich arbeitete. Nur eine dünne Trennwand trennte die winzige Kochnische von ihrem Schlafbereich mit Reihen von Stockbetten.

Ich beeilte mich und wünschte, so schnell wie möglich aus dem Quartier der *Bracks* herauszukommen. Einmal wach, würden sie den gesamten Raum einnehmen, so riesig wie jeder von ihnen war. Ich würde sicherlich im Weg stehen und jemanden wütend machen.

Nachdem ich das Essen und einen Topf Tee schnell auf einem Tablett arrangiert hatte, schlich ich aus dem Wohnwagen und ging zu Madames Wohnwagen, der in der Nähe geparkt war.

Ihrer war weit üppiger dekoriert als der der *Bracks*. Ein roter Läufer säumte die Stufen, mit einer bunten Tapisserie über der Tür. Mystische Bestien und Pflanzen, die ich noch nie gesehen hatte, waren in die Tapisserie eingewebt, aber ich hatte nie Zeit, anzuhalten und das schöne Bild zu studieren, immer von einer Aufgabe zur nächsten eilend.

„Frühstück." Ich klopfte leise an die Tür.

„Na, bring es herein!", befahl Madame.

Ob sie jemals schlief, wusste ich nicht. Seit über einem Jahrzehnt servierte ich ihr nun täglich ohne Ausnahme das Frühstück, es sei denn, sie übernachtete in einem Hotel. Und wann immer ich mit meinem Tablett auftauchte, war Madame immer wach, egal wie viele *Bracks* sie in der Nacht zuvor in ihrem Wohnwagen gehabt hatte.

Madame saß vor ihrer Frisierkommode und bürstete ihr langes, rotes Haar.

„Stell es auf den Nachttisch dort drüben", winkte sie mit der Hand. Das Kerzenlicht des Kandelabers auf der Frisierkommode brach in eine Million winziger Funken in den Edelsteinen der Ringe an ihren Fingern. „Hat Vuk Lorsan-Lilienhonig aus Nerifir mitgebracht?"

„Nein, Madame." Ich stellte das Tablett auf den Nachttisch. „Er sagte, der Honig sei sehr schwer zu finden dort, wo er in Nerifir gelandet ist."

Bracks berichteten mir natürlich nicht über ihre Reisen nach Nerifir. Aber sie sprachen oft in meiner Anwesenheit miteinander. Ich hatte gehört, wie Vuk sich bei Leslo darüber beklagte, dass er den Honig, den Madame gerne in ihrem Tee hatte, nicht gefunden hatte.

„*Schwer* bedeutet nicht *unmöglich*", zischte Madame durch ihre Zähne und schob mir ihre goldene Haarbürste in die Hände. „Offensichtlich hat er sich nicht genug angestrengt. Fauler, nutzloser Sklave."

Ihre Unzufriedenheit sandte einen Schauer des Grauens über meinen Rücken, als ob es *meine* Schuld wäre, dass Vuk den Honig nicht gefunden hatte. Wahrscheinlich würde Vuk jetzt bestraft werden, und ich zuckte zusammen, als ob ich bereits das Geräusch der Peitsche hörte, die die Haut auf seinem Rücken aufriss.

„Flechte mein Haar", befahl Madame kurz angebunden.

„Dann gib mir meinen Tee mit diesem widerlichen lokalen Honig und verschwinde von hier."

Ich tat, wie mir befohlen wurde, und versuchte, ihre üppigen feuerroten Locken nicht mit meinen zitternden Fingern zu verheddern. Sie bevorzugte kunstvolle Frisuren, für die ich viel Übung brauchte, um sie richtig hinzubekommen. Winzige kleine Zöpfe verflochten sich zu blumenartigen Mustern am Hinterkopf und vereinigten sich dann zu einem breiten Zopf, der ihren Rücken hinunterhing.

Ich führte die Bürste so sanft wie möglich durch eine Haarsträhne. Doch sie blieb an einem winzigen unsichtbaren Knoten hängen.

„Ugh!", Madame atmete scharf ein und riss mir die Bürste aus der Hand.

„Es tut mir leid …", murmelte ich, Angst erstarrte mein Inneres.

„Nutzlos!", Sie schlug mir mit der schweren Metallbürste auf die Fingerknöchel. „Du lernst es einfach nie."

Scharfer Schmerz durchzuckte meine Hand. Ich holte Luft und unterdrückte ein Wimmern. Jedes Geräusch des Weinens oder Klagens würde es schlimmer machen – so, so viel schlimmer. Madame hatte ein explosives Temperament, und ihre Grausamkeit kannte keine Grenzen.

„Mach es fertig!", warf sie die Bürste auf die Frisierkommode. Sie landete zwischen den gerahmten Bildern von ihr, gekleidet in aufwendige Seidenkleider.

Mit angehaltenem Atem bis zur Ohnmacht verzierte ich ihren Zopf mit einigen Schmuckclips. Meine Finger zitterten so stark, dass es ein Wunder war, dass ich nicht wieder an ihrem Haar zog.

„Fertig", hauchte ich das Wort aus, ohne Madames kohlschwarzen Augen zu begegnen.

Sie betrachtete ihre Frisur kritisch im Spiegel und drehte ihren Kopf hin und her. Eine Stirnrunzeln der Unzufriedenheit setzte sich fest auf ihrem schönen Gesicht, wie es immer in meiner Gesellschaft der Fall war.

Mein Herz raste vor Sorge, als ihr Schweigen sich dehnte. Meine Hände wurden vor Schweiß klamm, während ich auf ihre Beurteilung meiner Arbeit wartete.

Madame studierte weiterhin ihr Spiegelbild. Sie war zweifellos die schönste Frau, die ich je gesehen hatte. Groß und stattlich, hatte sie intensive schwarze Augen, die ihr flammendrotes Haar auf die atemberaubende Weise zur Geltung brachten. Ihre makellose Haut schien zu leuchten, ihr nackter Körper an diesem Morgen kaum bedeckt von einem offenen Seidenkimono.

„Göttin", hatte der Gefangene in der Kiste sie genannt. Sie könnte durchaus eine sein. Wenn Götter real wären, wäre es leicht, sich Madame unter ihnen vorzustellen. Und wer konnte mit Sicherheit sagen, dass Götter nicht existierten?

Ich hatte mein Leben umgeben von Dingen und Kreaturen verbracht, die nicht in diese Welt gehörten. Ich wusste, dass andere Welten existierten, alle verbunden durch den geheimnisvollen Fluss, den die *Bracks* den Fluss der Nebel nannten. Ich hatte kaum etwas außerhalb der Leinwände der Menagerie gesehen, aber diese Wände enthielten genug Beweise, damit ich an Dinge glauben konnte, die andere für außergewöhnlich halten würden.

Es machte für mein Leben keinen großen Unterschied, wer oder was Madame war. Meine Rolle blieb die gleiche – tu, was sie sagt, und tu es gut, um ihre Unzufriedenheit zu vermeiden.

„In Ordnung", presste Madame ihre vollen, roten Lippen zusammen und wandte sich vom Spiegel ab. „Jetzt gib mir meinen Tee und verschwinde."

Einmal aus ihrem Wohnwagen heraus, wagte ich es, wieder tief durchzuatmen. Der Staub des Bodens und die Abgase des nahen Parkplatzes fühlten sich erfrischender an als Madames Parfüm. Die duftende Luft in ihrem Wohnwagen war erstickend gewesen.

Ich hielt mich am Geländer fest, ging die wenigen Stufen des Wohnwagens hinunter und zuckte vor Schmerz zusammen.

Rötung breitete sich über meine Knöchel aus, wo Madames Bürste sie getroffen hatte. Meine Haut schwoll an, und darunter bildeten sich bereits Prellungen.

Es war meine rechte Hand, und vor mir lag noch ein Tag voller Aufgaben. Meine Hand an die Brust drückend, ließ ich ein Wimmern entweichen. Alles würde so viel länger dauern, wenn ich nur eine voll funktionsfähige Hand hatte, meine *linke* Hand.

Vielleicht könnte ich, wenn ich heute keine Pausen machte, trotzdem alles erledigen? Aber ich musste mich beeilen. Meine Hand begann zu pochen, und ich schob sie in die Tasche meines Hoodies auf dem Weg zu den Zelten.

Beim Füttern der Tiere musste ich besonders vorsichtig sein, um sie nicht entkommen zu lassen, während ich die Türen zu ihren Gehegen offen hielt und ihr Futter mit der einen gesunden Hand, die ich hatte, holte. Als ich danach Madames Wohnwagen putzte, konnte ich kaum die Tränen zurückhalten. Es tat zu sehr weh, nur den Besen zu halten.

Als ich zum Abstauben des Ausstellungsbereichs der Menagerie kam, war meine rechte Hand auf das Doppelte ihrer Größe angeschwollen und pochte heiß.

Ich schrie vor Schmerz auf, als ich versuchte, eine Metallbox anzuheben, eines von Madames unbelebten Ausstellungsstücken. Sie war nicht sehr groß, von der Größe einer mittleren Musikbox, aber das gealterte, grün-goldene Metall, aus dem sie bestand, war schwer. Durch die verschiedenen Ausschnitte der äußeren Schicht waren komplizierte Zahnräder sichtbar, die darauf hinwiesen, dass dies ein Gerät war, aber ich wusste nicht, wie es funktionierte. Madame erzählte ihren Kunden, es sei eine Kommunikationsdose aus den Feuchtgebieten von Lorsan in Nerifir.

Das schwere Objekt glitt aus meinen Fingern und traf mit einem dumpfen Schlag auf das Regal. Tränen sprangen in meine Augen. Ich konnte den Schmerz nicht länger ignorieren.

Ich schlich in den Wohnwagen der *Bracks*, als niemand hinsah, holte Eis aus dem Gefrierschrank, gab es in einen Plastikbeutel und wickelte es dann in das Ende meines Schals. Die kühle Packung linderte einen Teil des brennenden Schmerzes, sobald ich sie auf meine verletzte Hand legte.

Die Hand mit der Kältepackung an die Brust drückend, hielt ich den Kopf gesenkt auf dem Weg zurück zu den Zelten.

Das Festgelände würde bald öffnen. Die ersten Touren durch die Menagerie würden kurz danach beginnen. Ich müsste bald zurück zur Kartenbox gehen. Es war keine Zeit für einen Zusammenbruch, aber ich konnte die Tränen nicht aufhalten, die meine Sicht überfluteten.

Ich eilte in den nächstgelegenen dunklen Raum im ersten Zelt, quetschte mich in eine Ecke außer Sichtweite und ließ die Tränen fließen. Der Schmerz überwältigte mich. Ich schluchzte und hob die Eispackung, um meine Hand zu inspizieren. Dicke Beulen erhoben sich über den Knochen direkt unter meinen Knöcheln. Dunkle Blutergüsse bildeten sich. Und es tat weh. Verdammt, es tat so weh.

Ich schluchzte, Tränen tropften in meinen Schal.

„Hast du einen schlechten Tag, Kleine?", kam eine raue Stimme, wie ein Flüstern der Brise in einem Haufen trockener Blätter.

Ich erstickte vor Schreck an einem Schluchzen. Als ich die Tränen mit meinem Ärmel wegwischte, wurde mir klar, dass ich neben der Holzkiste mit dem Gorgonen saß.

„Sag mir, wer dir wehgetan hat", raschelte die Stimme aus der Kiste. „Manchmal hilft es schon, jemandem davon zu erzählen."

Es klang unheimlich, erschreckend und ... freundlich.

Und es war die Freundlichkeit, die mich zerbrach. Ich war so ausgehungert danach, dass ich alles, was von meinem elenden Leben übrig war, für nur eine warme Umarmung gegeben hätte.

Ein lautes Schluchzen löste sich aus meiner Kehle. Ich rappelte mich auf und rannte. Ich floh aus dem Raum mit der Kiste und dem Wesen darin.

Wer auch immer er war, er konnte kein größeres Monster sein

als das, für das ich den größten Teil meines Lebens gearbeitet hatte.

Die Morgenvorstellungen begannen, und ich nahm meinen Platz in der Kartenbox ein. Radax bewachte wie üblich den Haupteingang zur Menagerie. Ich schickte ein schnelles Lächeln und ein Winken mit der Hand – meiner linken Hand – in seine Richtung. Er neigte seinen Kopf zur Begrüßung.

Am Mittag machte ich Mittagessen für Madame und ein schnelles Eiersalat-Sandwich für mich. Als ich durch einen der Durchgänge in den Zelten ging und nach einem Versteck suchte, um mein Sandwich zu essen, hielt mich der *Brack* Nerkan auf.

„Madame möchte, dass du diese Dinge für sie besorgst." Er drückte mir ein Stück Papier in die Hand.

Es war eine Einkaufsliste mit verschiedenen Pulvern und Gewürzen, die ich wahrscheinlich alle im örtlichen Lebensmittelgeschäft bekommen könnte.

„Ich muss bald wieder in die Kartenbox zurück", erinnerte ich ihn leise.

Er rümpfte die Nase, offensichtlich verärgert. „Gut, ich verkaufe Karten, bis du zurückkommst. Nimm den Van. Und beeil dich. Die Box ist zu heiß. Ich hasse es dort."

Ich kuschelte mich auf dem Weg zum Van auf dem Parkplatz in meinen Hoodie. Die Mittagshitze hatte die Frische des frühen Morgens vertrieben, aber ich zog weder den Hoodie noch den Schal aus. Sie waren mehr als nur Kleidung, sie waren meine Sicherheitsdecke, mein einziger sicherer Ort, auch wenn sie überhaupt kein Ort waren.

Radax hatte mir das Autofahren beigebracht, sowohl mit Schalt- als auch mit Automatikgetriebe. Madame hatte es erlaubt, wahrscheinlich weil sie den Nutzen dieser Fähigkeit vorausgesehen hatte. Sie schickte lieber *mich* zum Erledigen von Besorgungen als einen der *Bracks*. Ich zog viel weniger Aufmerksamkeit auf mich im Vergleich zu ihnen mit ihren großen, muskulösen Körpern, kahlen Köpfen und tätowierten Armen und Hälsen.

Ich fuhr auf den Parkplatz des örtlichen Ladens und parkte den weißen, fensterlosen Van der Menagerie.

Madames Liste war nicht lang, aber detailiert. Es dauerte einige Zeit, bis ich alle Artikel gefunden hatte. Nachdem ich sie alle gesammelt hatte, stellte ich mich in die Schlange an der Kasse und vertrieb mir die Zeit damit, die Menschen zu beobachten.

Sie waren mein einziges wahres Fenster in die Welt außerhalb der Menagerie. Ich sprach selten mit jemandem, aber ich beobachtete immer sorgfältig und versuchte, das Leben zu erraten, das sie alle führten, das Leben, das mir nie erlaubt sein würde.

Eine junge Frau hielt die Hand eines Mannes. War er ihr Ehemann? Nur ein Freund? Oder ein Verwandter?

Ein Mann hatte ein Kleinkind in den Babysitz seines Einkaufswagens geschnallt. Der Junge kaute fröhlich an einem Keks aus einer offenen Schachtel. War das ein alleinerziehender Vater? Oder saß die Mutter zu Hause?

Eine ältere Frau beugte sich, um die Schnürsenkel eines kleinen Mädchens zu binden. Waren sie Oma und Enkelin, die Zeit miteinander verbrachten?

All diese alltäglichen Dinge, die Menschen jeden Tag taten, während sie miteinander interagierten, waren ein Rätsel für mich. Wie war es, eine Großmutter zu haben, ein Kind, eine Familie?

Ein Teenager in der Schlange vor mir öffnete eine Wasserflasche und trank einen Schluck. Sein Freund quetschte die Flasche, während er trank, und verschüttete den Inhalt auf die Brust des Jungen.

„Hey!", der Junge im durchnässten Hemd schubste seinen Freund weg, beide lachten laut.

Wasser ...

Als ich beobachtete, wie es sein Hemd hinunterlief und nutzlos auf den Boden tropfte, wanderten meine Gedanken zu dem Wesen, das in der Kiste in einem von Madames Zelten dem Tod durch Verdursten überlassen wurde.

Er war gefährlich – das Bild des Steinstücks, das wie Krins Daumen geformt war, stieg in meinem Kopf auf. Der Gefangene könnte ein wahres Monster sein.

Aber er litt.

„Hast du einen schlechten Tag, Kleine?" Seine Stimme hatte kraftlos, aber freundlich geklungen – rau, weil sein Hals trocken war.

Sein Leiden kam von etwas, das so leicht zu beheben war wie Wassermangel. Selbst ich – der „schwache, jämmerliche Mensch", wie Madame mich oft nannte – hatte die Macht, ihm zu helfen.

Wenn ich ihm jedoch Wasser gäbe, würde ich Madames direkten Befehl verletzen – ein Vergehen, das mit dem Tod bestraft wird. In der dunklen Welt der Menagerie war ich nur ein Schatten. Als Schatten konnte ich überleben, aber ich musste unsichtbar bleiben – nichts tun, nichts sagen, nichts sehen …

Die Kassiererin scannte meine Einkäufe. „Sonst noch etwas?"

In meiner schweißnassen Hand knitterte ich den Zwanzig-Dollar-Schein, den Nerkan mir gegeben hatte.

Die Kassiererin schaute mich erwartungsvoll an. „Das wären dann siebzehn Dollar und fünfzehn Cent."

Ein Aufkleber auf dem Regal innerhalb der Glastür der Kühl-vitrine gab den Preis einer Flasche Wasser mit neunundneunzig Cent an. Das war alles, was es kosten würde, um jemanden vor einem schrecklichen Tod durch Verdursten zu bewahren – neun-undneunzig Cent für eine Flasche Wasser und … ganz möglicher-weise mein Leben, wenn Madame es jemals herausfinden würde. Sie könnte auch Radax für mein Vergehen verletzen, wie sie es oft tat.

„Ich würde lieber als Tier sterben, als als dein Sklave zu leben", hatte der Gorgone zu Madame gesagt. Seine ruhige Stimme hatte so viel Stärke getragen, als er das sagte – die Stärke, die ich nicht besaß, aber nicht umhin konnte zu bewundern. Er wagte es, der

Göttin zu trotzen und wählte, mit seinem Leben für seine Freiheit zu bezahlen.

Ich trat von der Kasse zurück und griff nach zwei langen Gurken vom Gemüsestand in der Nähe.

„Diese auch", krächzte ich und warf die Gurken auf das Band.

Eine Gurke besteht hauptsächlich aus Wasser. Dennoch ist es *kein* Wasser. Würde das einen Unterschied machen, wenn Madame entdeckte, dass ich seinen Gefangenen damit fütterte? Wahrscheinlich nicht. Aber der Widerstand fiel mir leichter, wenn es nicht darum ging, ihren direkten Befehl zu brechen.

Ich war nicht stark genug, einer Göttin zu trotzen. Aber vielleicht war ich schlau genug, einen Weg *um* ihre Befehle herum zu finden? Und vielleicht könnte ich heimlich genug sein, um nicht erwischt zu werden?

„Hey! Du bist aus der Freakshow, oder?" Die mädchenhafte Stimme erschreckte mich.

Ich erstarrte auf meinem Weg über den Parkplatz zum Van.

Ein schlankes Mädchen in ausgefransten Jeans-Shorts und einer abgenutzten Lederjacke lehnte an einem geparkten Pickup.

„Ich habe dich heute Morgen in der Kartenbox gesehen." Sie blies eine rosa Blase aus dem Kaugummi in ihrem Mund.

Mit gesenktem Kopf umkreiste ich das Mädchen in weitem Bogen und nahm dann wieder Kurs auf den Van.

Sie löste sich vom Pickup und joggte mir nach. „Hey, was ist los? Ich werde dir nicht wehtun. Ich möchte dich nur etwas fragen."

Was auch immer es war, ich wusste bereits, dass ich nicht würde antworten können. Madame erlaubte nicht, mit Fremden über die Menagerie zu sprechen. Es war immer eine kluge Entscheidung, ruhig zu bleiben.

Das Mädchen blies eine weitere Kaugummiblase und ließ sie

dann mit einem lauten Geräusch platzen. Ich zog meinen Kopf noch tiefer zwischen die Schultern, bis sowohl mein Mund als auch meine Nase im Schal um meinen Hals vergraben waren.

„Also, was hat es mit all diesen Dingen auf sich, die ihr da drin habt?", fragte das Mädchen und versperrte mir den Weg.

Ich hatte keine andere Wahl, als anzuhalten und sie endlich genau anzusehen.

Ihr kupferrotes Haar war auf einer Seite abrasiert und reichte auf der anderen bis zur Schulter. Glänzende Metallpiercings schmückten ihre Lippe, ein Nasenloch und eine Augenbraue. Mehrere Ringe und Reifen glitzerten an jedem Ohr.

Sie war eine bunte Persönlichkeit, fast so bunt wie Madame. Im Gegensatz zu Madame sah sie jedoch nicht böse aus. Ich mochte es, sie anzustarren.

Das Mädchen grinste und schob den Kaugummi mit der Zunge hinter ihre Wange.

„Ich bin Amber." Sie bot mir ihre dünne, knochige Hand an. „Wie heißt du?"

Die Papiertüte aus dem Laden mit einem Arm umklammernd, hielt ich meine verletzte Hand in meiner Tasche.

Sie zuckte mit den Schultern und steckte ihre ungeschüttelte Hand in die Tasche ihrer Shorts, bewegte sich aber nicht aus meinem Weg.

„Ich muss gehen", murmelte ich und vermied Ambers haselnussbraune Augen.

„Aber sind all diese Dinge in euren Zelten echt?", ihr Gesicht spaltete sich zu einem breiten Grinsen. „Die Tiere auch?"

Ich nickte.

Die Tiere der Menagerie waren für mich sehr real. Yenric, das zweiköpfige Ferkel, das laut Madame drei Köpfe haben sollte, aber mit einem Defekt geboren wurde und nur zwei hatte; die roten Schlangenvögel, die wie Federboa mit Krallen und Flügeln aussahen; die im Dunkeln leuchtenden Sumpfschildkröten, die in Farben strahlten, die heller als alle Feuerwerke waren, die ich je gesehen hatte – sie alle waren für mich realer als die

Kühe oder Pferde dieser Welt, die ich nie aus der Nähe gesehen hatte.

„Cool!", Amber starrte mich weiterhin neugierig an.

Ein plötzliches Motorengebrüll ließ mich zusammenzucken und ein paar Schritte zurückstolpern. Ein Mann auf einem Motorrad hielt hinter Amber, sein Gesicht war durch einen schwarzen Helm verborgen.

„Mist, ich muss los. Na ja, tschüss, Kartenmädchen." Sie sprang auf den Sitz hinter dem Mann und winkte mir zu, bevor sie seine Taille mit beiden Armen umschlang.

Der Wind erfasste ihr helles Haar, als das Motorrad entlang der Schotterstraße beschleunigte und Staubwolken in seinem Kielwasser aufwirbelte.

Ich starrte ihnen nach und beobachtete, wie sich der Staub legte. Ich war noch nie auf einem Motorrad gefahren. Jetzt fragte ich mich, wie es sich anfühlte. Wind, der vorbeisauste. Die Straße vor einem, endlos, wie sie sein könnte.

Freiheit.

Amber, die auf einem Motorrad davonfegte, war der Inbegriff von Freiheit, während ich durch unsichtbare Ketten an den Ort gebunden war, aus dem ich nie entkommen konnte.

Ich drückte den Schlüssel zum Van in meiner Hand. Ich hatte ein Fahrzeug mit genug Benzin im Tank, um mich hunderte von Kilometern von Madame und ihrer Menagerie wegzubringen.

Aber wohin sollte ich gehen?

Madame sagte oft, dass Geld in dieser Welt alles sei. Ich hatte keinen Cent auf meinen Namen. Ich wusste, dass Menschen Geld verdienten, indem sie arbeiteten, aber ich hatte keine Ahnung, wie man überhaupt einen Job bekommen würde.

So viel über die Welt außerhalb der Menagerie verwirrte und erschreckte mich. Ab und zu hörte ich Bruchstücke von Gesprächen der Menschen auf dem Festgelände. Steuern, Ausweise, Bankkonten, Sozialversicherung, Studium, Miete, Kredite waren Worte, die von den Menschen oft verwendet wurden. Sie klangen für mich wie eine Fremdsprache.

Radax war meine einzige Informationsquelle, aber er konnte mir mit nichts davon helfen. Er gehörte zur Menagerie, zu Madame. Wie ich hatte auch er nie wirklich in dieser Welt *gelebt*.

In den Van zu steigen und so weit zu fahren, wie er mich bringen würde, war verlockend. Außer dass dieser Plan kein Endziel hatte und daher nirgendwo endete.

Ich kletterte auf den Fahrersitz und startete den Motor. Dann fuhr ich zurück zum Festgelände und zu Madames Zelten – zu dem Erprobten und Vertrauten, zu dem einzigen Ort auf der Welt, an dem zumindest eine Person sich um mich kümmerte.

Vier

KYLLEN

Sein Hals schnürte sich bei einem Schlucken zusammen. Nur gab es nichts zu schlucken – in seinem Körper war kaum noch Feuchtigkeit übrig. Sein Hals fühlte sich an wie trockener Sand in einer Wüste. Jede Bewegung tat weh.

„Du wirst hier sterben. Namenlos", hatte Ghata gesagt. Und es sah ganz danach aus, als wäre er auf dem besten Weg, ihre Prophezeiung zu erfüllen.

Die tödliche Dürre hatte sich eingestellt, schrumpfte sein Inneres und trocknete seine Haut aus, die mittlerweile Baumrinde ähnelte. Bald würde sein Gehirn abschalten, und sein Körper würde langsam zu Staub zerfallen.

Große Schlange, so hatte er sich seinen Tod nicht vorgestellt. Als Kind hatte er sich, wie jeder gorgonische Junge, gewünscht, seinen Namen durch einen ehrenvollen Tod auf dem Schlachtfeld mit Ruhm zu umhüllen.

Natürlich hofften seine Eltern immer, dass er lange genug leben würde, um eines Tages den Platz seines Vaters einzunehmen und im hohen Alter als Hoher Lord von Ellohi im Königreich Lorsan in Nerifir zu sterben.

Und hier war er nun, verdorrt bis zum Tod in der entlegenen, unbekannten Welt der Menschen.

Die Alternative war sogar noch schlimmer als der Tod – Jahrhunderte der Knechtschaft für die in Ungnade gefallene Göttin der Werwölfe. Ihr eigenes Volk hatte Göttin Ghata aus Nerifir vertrieben. Sie besaß keinen Anstand, und ihr Mangel an Ehre machte jede Chance auf einen fairen Deal unmöglich. Sie war eine Göttin, kein Fae. Versprechen banden sie nicht. Einen Deal mit Ghata zu machen, wäre, als würde er sich lebenslange Fesseln anlegen, ohne jegliche Garantie, dass sie jemals ihren Teil der Abmachung einhalten würde. Sein Leben und seine Ehre wären für immer in ihren Händen.

Er zog den Tod vor.

Sein Rücken begann zu krampfen, weil er zu lange in derselben Position gesessen hatte. Vorsichtig legte er sich auf den Holzboden und versuchte zu vermeiden, seine trockene Haut noch mehr aufzureißen, als sie es bereits war. Es tat weh, wenn das passierte. Die Risse heilten nicht mehr.

Die Eisenketten rasselten und klapperten, als er seine Beine verlagerte. Der Platz war nicht lang genug, um sie vollständig auszustrecken. Die Kiste war auch nicht hoch genug, um aufrecht zu stehen. Die Konstruktion musste Teil des hinterhältigen Plans sein, ihn zu foltern, zweifellos.

In dieser Position kam die kleine Öffnung im oberen Teil der Kiste in sein Blickfeld. Mit dicken, rostigen Stäben überkreuzt, war es sein einziges Fenster zur Welt. Nur dass die Welt auf den darüber gespannten Stoff mit einer Reihe gelber Lichter reduziert worden war.

Tagsüber drang das Sonnenlicht durch den Stoff, wie jetzt. Nachts war es dunkel, abgesehen von den Lichtern.

Er hatte keine Ahnung, wie viel Zeit vergangen war, seit die *Bracks* ihn wie ein wildes Tier gefangen genommen und hierher gebracht hatten. Der Durst hatte seinen Verstand in letzter Zeit stark vernebelt. Er wurde oft ohnmächtig. Das Ganze könnte schon seit Monaten, Jahren oder vielleicht sogar Jahrhunderten andauern.

Nicht dass es jetzt noch eine Rolle spielte. Bei diesem Tempo würde er nicht mehr lange durchhalten.

Geräusche erreichten ihn häufiger als Anblicke. Schlurfende Füße. Ghatas Stimme – manchmal zuckersüß, aber oft brutal und harsch. Die Stimmen ihrer *Bracks*, die entweder ihre Befehle bestätigten oder über deren Ausführung berichteten. Geräusche des Einpackens. Dann Vibrationen vom Fahren. Dann wieder dieselben Geräusche, die sich in einem endlosen, wahnsinnigen Kreislauf drehten.

Das Geräusch von Schritten erreichte sein Gehör, dann ein schabendes Geräusch entlang der Kistenwand. Jemand schlich um sein Gefängnis herum. Die Schritte waren leicht, so leicht, dass er sich fragte, ob es eine der vielen Halluzinationen war, die der brutale Durst ihm aufgezwungen hatte.

„Ähm ...", räusperte sich jemand leise.

Versuchten sie, seine Aufmerksamkeit zu erregen?

Er schob seine Kapuze zurück, um seine Ohren freizulegen, und strengte sein Gehör an.

„Ich habe Ihnen etwas mitgebracht", sagte die Stimme zögernd.

Die Sprecherin war eindeutig eine Frau, und nach ihrer Stimme zu urteilen, eine junge. Er fragte sich, ob es dieselbe Menschenfrau war, deren leises Schluchzen er zuvor gehört hatte. War sie auch eine Gefangene? Oder hatte Ghata sie hergeschickt, um dort Erfolg zu haben, wo die Göttin selbst versagt hatte?

Es könnte eine Falle sein.

„Ähm ...", zögerte die Frau. „Können Sie mich hören?"

Er hatte doch mit ihr gesprochen, als sie geweint hatte, oder? Er konnte sich nicht mehr an die genauen Worte erinnern, die er zu ihr gesagt hatte, aber er hatte sie trösten wollen.

Sein dehydriertes Gehirn funktionierte langsam, aber während die Frau auf seine Antwort wartete, formte sich eine Idee in seinem Kopf. Sie hatte geweint. Etwas oder jemand hatte sie unglücklich gemacht. Und wenn das so war, konnte er vielleicht ihr Elend zu seinem Vorteil nutzen? Die Götter wussten, dass er einen Verbündeten gebrauchen konnte, selbst einen unwissentlichen.

Vielleicht, nur vielleicht, könnte sie sein Schlüssel zur Freiheit sein?

Es mochte der Durst oder die Verzweiflung sein oder beides, aber zum ersten Mal seit einer gefühlten Ewigkeit flatterte Hoffnung in seinem austrocknenden Herzen.

Er überlegte noch, welche Worte für seine Antwort am besten geeignet wären, als etwas Langes und Schlankes seine Sicht durch die Öffnung über ihm versperrte. Die Frau schob den Gegenstand zwischen den Stäben hindurch und ... ließ ihn los.

Da seine Reflexe viel langsamer waren als früher, rollte er nicht rechtzeitig weg. Der lange Gegenstand traf ihn direkt ins Auge.

„Hey!" Er zuckte in eine sitzende Position zurück. Sein Auge schmerzte und er rieb daran. „Wozu war das, bei der Großen Schlange, gut?"

Die Frau quiekte.

„Es tut mir so ... so leid", flüsterte sie halb. Dann kam das Geräusch, wie sie davonhuschte.

„Warte!"

Aber sie war weg.

Was, bei allen Göttern von Nerifir, war da gerade passiert?

Er hatte neue Arten der Folter von Ghata und ihren Leuten erwartet. Aber das ... Nun, das war einfach lächerlich.

Er rieb sein Auge noch ein wenig. Der Schmerz verging schnell. Was auch immer sie ihm zugeworfen hatte, war bei weitem nicht hart oder schwer genug, um tödlich zu sein. Sie hatte nicht versucht, ihn zu töten.

Wozu hatte sie das gemacht? Und was war das für ein Ding, das sie ihm zugeworfen hatte?

Er tastete den Boden ab und seine Hände schlossen sich um einen glatten, langen Gegenstand.

Eine Gurke?

Die Frau hatte gerade eine Gurke in seine Kiste geworfen und ihn dabei ins Auge getroffen.

Er grinste und starrte das Gemüse ungläubig an. Es sah den Gurken in Nerifir sehr ähnlich – grün, lang und vermutlich saftig.

Er führte sie an seine Nase und atmete den frischen, knackigen Duft ein. Es erinnerte ihn immer an das kühle Wasser, das zwischen den Wurzeln des Palastes seines Vaters floss.

Wasser ...

Mit geschlossenen Augen grub er seine Zähne in die dunkelgrüne Haut. Der klare, wässrige Saft lief unter seinen Reißzähnen hervor, tropfte auf seine Unterlippe und rann sein Kinn hinunter.

So sehr wie Wasser.

Er atmete den frischen Duft erneut ein, biss ein riesiges Stück von der Seite ab. Das zarte Fleisch des Gemüses glitt seinen ausgedörrten Hals hinunter und beruhigte ihn mit Feuchtigkeit. Er nahm noch einen Bissen, dann noch einen.

Schon bald war die ganze Gurke verschwunden. Und er wollte mehr.

Seine Innereien, die seit dem Tag seiner Gefangennahme kaum Nahrung oder Wasser gesehen hatten, schienen sofort jeden Tropfen Feuchtigkeit und Nährstoffe aus dem Gemüse aufzunehmen. Sein Magen fühlte sich immer noch leer an. Seine Haut blieb trocken wie Papier, aber etwas Klarheit kehrte in sein Gehirn zurück. Er fühlte sich besser, als er es seit sehr langer Zeit getan hatte.

Langsam ausatmend lehnte er sich gegen eine Seite der Kiste.

Vielleicht hätte er vorsichtiger sein sollen, als er etwas zu sich nahm, das von Ghata und ihren Leuten kam. Wahrscheinlich arbeitete die Frau für sie. Es könnte trotz allem ein Trick sein – eine Falle.

Er konnte sich jedoch nicht dazu bringen, sich darum zu kümmern. Zum ersten Mal seit langem befand sich Nahrung in seinem Bauch. Die sengende Trockenheit ging zurück.

Er schloss seine Augen, diesmal nicht in einem Nebel des Deliriums, sondern in einem tiefen, erholsamen Schlaf.

Fünf

AMIRA

Ich habe ihm eine Gurke ins Auge geworfen.

Endlich wollte ich mal etwas Tapferes tun, irgendwie helfen, und stattdessen habe ich ihm eine Gurke ins Auge geworfen ...

Scham und Demütigung quälten mich. Madame hatte Recht. Ich kann nie etwas richtig machen.

Einen Tag später endete der Jahrmarkt. Die *Bracks* bauten die Zelte ab und packten die Lastwagen. Die Menagerie zog weiter in den Süden Georgias. Danach, wie ich zufällig hörte, würden wir die Vereinigten Staaten Ende Januar verlassen und nach England reisen.

All diese Orte waren für mich größtenteils nur Klänge. Wenn man mit der Menagerie reist, sind die Unterschiede zwischen Orten und Ländern subtil. Statt eines Zeltes könnte es eine Ausstellungshalle geben. Statt eines Lastwagens würden wir ein Flugzeug nehmen. Abgesehen davon veränderte sich mein Leben nicht viel, egal wohin Madame uns schickte.

Anstatt in der Kabine eines Lastwagens hin und her geschüttelt zu werden, nahm Madame ein Flugzeug zum nächstgelegenen

Flughafen des nächsten Jahrmarkts. Sie würde in einem Hotel auf uns warten, wenn wir in ein paar Tagen dort ankämen.

Mit ihrer Abreise fiel das Atmen viel leichter. Die *Bracks* kommandierten mich zwar immer noch herum, und ich arbeitete am Ende genauso viel, als wäre sie hier. Aber ihre Stimme nicht zu hören, nicht zu erwarten, dass sie jeden Moment zu einem schrillen Missvergnügen ansteigen würde, fühlte sich an, als wäre vorübergehend eine Last von meinen Schultern gefallen.

Ich bewegte mich schnell, half beim Abbau der Menagerie und unseres Lagers, während ich gleichzeitig versuchte, den *Bracks* so gut wie möglich aus dem Weg zu gehen.

Meine Hand hatte sich erholt. Der blaue Fleck blühte in allen Schattierungen von Blau, Gelb und Rot, aber die Schwellung und der Schmerz hatten nachgelassen. Indem ich meine Hand in meinem Ärmel versteckte, gelang es mir, sie vor Radax zu verbergen und seinen Fragen auszuweichen.

Als wir fast fertig waren, nahm ich eines der wenigen Dinge, die noch verladen werden mussten – einen Eimer mit Schläuchen und anderem Poolzubehör, übrig geblieben von der Zeit, als Madame einen riesigen Wassertank hatte. Darin hatte sie einen Sirenenmenschen namens Zeph ausgestellt. Aber Zeph war im November geflohen, und sie hatte den Tank verkauft. Der Eimer mit Ersatzschläuchen und Kabeln blieb übrig, weil Madame wahrscheinlich vergessen hatte, den Befehl zu geben, ihn loszuwerden, und die *Bracks* nicht viel ohne ihre Befehle taten.

Während ich an den offenen Sattelschleppern entlangging, fand ich denjenigen mit der Kiste, in der Madame ihren Gefangenen, den Gorgonen, hielt. Ich schob den Eimer hinein und lungerte dann herum, wobei ich vorgab, mit dem Ordnen der Dinge im Anhänger beschäftigt zu sein.

Seit meinem Fiasko mit der Gurke hatte ich mich von der Kiste des Gorgonen ferngehalten. Er musste wütend auf mich sein, weil ich ihn im Auge getroffen hatte, und ich brauchte nicht noch eine Person mehr, die mich hasste.

Ich fragte mich allerdings, was mit der Gurke passiert war.

Hatte der Gorgone sie gegessen? Wenn ja, hätte sie nicht lange gereicht. Inzwischen musste er wieder hungrig und durstig sein.

Tief im Anhänger platziert, musste die Kiste eines der ersten Dinge gewesen sein, die heute verladen wurden. Sie stand nun schon eine Weile im heißen Lastwagen. Ich konnte nicht anders, als daran zu denken, wie heiß und stickig es in dieser Holzkiste sein musste und wie durstig die Person darin sein musste.

Dann kam mir ein anderer Gedanke. Was, wenn er die Gurke *nicht* gegessen hatte? Ich hatte keine Ahnung, was für eine Kreatur der Gorgone war. Was, wenn Gurken nicht zu ihrer Nahrung gehörten?

Dann würde das dumme Gemüse auf dem Boden seiner Kiste liegen und verrotten. Das würde nicht nur die Bedingungen in der Kiste noch unbequemer machen, sondern wenn ein *Brack* oder Madame jemals die verfaulte Gurke entdecken würden, würden sie wissen wollen, wie sie dorthin gekommen war.

Wenn er die Gurke nicht gegessen hatte, musste ich sie unbedingt zurückbekommen.

Als alles erledigt und verpackt war, fand ich Radax.

„Fertig?", fragte er und stand neben einem Lastwagen.

Ich nickte. „Ich fahre hinten mit, bei den Tieren."

„Bist du sicher, dass du nicht vorne mit mir fahren willst?", fragte er.

Dez kletterte auf den Fahrersitz des Lastwagens, auf den Radax zeigte. Wenn ich mit ihnen ginge, müsste ich Dez zuhören, wie er mit seiner Zeit bei Madame prahlte, was er ihr das letzte Mal aus Nerifir mitgebracht hatte und wie sehr sie ihn dafür lobte.

„Vielleicht später?", sagte ich zögernd, widerstrebend, nein zu Radax zu sagen.

Er sah nicht glücklich über meine Entscheidung aus, argumentierte aber nicht. „Wir halten später am Abend zum Abendessen an. Du sagst mir Bescheid, wenn du deine Meinung geändert hast. Hast du etwas zu essen bis dahin?"

„Ja." Ich zog ein eingewickeltes Sandwich und eine Plastikwasserflasche aus den tiefen Taschen meines Hoodies.

„Na dann, steig ein." Er hielt die hintere Tür seines Lastwagens für mich offen.

„Ähm ... ich muss erst noch etwas holen. Geht schon vor. Ich lasse Vuk in einer Minute die Türen abschließen."

Dez steckte seinen kahlen Kopf aus dem Fahrerfenster.

„Komm schon, Radax!" Er schlug mit seiner Hand auf die Außenseite der Tür, um unsere Aufmerksamkeit zu erregen, als ob seine dröhnende Stimme nicht laut genug wäre. „Zeit, loszufahren!"

Radax berührte meinen Arm. „Also, pass auf dich auf. Ich schaue beim nächsten Halt nach dir."

Das war nicht gut. Er würde nach mir in seinem Lastwagen schauen, wenn ich nach dem Mann in der Kiste sehe. Ich müsste mir etwas ausdenken, um es ihm später zu erklären.

Ich wartete, bis Radax in die Kabine seines Lastwagens sprang. Dann verschloss ich seine hinteren Türen, bevor ich in den Lastwagen mit der Kiste kletterte und mich hinter einem Stapel Kisten hockte. Die Türen des Lastwagens wurden kurz darauf geschlossen und verriegelt. Dann setzte sich unsere gesamte Karawane in Bewegung. Ich fand einen gemütlichen Platz zwischen den Rollen des Zeltstoffs. Dann saß ich da und starrte stumm auf die Kiste.

Der Lastwagen schüttelte und sprang auf dem Feldweg, bevor wir auf eine asphaltierte Straße kamen. Es konnte nicht bequem sein, in der Kiste zu fahren, mit nichts als Ketten, die einen an Ort und Stelle hielten. Dennoch kam kein Laut aus der Kiste.

Ich war nie jemand, der ein Gespräch begann, aber ich fürchtete, in diesem Fall keine Wahl zu haben. Als ich versuchte, meine Nerven unter Kontrolle zu bringen, räusperte ich mich.

Ein raschelndes Geräusch kam schließlich aus der Kiste, begleitet vom Rasseln der Ketten.

„Ich bin bereit", sagte der Gorgone.

„Wofür?", blinzelte ich verwirrt.

„Falls du vorhast, mir wieder ein Gemüse entgegenzuwerfen, tu es jetzt, während mein Kopf aus dem Weg ist." Seine Stimme klang diesmal weicher und stärker, etwas mürrisch, aber auch mit einem sanft neckenden Unterton.

„Oh nein. Habe ich dich am Kopf getroffen?", überflutete mich erneut eine Welle der Beschämung.

„Um genau zu sein, an meinem Auge."

„Es tut mir so leid", flüsterte ich fast und verbarg meinen Mund hinter meiner Hand. „Habe ich dir wehgetan?"

„Fürchterlich."

Wie schrecklich.

Obwohl er nicht wütend klang. Tatsächlich war ein Lächeln deutlich in seiner Stimme zu hören, als er wieder sprach. „Keine Entschuldigung könnte jemals die Verletzung wiedergutmachen, die ich erlitten habe. Der einzige Weg, die Situation zu beheben, wäre, mir noch eine Gurke zuzuwerfen."

Er lachte – das weiche, fröhliche Kichern drang durch die Holztrennwand zwischen uns.

Ich blinzelte erneut, verwirrt, ob er mich verspottete. Es war schwer, ohne ihn zu sehen, sicher zu sein. Wenn wir jedoch von Angesicht zu Angesicht sprechen würden, würde ich wahrscheinlich einfach schweigen, wie ich es oft tat. Die Person, mit der ich sprach, nicht zu sehen, machte das Sprechen einfacher.

„Du willst noch eine Gurke?"

„Bitte", sagte er. „Das wäre fantastisch."

„Also, hast du die gegessen, die ich dir das letzte Mal gegeben habe?"

„Absolut. Sie war köstlich."

Ich atmete erleichtert aus – er hatte die Beweise für meinen Ungehorsam gegessen. Natürlich brach ich allein durch das Gespräch mit ihm bereits einen weiteren von Madames Befehlen – sie mochte es nicht einmal, wenn ich mit *Bracks* sprach, geschweige denn mit jemand anderem.

„Also?", drängte ihr Gefangener. „Bitte sag mir, dass du noch eine Gurke mitgebracht hast?"

„Nein ... ich habe keine weitere.“

Die zweite Gurke, die ich an dem Tag im Laden gekauft hatte, hatte ich noch am selben Abend in einen Salat für Madames Abendessen geschnitten, um meinen Einkauf zu rechtfertigen. Sie ging oft meine Kassenbelege durch, um die Ausgaben zu überprüfen.

„Nein?“, seine Stimme klang enttäuscht.

„Du magst Gurken?“

„Meine liebe menschliche Freundin“, sagte er mit einem sanften Schnauben. „Ich hatte sehr lange nichts getrunken oder gegessen, bevor du sie mir so großzügig ins Auge fallen ließest. Ich kann ehrlich sagen, es war das Beste, was ich jemals in dieser Welt hatte.“

„Ich ...“, ich kramte in meinen Taschen. „Ich habe ein Sandwich und eine Flasche Wasser.“

Ich hatte das Sandwich aus den Resten von Madames Frühstück gemacht, nachdem sie an diesem Morgen zum Flughafen aufgebrochen war. Sie hatte nie verboten, ihrem Gefangenen Essen zu geben. Es würde keinen Schaden anrichten, mein Sandwich mit ihm zu teilen. Ich nahm es heraus und hielt es hoch, als könnte er es durch das Holz sehen.

„Es ist ein Ei-Sandwich. Wir können teilen. Oder du kannst das ganze haben, wenn du willst.“ Ich werde Abendessen bekommen, wenn wir anhalten, wie Radax gesagt hatte.

„Hast du gesagt, du hättest Wasser?“, fragte er hastig, gierig. Wenn es möglich war, den Durst eines anderen durch seine Stimme zu spüren, dann hatte ich es gerade getan. Mein eigener Hals wurde trocken, und ich musste schlucken, um überhaupt weiteratmen zu können.

Ich umschloss die Plastikflasche mit meinen Fingern. Sie fühlte sich kühl an von der Flüssigkeit im Inneren. Erfrischend. Genau das, was er brauchte, stellte ich mir vor.

Ihm Wasser zu geben, würde bedeuten, Madames Befehl zu brechen. Ich hatte schon früher Dinge getan, von denen ich wusste, dass sie sie missbilligen würde. Oder ich hatte ihre Anweisungen umgangen und manchmal sogar die Regeln leicht gebeugt. Aber ich hatte nie einem direkten Befehl widersprochen.

„Würdest du dein Wasser mit mir teilen?", fragte der Gefangene süß. „Bitte? Nur einen Schluck."

Es lag so viel Hoffnung in seiner Stimme. Ich konnte sie einfach nicht zerstören. Madame war sowieso nicht hier. Niemand würde es ihr erzählen. Richtig? Niemand würde wissen, wenn ich ihrem Gefangenen nur einen winzigen Schluck Wasser geben würde.

Ich atmete aus. „Okay. Ich werde teilen. Aber du darfst es niemandem erzählen."

„Das werde ich nicht", sagte er schnell. „Du kannst mir voll und ganz vertrauen."

Ich kannte ihn nicht gut genug, um ihm zu vertrauen, aber er hatte nichts davon, mich bei Madame zu verpetzen.

„Lass mich nur herausfinden, wie ich es zu dir bringe." Ich stand auf und hielt mich am Rand der Kiste fest. Ihre Höhe reichte mir knapp über die Brust. Wenn ich mich über sie lehnte, konnte ich das kleine, vergitterte Fenster im Dach der Kiste erreichen. „Die Flasche würde nicht durch die Gitterstäbe des Fensters passen. Sollte ich sie einfach öffnen und sie kippen, damit du trinken kannst?"

„Nein." Er klang ängstlich. „Tu das nicht. Du riskierst, es zu verschütten und zu verschwenden." Für ihn war offensichtlich jeder Tropfen Wasser kostbar.

„Okay. Gib mir eine Minute." Ich suchte nach etwas, das ich als Strohhalm oder Trichter verwenden könnte, und erinnerte mich dann an den Eimer, den ich vorher eingeladen hatte. Ich fand ihn, zog ein Bündel Plastikschläuche heraus und löste einen davon.

„Das sollte funktionieren." Der Schlauch war fast so lang wie ich groß war. Ich führte ein Ende durch die Öffnung zwischen den Gitterstäben. „Denkst du, du könntest das als Strohhalm benutzen?" Ich tauchte das andere Ende des Schlauchs in die offene Wasserflasche in meinen Händen.

Anstatt einer Antwort saugte der Gorgone die Luft aus dem Schlauch und füllte ihn mit Wasser. Innerhalb von Sekunden war meine Flasche leer. Er „inhalierte" das Wasser praktisch in ein paar langen, tiefen Schlucken.

„Wow. Das ging schnell." Ich drehte die leere Flasche in meinen Händen, verblüfft. Wie konnte jemand so schnell trinken? „Du warst wirklich durstig ..."

„Du hast keine Ahnung", kam die Antwort in einer langsamen, zufriedenen Stimme.

„Fühlst du dich besser?", setzte ich mich wieder auf den Stapel Leinwandrollen.

Er summte zufrieden, dann fragte er: „Warum tust du das, kleine Menschenfrau? Weißt du nicht, dass Ghata verboten hat, mir Wasser zu geben? Du arbeitest für sie, oder? Du bist eine ihrer Leute."

Das waren zu viele Fragen, um sie auf einmal zu beantworten. Besonders da ich mir über die Antworten selbst nicht im Klaren war.

Arbeitete ich für Madame? Ich war nicht formell angestellt, aber ich erledigte Dinge für sie und befolgte ihre Befehle. Ich bekam keine Entschädigung außer Kost und Logis, die aus einem Haufen Lumpen zum Schlafen und welchem Essen auch immer bestand, das ich aus der Küche ergatterte.

War ich eine ihrer Leute? Ich gehörte nicht zu ihr, wie die *Bracks* es taten. Aber ich war auch nicht frei von ihr.

Die schwierigste Frage zu beantworten war, warum ich mich gegen Madames direkten Befehl gestellt hatte. Ich konnte nicht einmal die Ausrede benutzen, dass es diesmal nur eine Gurke war. Ich hatte ihm eine ganze Flasche Wasser gegeben.

„Ich ... ich habe dich mit ihr sprechen hören", begann ich, nach Worten suchend. „Ich wusste nicht, dass sie Menschen gefangen hält."

Nein, das war eine Lüge. Ich wusste es. Oder ich hätte es wissen müssen.

Madame hatte Zeph, den Sirenenmann, gefangen gehalten

und ihn vorher für Geld ausgestellt. Aber ich hatte mich entschieden, ihren Lügen zu glauben, dass der Sirene kein vernunftbegabtes Wesen sei, dass er einfach ein magischer Fisch oder ein Meeressäugetier aus Nerifir sei und nur optisch einem Menschen ähnele. Es war leichter für mein Gewissen zu akzeptieren, dass er in einem Wassertank eingesperrt war, wenn er keine Gedanken, kein Bewusstsein und kein Leben hatte, das er aufgeben musste, als sie ihn gefangen hatte.

Genau wie jetzt wäre es einfacher gewesen, so zu tun, als wäre der Gorgone auch nur eine Art wildes Tier.

Außer dass Tiere nicht sprachen.

„Es ist nicht richtig, Menschen in einer Kiste zu halten", sagte ich.

„Nein, das ist es nicht", stimmte er zu. „Würdest du mir dann helfen, herauszukommen?"

Ich verschluckte mich an meinem nächsten Atemzug bei dieser Forderung.

Ihn zu befreien, wäre ein viel größerer Akt des Ungehorsams, als ihm etwas Wasser zu trinken zu geben. Selbst wenn ich die Fähigkeit hätte, ihn zu befreien – was fraglich war, wenn man bedenkt, dass er in Ketten gefesselt war und ich keinen Schlüssel hatte – hätte es schwerwiegende Konsequenzen. Tod, höchstwahrscheinlich. Für uns beide, Radax und mich.

„Was macht dir Angst?", fragte der Gorgone, als ich nicht geantwortet hatte.

Angst war ein unteilbarer Teil von mir. Ich lebte so lange mit diesem kalten, sinkenden Gefühl in mir, dass es zu meiner zweiten Natur geworden war. Ich konnte mir ein Leben ohne sie nicht vorstellen.

„Hast du Angst vor Ghata?", beharrte er. „Die, die die *Bracks* Madame nennen?"

Madame war die Quelle vieler Schrecken. Ich hatte sie Dinge tun sehen, die mich in meinen Albträumen für immer verfolgen würden. Ich hatte sie mit noch schlimmeren Dingen prahlen hören.

Sie erhob oft ihre Hand gegen mich, fast täglich. Ein Stoß, ein Schubser, eine Ohrfeige waren die Norm. Auch Peitschenhiebe waren häufig, mit allem, was sie greifen konnte, wenn sie schlechte Laune hatte und ich nahe genug war, damit sie es an mir auslassen konnte.

Aber was mich noch mehr erschreckte als das, was sie tat, war das, was sie tun *könnte*. Madame hatte die Macht, Menschen weitaus mehr als körperlich zu verletzen, und sie konnte den Schmerz eine Ewigkeit andauern lassen.

Ich räusperte mich wieder und fand genau das richtige Wort, um sie zu beschreiben. „Sie ist böse."

Ein langes Seufzen stieg aus der Kiste auf.

„Das ist sie, meine kleine menschliche Freundin, das ist sie." Er drängte mich nicht, ihn zu befreien. Und dafür war ich dankbar.

Sechs

AMIRA

Die Fahrt war lang. Der Laster rollte mit nur minimalen Erschütterungen über die Autobahn. Ich begrüßte die Chance, für einmal einen Begleiter zu haben. Ich konnte mich nicht erinnern, wann ich das letzte Mal ein richtiges Gespräch mit jemandem geführt hatte.

Ich saß mit dem Rücken an die Seite der Kiste gelehnt. Ich hatte keine Ahnung, in welcher Position der Gorgone war, aber ich stellte mir vor, dass er mit dem Rücken an derselben Stelle von innen saß. Wenn die Kiste nicht da wäre, würden wir Rücken an Rücken sitzen. Wie Freunde.

Er hatte mich so genannt, oder? Er hatte mich seine Freundin genannt.

Ich hatte nie einen Freund gehabt, außer Radax. Aber die Fürsorge für mich brachte ihm nur Misshandlungen ein. In der Menagerie war es besser, keine Freunde zu haben. Es war besser, sich um niemanden zu kümmern.

Der Gorgone unterbrach meine düsteren Gedanken. „Erzähl mir von dir.“

Ich stieß ein kurzes, nervöses Lachen aus. „Da gibt es nicht viel zu erzählen.“

„Wie heißt du?“

Ich hatte mich ihm nie vorgestellt, oder? Es fühlte sich irgendwie sicherer an, eine namenlose, gesichtslose Person zu sein, die jederzeit zurück in die Schatten huschen und spurlos verschwinden konnte. Namen waren Aufzeichnungen – Fußabdrücke im Gedächtnis. Ein Name machte eine Person real, wenn ich es vorzog, ein Schatten zu bleiben.

Ich zögerte, die Stille zwischen uns wurde immer länger. Wieder war es der Gorgone, der sie durchbrach.

„Mein Name ist Kyllen“, sagte er. „Sohn des Hohen Lords vom Ellohi-Hof in den Feuchtgebieten von Lorsan im Königreich Nerifir.“

Das war der längste Name, den ich je gehört hatte. Meiner erschien im Vergleich dazu praktisch nicht existent.

„Den werde ich mir nie ganz merken können“, murmelte ich vor mich hin.

Er lachte – ein echtes, herzliches Geräusch, das angenehm durch meine Brust hallte. „Bitte, nenn mich einfach Kyllen. So nennen mich meine Freunde und Familie. Der Rest sind nur Titel und Ländereien.“

„Kyllen.“ Ich testete den Klang seines Namens. Ich mochte, wie geschmeidig er über meine Zunge glitt. Er klang zugleich elegant und stark.

„Verrätst du mir jetzt deinen Namen?“, lockte er süß. Und ich konnte es ihm nicht länger verwehren. Er hatte mir seinen Namen gegeben. Es war nur fair, wenn ich ihm meinen gab.

„Ich bin Amira.“

„Amira“, dehnte er. „Ein wunderschöner Name. Er erinnert mich an eine Blume.“

Blume?

Ich lächelte.

Die Bedeutung meines Namens war „Prinzessin“ im Arabischen oder „Baumwipfel“ im Hebräischen, wie ich vor Jahren von einer Holztafel erfahren hatte, die an einem Händlerstand auf einem Jahrmarkt verkauft wurde. Die Frau, die die Namenstafeln mit ihren Bedeutungen verkaufte, hatte mir auch gesagt, dass die direkte Übersetzung meines Namens „Eine, die spricht" war, was ironisch war, weil ich wenig sprach.

Jetzt, wo ich darüber nachdenke, hatte ich wahrscheinlich mehr Worte mit Kyllen heute gewechselt als ich normalerweise mit irgendjemandem in einem ganzen Monat sprach.

„Woher kommst du, Amira?", fragte er.

Ich rieb mir die Stirn. Das war eine Frage, auf die ich wirklich keine Antwort hatte.

Radax sagte, er habe mich von einer durch Bombenangriffe zerstörten Straße mitgenommen, während die Menagerie im Nahen Osten unterwegs war. Ich hatte eine Karte des Nahen Ostens gesehen und gelernt, dass die Region viele Länder umfasste. Er konnte sich nicht erinnern, in welchem Land er mich gefunden hatte.

Bracks lebten viele Jahrhunderte. Ihr Gedächtnis behielt hauptsächlich Informationen, die für Madame und ihren Dienst an ihr relevant waren. Meine Vergangenheit war für Radax nicht wichtig genug, um sich die Details zu merken. Ich machte ihm keinen Vorwurf. Ich konnte mich selbst kaum an all die Orte erinnern, an denen wir hier in Nordamerika gewesen waren.

Jahrelang hatte ich versucht herauszufinden, woher ich kam. Ich beobachtete Menschen auf jedem Jahrmarkt, auf dem wir waren. Ich lauschte ihren Gesprächen, wenn sie Länder erwähnten, aus denen sie kamen oder die sie besucht hatten. Ich verglich die Farbe ihrer Augen, Haare und Haut mit meinen eigenen und suchte nach meinen Landsleuten, meinem Stamm, meiner Heimat.

Ich fragte mich, ob ich aus Syrien oder Israel stammen könnte. Könnte ich aus einer jüdischen Familie kommen, die aus Europa oder Russland kam? War ich ein Besucher in der Region gewesen, weil meine Haut so blass war – „wie ein Geist"? Obwohl mein Name darauf hindeutete, dass die Region meine Heimat gewesen sein könnte.

Tief im Inneren wurde mir klar, dass ich die Antwort vielleicht nie bekommen würde. Es gab keine Möglichkeit, irgendetwas zu bestätigen. Ich würde nie erfahren, auf welcher Straße ich gestanden hatte, als Radax mich fand. Ich würde nie wissen, wer die toten Menschen um mich herum waren. Ich würde nie erfahren, wo meine Heimat war.

„Ich weiß es nicht“, hauchte ich leise. „Ich weiß nicht, woher ich komme.“

„Du weißt es nicht?“, klang er verwirrt. „Aber wo ist deine Familie? Deine Eltern?“

Meine Eltern gehörten zu der Welt, die mir jetzt nur noch in Albträumen erschien. Sie war voller Dunkelheit, zerstörter Gebäude, ohrenbetäubender Explosionen und halb unter Schutt begrabener Leichen. Sie kam aus dem, was Radax mir über den Ort erzählt hatte, an dem er mich gefunden hatte. Ich hatte keine klaren Erinnerungen an diesen Teil meines Lebens. Was wahrscheinlich ein Segen war.

„Meine Eltern sind tot“, sagte ich.

„Das tut mir leid“, erwiderte er ernst.

Ich beschloss, weiteren Fragen in diesem Bereich zuvorzukommen. „Sie sind gestorben, als ich klein war. Ich erinnere mich weder an sie noch an irgendjemanden aus meiner Familie.“

Meine Familie, meine Nachbarn, das Leben, das ich hätte führen sollen, waren alle weg. Vielleicht hätte ich auch weg sein sollen. Und oft fühlte es sich an, als wäre ich es tatsächlich. Nur ein Schatten von mir blieb in dieser Welt übrig, immer versteckt und immer still.

„Wie alt bist du, Amira?“, fragte Kyllen erneut.

Es war unmöglich, still zu bleiben, wenn er mir Fragen stellte. Obwohl dies eine weitere war, die ich nicht wirklich beantworten konnte.

„Ich bin mir nicht sicher“, sagte ich.

„Wieso das?“

„Radax denkt, ich war zwischen drei und fünf Jahren alt, als er mich fand. Das war vor zwanzig Jahren.“

Bracks achteten selten auf menschliche Kinder, selbst auf dem Jahrmarkt. Radax gab zu, dass seine Einschätzung meines Alters ungenau sein könnte.

„So jung", hauchte Kyllen.

„Wie alt bist du?"

„Achtundsiebzig. Nun, ich *war* achtundsiebzig, als ich gefangen wurde. Ich bin mir nicht ganz sicher, wie lange ich schon in dieser verfluchten Kiste bin", brummte er und bewegte sich in der Kiste. Die Ketten klapperten, als er seine Position veränderte.

„Achtundsiebzig?" Ich wusste, dass *Bracks* unsterblich waren. Viele von ihnen hatten Jahrhunderte gelebt. Aber achtundsiebzig klang so menschlich. „Sind Gorgonen unsterblich?"

„Nein. Die Lebensspanne der Fae beträgt etwa fünfhundert Jahre."

„Du bist also ein Fae?"

„Ja, genau wie alle, die in Nerifir leben."

„Ich habe noch nie jemanden aus Nerifir getroffen, außer *Bracks* natürlich."

Aber *Bracks* erinnerten sich normalerweise nicht an ihr Leben vor Madame. Radax hatte mir von seiner Schwester erzählt, die er verloren hatte. Ihr Tod war das Einzige, woran er sich von der Zeit vor Madame erinnerte, als sie ihn zum *Brack* gemacht hatte. Er sagte, ich hätte ihn an seine kleine Schwester erinnert, als er mich zum ersten Mal sah. Ich glaubte, dass das der Grund war, warum er mein Leben gerettet hatte und sich seither um mich kümmerte.

Das meiste, was ich über Nerifir wusste, kam von Madames Ansprache an die Besucher ihrer Menagerie. Sie sprach über jedes Ausstellungsstück, das sie hatte. Die kuriosen Objekte, behauptete sie, kamen entweder aus den Lorsan-Feuchtgebieten, den Bergen von Dakath oder den Sarnala-Ebenen. Sie hatte gesagt, dass die Sirene aus dem Olathana-Ozean stammte. Laut ihr befanden sich all diese Orte in Nerifir.

„Ich weiß, dass Nerifir die Heimat der Sirenen ist", bot ich zaghaft an.

Er brummte zustimmend. „Und der Gargoyles, die hoch oben in den schneebedeckten Bergen leben. Und der Werwölfe, die bei jedem Vollmond ein grauenhaftes Aussehen annehmen. Der Himmelsfeen, die hoch über den Wolken leben. Und vieler weiterer magischer Wesen, die die Menschenwelt nicht hat. Wir sind alle Fae, Amira."

Diese Welt klang wie ein Märchen.

„Stimmt es, dass Fae Magie haben?"

„Ja, jede Art von Fae hat ihre eigene Art von Magie." Er klang ziemlich selbstgefällig darüber.

„Welche Magie hast *du*?", fragte ich.

Stille folgte auf meine Frage.

„Bring mir etwas Mechanisches", antwortete er schließlich. „Eine kaputte Uhr, eine Spieldose, Schrauben, Zahnräder, Federn – irgendetwas. Und ich zeige dir meine Magie."

Mein Mund klappte auf bei dieser seltsamen Bitte. Dann durchströmte mich die Aufregung der Erwartung. Würde ich wirklich etwas Magisches sehen?

„Oh, ich werde dir –"

Ein lautes Schlagen gegen die Anhängertür ließ mich aufspringen.

„Amira!", brüllte Radax' Stimme von draußen.

Mir war nicht aufgefallen, dass der Laster angehalten hatte.

„Ich bin hier!", rief ich zurück und fügte dann leise zu Kyllen hinzu: „Niemand darf wissen, dass wir gesprochen haben."

„Warum nicht?"

„Pssst! Sei leise." Ich riss den Schlauch von der Kiste und warf ihn auf dem Weg zu den Türen zurück in den Eimer.

So vertieft war ich in das Gespräch mit Kyllen gewesen, dass ich nie darüber nachgedacht hatte, was ich Radax über meinen Lastwagenwechsel erzählen sollte.

Radax riss die hinteren Türen mit einem krachenden Geräusch auf.

„Was machst du hier?", verlangte er zu wissen. „Du solltest in meinem Laster sein."

Ich erstarrte angesichts seiner Wut. Radax hatte mir nie wehgetan, aber sein tiefes Stirnrunzeln zusammen mit seiner donnernden Stimme war einschüchternd. „Es tut mir leid …"

„Wie bist du in diesen Laster geraten?", ließ er nicht locker.

Ich wandte meinen Blick zur Seite. „Ich … Dieser hier schien bequemer." Ich zeigte auf die Zeltbahnenrollen.

Es tat mir weh, Radax anzulügen, aber je weniger er wusste, desto weniger konnte er Madame erzählen, selbst wenn sie ihn dazu zwang. Desto sicherer wäre er.

Er ließ seinen durchdringenden Blick auf mir ruhen.

„Mir geht's gut. Alles ist in Ordnung. Wo sind wir? Gibt es hier eine Toilette?", fragte ich, begierig darauf, jeglicher Befragung zu entkommen.

„Da drüben." Er deutete in Richtung des Gebäudes der Raststätte, neben dem unsere Karawane geparkt war.

Die Sonne ging bereits unter. Der Parkplatz wurde von einigen Straßenlaternen in der Nähe beleuchtet.

„Danke." Ich kletterte aus dem Anhänger. „Ich bin gleich zurück."

Als ich von der Toilette zurückkam, kam Dez mit zwei Papiertüten in den Händen und einer Wasserflasche unter jedem Arm vorbei.

Radax schnappte sich eine der Tüten von ihm und drückte sie mir in die Hände. „Hier. Nimm das."

Dez sah mich an, als hätte er mich gerade erst bemerkt.

„Und das auch." Radax griff nach einer Flasche unter Dez' Arm.

„Hey!", protestierte Dez. „Das ist *mein* Abendessen!"

Radax neigte seinen Kopf zurück zum Gebäude der Raststätte. „Hol dir mehr."

Ich schob die Flasche unter meinen Ellbogen und griff dann nach der anderen, die Dez unter seinem anderen Arm hielt. „Kann ich bitte auch diese haben?"

„Was? Nein!", starrte Dez mich schockiert an. Ich bat nie um etwas. Besonders nicht so unverblümt.

Radax runzelte die Stirn und warf mir einen besorgten Blick zu. „Du willst zwei Flaschen?"

„Ja ...", versuchte ich, meine Stimme normal zu halten. Es war nicht einfach, weil ich *normalerweise* überhaupt nicht sprach. „Es ist nur ... Es ist heiß im Laster."

Radax griff lässig nach der zweiten Flasche von Dez und bedeutete ihm stumm, zum Raststättengebäude zu gehen.

Dez öffnete den Mund, um zu widersprechen, schüttelte dann aber nur den Kopf. Er drückte die übrige Tüte mit Essen in Radax' Hände und machte sich dann widerwillig auf den Weg zurück zum Gebäude.

„Du solltest wirklich vorne mitfahren, Amira", sagte Radax.

„Mir geht's gut hinten", protestierte ich.

Das Gespräch mit Kyllen erwies sich als süchtig machend. Ich wollte es nicht beenden. Besonders wenn das bedeutete, stattdessen stundenlang Dez' Gerede zuzuhören.

Radax warf einen zornigen Blick auf die in den Schatten gehüllte Kiste im Inneren des Lasters.

„Wie war deine Reise bisher?", fragte er vorsichtig.

„Gut. Ruhig." Ich täuschte ein Gähnen vor. „Ich habe die meiste Zeit geschlafen. Ich werde auch gleich nach dem Abendessen wieder schlafen gehen."

Radax spannte seinen Kiefer an und bewegte dabei seinen Bart. „Es wäre bequemer vorne."

Ich trat von einem Fuß auf den anderen, klammerte mich an die Tüte mit Essen in meinen Händen und drückte die beiden Flaschen mit meinen Armen an meine Brust. „Nicht, wenn Dez nicht den Mund hält, was er bekanntlich nicht tun wird."

Es war so untypisch für mich zu streiten. Mein Beharren würde normalerweise Verdacht erregen. Glücklicherweise musste Radax' Verstand so mit dem Umzug beschäftigt sein, dass er es einfach durchgehen ließ.

„Gut", gab er schließlich nach. „Wenn du in diesem hier fährst, dann ich auch. Hey, Leslo!", rief er dem *Brack* zu, der gerade dabei war, mit einer Tüte mit dem Essen in der Hand auf den Fahrersitz meines Lasters zu steigen.

„Raus da. Ich fahre diesen hier.“

„Warum?“, verzog Leslo das Gesicht.

Radax schob ihn beiseite und setzte sich selbst auf den Fahrersitz. Er richtete seinen Blick auf die Flaschen in meinen Armen. „Mach Lärm, wenn du unterwegs eine Toilettenpause brauchst.“

Leslo warf mir einen Blick voller deutlicher Verärgerung zu. Ich vermied seinen Blick und kletterte wieder in den Laderaum. Schließlich schloss und verriegelte jemand die Türen, und ich machte es mir bei der Kiste bequem.

„Du kannst jetzt sprechen“, sagte ich zu Kyllen, als der Laster wieder losfuhr.

Zum ersten Mal in meinem Leben freute ich mich tatsächlich auf die lange, staubige Fahrt in einem Haufen alter Zeltbahnen.

„Wohin fahren wir?“, fragte Kyllen.

„Zu einem anderen Ort für die Show, weiter südlich. Ich habe nicht nach dem Namen der Stadt gefragt.“

Er schnaubte leise. „Der Stadtname macht für mich keinen Unterschied.“

Das war auch meine Meinung. Vielleicht waren Kyllen und ich doch nicht so verschieden. In vielerlei Hinsicht war ich auch Madames Gefangene.

Sieben

KYLLEN

Er nahm noch einen Schluck durch den Schlauch, den Amira für ihn als Strohhalm gefunden hatte. Kühles, klares Wasser füllte seinen Mund und glitt mit einem Schluck seine Kehle hinunter. Es war bereits seine dritte Flasche heute, und er konnte endlich langsam trinken und jeden Tropfen genießen.

Seine Haut blieb unangenehm trocken und spannte, wenn er sich bewegte. Aber innerlich fühlte er sich fast wieder normal. Seine Lungen zogen leichter Luft ein. Sein Herz pumpte die allmählich zunehmende Blutmenge. Sein Gehirn funktionierte wieder. Und seine Worte verließen seine nun gut befeuchtete Kehle viel geschmeidiger.

Die eisernen Handschellen um seine Handgelenke scheuerten und verbrannten seine Haut, aber dagegen konnte er nichts tun. Sie waren aus nerifiranischem Eisen, einem Metall, das für alle Fae gefährlich war. Um sie zu entfernen, brauchte er Werkzeuge. Um Gegenstände zu bekommen, die er in Werkzeuge umwandeln konnte, brauchte er Amira.

Das Menschenmädchen war schüchtern und zurückhaltend, aber sie war nach dem Halt zu seiner Kiste zurückgekehrt, was ihm mehr Zeit gab, ihr Vertrauen zu gewinnen. Er machte es sich so bequem, wie es in dieser abscheulichen Kiste möglich war. Mit dem Rücken an der Wand der Kiste streckte er seine Beine vor sich aus.

„Erzähl mir mehr über dich", bat er Amira, während er gemächlich das lebensspendende Wasser trank.

Er glaubte nicht mehr, dass sie auf Ghatas Befehl handelte, um ihn zu ruinieren. Das Mädchen konnte nicht lügen, um ihr Leben zu retten. Selbst ohne ihr Gesicht zu sehen, konnte er es in ihrer Stimme hören, wann immer sie sich bei etwas unsicher war, und sie schien sehr oft unsicher zu sein.

„Es gibt wirklich nicht viel mehr zu erzählen", sagte sie leise. Sie sprach und bewegte sich immer *leise*, als hätte sie Angst, das Gleichgewicht in ihrer Welt zu stören, indem sie irgendeine Art von Lärm machte.

Er hörte, wie sie sich gegen das Holz der Kiste bewegte. Sie musste in einer ähnlichen Position sitzen wie er, angelehnt an dieselbe Wand der Kiste, direkt hinter ihm.

„Es muss doch mehr zu deiner Geschichte geben", beharrte er, aus mehreren Gründen.

Erstens war ihm langweilig, nachdem er Götter wissen wie lange in dieser Kiste gesessen hatte. Das Gespräch unterhielt ihn.

Zweitens musste er sie kennenlernen, um den besten Weg zu finden, sie zu seinem Vorteil zu nutzen. Vielleicht könnte er sie sogar manipulieren, ihn freizulassen?

Und drittens war er neugierig auf diese menschliche Frau, die ihr Leben im Haushalt einer in Ungnade gefallenen Werwolfgöttin und ihrer Mönchsmeute verbracht hatte.

„Und sag nicht, dass Menschen langweilig sind", warnte er.

„Aber das sind wir", antwortete sie. „Wir haben keine Magie."

Er spottete. „Magie mag jemanden mächtiger machen, aber nicht unbedingt interessanter."

Sie hielt inne, vielleicht dachte sie über seine Worte nach.

„Hör mal", sagte sie. „Woher wusstest du, dass ich ein Mensch bin? Ich habe es dir nie gesagt. Du hast nie gefragt."

„Oh, das war einfach." Er lachte. „Nur ein ahnungsloser Mensch würde in die Nähe eines Gorgonen kommen. Alle anderen würden wissen, dass sie Abstand halten sollten."

Im Gegensatz zu seiner Absicht, sie anzulocken, hatten seine Worte das starke Potenzial, sie zu verscheuchen. Aber er fühlte das Bedürfnis, sie zu warnen. Sie musste wissen, dass er gefährlich war, damit sie nicht etwas Dummes tat und sich unwissentlich umbrachte.

Stille hing zwischen ihnen, lange genug, um ihn befürchten zu lassen, er hätte seine einzige Chance auf Freiheit ruiniert, so gering sie auch gewesen war.

„Was hast du mit Krin gemacht?", fragte sie schließlich, ihre Stimme kaum hörbar.

„Wer ist Krin?" Der Name sagte ihm nichts.

„Der *Brack*, der im Raum war, als Madame das letzte Mal mit dir gesprochen hat."

Das weckte seine Erinnerung.

„Stimmt ja. Du warst auch da, oder? Das heimliche kleine Ding, das du bist."

Sie keuchte. „Woher weißt du ..."

„Ich habe ein gutes Gehör", grinste er. „Und du hast eine unverwechselbare Art, dich zu bewegen. Niemand stiehlt und huscht hier herum außer dir."

„Bitte sag es nicht Madame", flehte sie. „Ich sollte nicht dort sein. Es war ein Unfall."

Er speicherte diese Information ab und fügte so eine Waffe zu seinem Arsenal gegen sie hinzu. Allerdings gefiel ihm der Gedanke, Amira zu erpressen, nicht besonders. Dieses schwache, verängstigte Mädchen stellte keinen ernsthaften Gegner dar. Ihr in irgendeiner Weise zu schaden, würde sich anfühlen, als würde man ein Kätzchen treten, stellte er sich vor – nichts, worauf man stolz sein könnte.

„Keine Sorge", versicherte er ihr. „Ich stehe nicht gerade auf freundschaftlichem Fuß mit Ghata. Es besteht keine Gefahr, dass ich deine Geheimnisse bei einem freundlichen Plausch während eines Nachmittagstees an sie weitergebe.“

„Madame trinkt keinen Tee am Nachmittag.“ Amiras Stimme wurde ruhiger. Die Vorstellung, dass er ein freundliches Gespräch bei einer Tasse Tee mit ihrer „Madame“ führen könnte, musste sie amüsiert haben.

Er lächelte, zufrieden mit sich selbst, weil er die Stimmung dieses ernsten, stillen Mädchens aufgehellt hatte.

Aber nicht für lange. Ihre Stimme klang wieder feierlich. „Ich habe Krins Daumen gefunden. Er hat ihn an dem Tag abgeschnitten. Die Wunde war noch da – ein Kratzer auf dem Ballen. Der Daumen war ein Stein.“

Er ließ den Wasserschlauch los, verschloss die Öffnung mit seinem Daumen und atmete tief aus.

Würde die Wahrheit sie erschrecken? Würde sie weglaufen und seine einzige Hoffnung mitnehmen?

„Was bist du, Kyllen? Was bedeutet *Gorgone*?“ Ihre Stimme war vorsichtig.

Er fragte sich, ob er viel zu schnell Schlüsse über sie gezogen hatte. Sie mochte unerfahren und hungrig nach Gesellschaft sein – selbst wenn die Gesellschaft jemand wie er war –, aber sie war nicht dumm. Ihr Selbsterhaltungstrieb musste hoch sein, damit sie so lange mit Ghata überleben konnte.

Sie hatte auch Ghatas Verhör an ihm überlebt, als die Göttin törichterweise befohlen hatte, seine Kiste zu öffnen. Amira hat überlebt, während dieser Krin-Typ es nicht geschafft hatte.

„Gorgone ist nur eine andere Art von Fae, Amira.“ Er hielt seine Stimme sanft und angenehm, um sie nicht noch mehr zu erschrecken, als sie es bereits war.

Ihre Angst hinderte sie nicht daran, weitere Fragen zu stellen. „Wie verwandelst du einen Mann in Stein? Das ist mit Krin passiert, oder?“

Er musste sie beruhigen und ihr vollständiges Vertrauen gewinnen, auch wenn das bedeutete, sie anzulügen. Aber er konnte einfach nicht lügen. Wenn sie die Unaufrichtigkeit spürt, würde jedes Verständnis, das sich bisher zwischen ihnen gebildet hatte, unwiderruflich zerbrechen.

„Ja. Ich war derjenige, der Krin in Stein verwandelt hat", antwortete er ehrlich und hoffte, dass sie stark genug war, die Wahrheit zu verkraften.

Sie sog scharf die Luft ein. „Wie hast du das gemacht?"

„Durch Augenkontakt, Amira. Wenn du leben willst, sieh mir niemals direkt in die Augen oder in die Augen meiner *Senties*."

"*Senties*?" wiederholte sie. „Was ist das?"

„Die Fühler, die ich statt Haare auf meinem Kopf habe. Vierundzwanzig davon. Und jeder hat Augen. Vierundzwanzig zusätzliche Augenpaare, mit denen ich nach Gefahren um mich herum Ausschau halte. Und vierundzwanzig zusätzliche Augenpaare, in die du vermeiden solltest zu schauen."

„Wie kann man das vermeiden?"

„Genau. Das ist unmöglich. Deshalb solltest du mich nie direkt ansehen, wenn du nicht wie dieser arme Kerl Krin enden willst."

Krin war ein *Brack*. Er könnte einer von denen gewesen sein, die ihn damals im Wald von Ellohi hereingelegt und gefangen genommen hatten. Kyllen fand in seinem Herzen kein Mitgefühl für Krin. Er bezweifelte, dass Amira über seinen Tod besonders traurig war. Sie schien mehr schockiert als traurig zu sein.

„Hast du ihn absichtlich getötet?", fragte sie.

Er räusperte sich, um Zeit zu gewinnen, bevor er antwortete: „Krin hatte das Pech, in meine Blickrichtung zu treten."

Sie musste nicht wissen, dass er Krins Aufmerksamkeit auf sich gezogen hatte, kurz bevor der *Brack* die Kiste schließen wollte. Krin hatte in seine Richtung geschaut, als Kyllen seine Kapuze zurückgeschoben und sich bewegt hatte, wobei seine Ketten klirrten. Manchmal war ein Blick unvermeidlich, selbst wenn man wusste, dass er tödlich war. Beim Klirren der Ketten konnte der *Brack* nicht anders, als aufzuschauen. Nun war es einen *Brack* weniger auf der Welt – kein großer Verlust.

Leider war es nur Krin gewesen, der ihn angesehen hatte.

Ghata hatte die Szene durch einen großen Spiegel beobachtet und vermied es klugerweise, ihn direkt anzusehen.

„Kannst du es stoppen? Deine Kraft?", fragte Amira.

„Kannst du es vermeiden, jemanden anzusehen?", erwiderte er.

„Leicht. Ich schließe einfach die Augen."

„Wie lange kannst du mit geschlossenen Augen bleiben? Eine Minute? Eine Stunde? Einen Tag? Kannst du dein Leben so leben?"

Er hörte, wie sie ausatmete.

„Es wäre nicht einfach, oder?", sagte er. „Menschen denken oft, es sei einfach. Augen schließen. Wegdrehen. Nicht schauen. Könntest du ein Gespräch mit jemandem führen, ohne ihm jemals in die Augen zu schauen, nicht ein einziges Mal? Es ist schwer zu tun, selbst wenn du nur zwei Augen hast. Und ich habe fünfzig."

„Aber kannst du es ... gewissermaßen ausschalten?"

„Die Magie ausschalten?" Er lachte.

Götter, sie *war* naiv. Oder vielleicht einfach nur unwissend. Menschen besaßen keine Magie. Woher sollte sie etwas darüber wissen? Offensichtlich hatte ihr niemand hier in Madames Einrichtung etwas über diese Dinge beigebracht. Niemand hatte gedacht, dass sie dieses Wissen jemals brauchen würde.

„Nein, Amira. Magie kann nicht *ausgeschalltet werden*. Ein Fae wird mit ihr geboren. Man kann sie stärken. Manchmal kann Magie verloren gehen. Aber niemand kontrolliert sie genug, um sie nach Belieben ein- und auszuschalten."

„Also wäre der einzige Weg für dich, Menschen nicht zu töten ..." Sie hielt inne, wahrscheinlich dachte sie über seine kleine Rede zum Vermeiden von Augenkontakt nach.

Er hatte sie nicht belogen. Es war oft unmöglich, nicht zu schauen. Ein Blick, egal wie kurz, reichte für einen Gorgonen aus, um jedes lebende Wesen außerhalb der Lorsan-Sümpfe in Stein zu verwandeln.

„Wenn wir müssen, tragen wir Kapuzen, die die *Senties*

verbergen und unsere Augen bedecken", erklärte er. „Ein Gorgone kann einen anderen Gorgonen nicht in Stein verwandeln. Unsere Macht kann auch den Tieren, die in den Lorsan-Ländern leben, nichts anhaben. Wir reisen nicht oft außerhalb unseres Königreichs. Unser Handwerk ist überall in Nerifir wertvoll. Allerdings sind Gorgonen außerhalb von Lorsan nicht willkommen. Aus offensichtlichen Gründen." Er stieß ein humorloses Lachen aus.

„Die anderen haben Angst vor dir, nicht wahr? Es tut mir leid, Kyllen, aber ich kann es ihnen nicht verübeln. Deine ... ähm, Gabe ist erschreckend."

Da hatte sie Recht. Die *Gabe* fühlte sich außerhalb von Lorsans Grenzen oft wie ein Fluch an.

„Es ist gut, dass ihr einander nicht verletzen könnt." Ihre Stimme hob sich.

„Das ist tatsächlich gut." Er lächelte über ihren Versuch, etwas Positives für ihn zu finden. „Die Fortpflanzung wäre sonst sehr schwierig. Niemand mag steinkalten Sex."

Sie machte wieder eine Pause und sagte dann mit etwas Unsicherheit: „Du neckst mich."

Sein Grinsen wurde breiter. „Nur ein bisschen."

Es tat gut, wieder zu lächeln. Zu scherzen, zu flirten. All diese Dinge, die er früher genossen hatte und die ihm so lange vorenthalten worden waren.

„Hast du eine große Familie?", wechselte Amira das Thema. Oder vielleicht hatte seine Erwähnung von Sex sie auf das Thema gebracht? Er versuchte immer noch herauszufinden, wie ihr Verstand funktionierte.

„Nicht sehr groß. Nur meine Eltern, mich selbst und meinen Bruder."

„Erzähl mir von ihnen." Ein Rascheln gegen das Holz auf der anderen Seite verriet ihm, dass sie ihre Position ein wenig verändert haben musste, und für einen Moment wünschte er, er könnte sie dort draußen sitzen sehen.

Auch er machte es sich ein wenig bequemer, indem er seine

Ketten neu ordnete. Der Lastwagen war auf einer relativ glatten Straße unterwegs, mit minimalen Erschütterungen.

„Meine Familie? Nun, mein Vater ist der Hohe Lord des Hofes von Ellohi. Er ist ehrenhaft, tapfer und wird von seinen Untertanen geliebt, natürlich. Meine Mutter ist eine wahre Dame – schön, freundlich und elegant. Eine noble Familie. In ihrer Perfektion langweilig.“

Es stimmte. Seine Eltern waren perfekt. Der schwierigste Teil seines bisherigen Lebens war es, sich anzupassen und sich als würdig für ihr makelloses Erbe zu erweisen.

„Und dein Bruder?“

„Udren? Er ist mehr als sechs Jahrzehnte jünger als ich. Er war sechzehn, als ich gefangen genommen wurde.“

„Wie wurdest du gefangen genommen?“, fragte sie.

Er zuckte bei der beschämenden Erinnerung an seine Niederlage zusammen. „Sie haben mich in eine Falle gelockt.“

„Wie? Du hast gesagt, du hast fünfzig Augen, um nach Gefahren Ausschau zu halten.“

Sie war scharfsinnig und warf ihm seine eigenen Worte an den Kopf.

„In diesem speziellen Fall haben die Augen nicht geholfen“, antwortete er. „Die *Bracks* haben ihre Falle unter Wasser aufgestellt. Mein Bruder und ich waren am Teal-Strom, abseits des Palastes. Ich half ihm, eine Wasserschlange zum Reiten auszuwählen. Er beschloss, eine zu testen.“

„Schlange ist eine Schlange, oder?“, unterbrach sie. „Wie reitet man auf einer Schlange?“

„Wasserschlangen sind viel größer als normale Schlangen. Sie leben in den breiten, flachen Flüssen der Sümpfe.“

„Wie groß sind sie?“ Sie schien von seiner Geschichte fasziniert zu sein, mit Eifer in ihrer Stimme und Durst, mehr zu erfahren.

„Breiter als du und ich zusammen und so lang, wie die Bäume hoch sind. Wir reiten auf ihnen, indem wir ein Geschirr über ihre Köpfe ziehen und auf ihren Nacken stehen, genau dort, wo ihre

Köpfe mit ihren Körpern verschmelzen. Wenn du das Geschirr nach oben ziehst, wird die Schlange ihren Kopf über Wasser halten. Aber wenn du es falsch machst, wird sie alles tun, um dich abzuschütteln."

Sie machte ein erstauntes Geräusch. „Warum um alles in der Welt sollte jemand auf so einem Monster reiten wollen?"

Er lächelte und dachte an sein Training zurück. „Zum Spaß. Als Sport. Mein Vater veranstaltet jedes Jahr ein Turnier, bei dem die besten Krieger aus seinen Ländern antreten. Ich habe sie alle im letzten Jahrzehnt gewonnen", fügte er selbstgefällig hinzu.

„Aber dein Bruder ist erst sechzehn. Gibt es keine Altersbeschränkung dafür, wann man anfangen kann, Riesenschlangen zu zähmen?"

„Mein Bruder hat längst mit seinem Training begonnen." Kyllen selbst hatte mit acht Jahren zum ersten Mal versucht, auf eine Schlange zu klettern. Natürlich war das nicht so gut gelaufen. „Ich war nicht böse auf Udren, weil er versuchte, auf einer Schlange zu reiten. Aber ich war verärgert, als er herunterfiel. Ich sah, wie er ins Wasser platschte, und als ich zu der Stelle kam, war er im Netz darunter gefangen. Ich tauchte hinein, um ihn zu befreien, aber mein Messer konnte das Netz nicht durchschneiden. Ich schaffte es, es von ihm zu lösen. In dem Moment, als das Netz ihn freiließ, wickelte es sich um mich. Dann verhüllte mich ein dicker, schwarzer Stoff. Die *Bracks* setzten mir eine Kapuze auf, legten mir Eisenketten an und sperrten mich in diese Kiste." Er konnte einen schweren Seufzer nicht unterdrücken. „Den Rest kennst du."

„Das ist schrecklich. Du hast dich für deinen Bruder geopfert."

„Was ist daran schrecklich?", spottete er. Die Menschenfrau verstand es offensichtlich nicht. „Meine Familie und die Leute von Ellohi werden es als eine ehrenvolle Tat meinerseits betrachten." Das war die Hoffnung, die er gehegt hatte, als er dem sicheren Tod durch Durst und Austrocknung gegenüberstand, dass zumindest zu Hause sein Volk ihn für einen Helden halten würde.

„Ist das der Grund, warum du dich für ihn geopfert hast?", fragte sie. „Um deine Eltern stolz zu machen?"

Sie verstand es doch. Sie war viel zu scharfsinnig für ihr eigenes Wohl, dachte er mit einiger Irritation. Er verfluchte sich selbst dafür, dass er seinen Beschützerinstinkten und seiner Liebe zu seinem Bruder nachgegeben hatte und in dieser Kiste gelandet war. Doch wenn er wieder in der gleichen Situation wäre, würde er genauso handeln.

„Was würdest du tun, Amira, wenn du an meiner Stelle gewesen wärst? Würdest du die *Bracks* deinen kleinen Bruder mitnehmen lassen? Oder würdest du versuchen, ihn zu retten, auch wenn es dich deine Freiheit kosten würde?"

Die Stille dehnte sich diesmal etwas länger aus. Er fragte sich, ob sie versuchte, sich vorzustellen, wie es wäre, einen Bruder zu haben.

„Nein", sagte sie schließlich. „Du hast das Richtige getan, das *Einzige*, was man in dieser Situation tun konnte. Es ist nur so ... Du bist jetzt hier gefangen."

„Und das gefällt dir nicht?", fragte er schnell, zu schnell, fürchtete er.

„Nein", gab sie zu.

„Dann finde einen Weg, mich nach Hause zu bringen." Die Worte lagen ihm auf der Zunge und wollten gesagt werden. Aber es war zu früh. Sie war wie ein Fisch an seinem Haken. Wenn er zu hart, zu früh, zu unvorsichtig zog, würde sie weglaufen und ihn für immer in dieser abscheulichen Kiste verrotten lassen.

Amira war seine eine schwache Hoffnung auf Freiheit, und er musste vorsichtig vorgehen. Er biss sich auf die Zunge und schwieg.

„Erzähl mir von deiner Heimat." Amira schien unersättlich in ihrem Wissensdurst zu sein.

Er hatte nichts dagegen, ihn zu stillen. „Der Palast meines Vaters ist der größte in Ellohi. Er ist der prächtigste aller Hohen

Lords in Lorsan – eines Königs würdig." Das war keine leere Prahlerei. Der Hof von Ellohi war einer der ältesten und wohlhabendsten im Königreich.

„Wie sieht er aus?"

„Drei große königliche Sumpfbäume bilden seinen Kern, wobei das Wasser der Layahi-Bucht zwischen ihren Wurzeln fließt."

„Du lebst auf einem Baum?"

Er lachte kurz auf. Dachte sie, Gorgonen wären wie Katzenaffen? Die in den Baumästen Nester bauen?

„Ich sagte, ich lebte in einem *Palast*", antwortete er entrüstet. „Er ist in und um die Bäume gebaut."

„Die Bäume sind ein Teil des Palastes?" Sie klang erstaunt und fasziniert.

„Ja. Hundert Räume sind zwischen ihren Zweigen eingebettet. Treppen und Brücken verbinden die Abschnitte. Die große Halle befindet sich auf der unteren Ebene, wobei die Baumstämme ihre Wände bilden."

„Haben die Bäume Blätter?"

„Millionen davon. Grün und weich auf der einen Seite, golden und glänzend auf der anderen. Wenn der Wind weht, was oft der Fall ist, drehen und wenden sich die Blätter. Es sieht aus, als würde das gesamte Schloss mit Goldmünzen überschüttet."

„Wow ... Das klingt ... wunderschön."

„Es ist spektakulär", stimmte er zu. „Mein Zimmer ist eines der höchsten im Schloss. Als Kind hatte ich die Angewohnheit ..." Seine Lippen zuckten bei den Erinnerungen an seine Kindheit zu einem Lächeln. „Nun, ich schlich mich gerne mit meinen Freunden davon, um auf meinem Wasserbrett die Stromschnellen hinunterzufahren oder die blauen Schlangen in der Bucht stromabwärts zu beobachten. Meine Mutter brach fast vor Sorge zusammen, als sie eines Morgens mein Zimmer leer vorfand. Also befahl mein Vater, mich so hoch wie möglich unterzubringen."

„Hat dich das davon abgehalten, wieder auszubrechen?" In ihrem Tonfall war nicht viel Vertrauen zu hören.

„Nein!" Er lachte. „Aber ich lernte, früher zurückzukommen, bevor die Diener in mein Zimmer kamen, um mich am Morgen zu wecken."

Sie schwieg eine Minute lang, vielleicht ging sie die Bilder durch, die er in ihrem Kopf erzeugt hatte. Er genoss es, wieder in seine Vergangenheit einzutauchen – das Leben, zu dem er eines Tages zurückzukehren sehnte.

„Hast du viele Freunde?", fragte sie.

„Ja. So viele, dass ich aufgehört habe zu zählen."

„Muss schön sein", sagte sie sehnsüchtig.

Er spürte Einsamkeit in ihr. Einsamkeit so alt und beständig, dass sie viel älter klang als ihre zwanzig-und-ein-paar Jahre. Das Gewicht dieser Einsamkeit schien sich auszubreiten, sickerte durch das Holz der Kiste und drückte auf sein Herz.

Er rieb sich die Brust durch seine Tunika. „Wenn du der Erbe des Thrones eines Hohen Lords bist, ist es leicht, Freunde zu finden. Die Herausforderung besteht darin, herauszufinden, welche echt sind. Nicht alle Freunde sind aufrichtig."

„Ich schätze ...", sagte sie zögernd, dann fügte sie hinzu: „Achtundsiebzig ist nicht alt für einen Fae, oder?"

„Nein, ist es nicht." Er streckte seine Schultern. Da das Wasser seinen Körper verjüngte, fühlte er sich so jung wie eh und je. Seine Muskeln füllten sich mit Kraft und drängten ihn, sich zu bewegen. „Ich habe gehört, dass Fae und Menschen am Anfang gleich altern. Beide wachsen und reifen körperlich bis in ihre Zwanziger oder frühen Dreißiger. Danach verlangsamt sich unser Altern für Jahrhunderte. Wir beginnen erst am Ende unseres Lebens zu altern."

„Also wärst du in Fae-Jahren ... etwa in meinem Alter, oder? Stimmt's?"

Das war eine lächerliche Vorstellung. Er hatte dreimal so lange gelebt wie sie. Er würde auch um so viel weiser und reifer sein, oder?

Doch da war etwas in ihrer Stimme, das ihn davon abhielt, ihre Frage sofort abzutun – Hoffnung, Verletzlichkeit, Sehnsucht.

Es fühlte sich an, als würde sie nach einer Verbindung zwischen ihnen suchen. Als ob sie wirklich einen Freund bräuchte.

Er konnte natürlich nicht ihr Freund sein, aber vielleicht konnte er eine Weile so tun?

„Richtig", gab er nach. „In Fae-Jahren bin ich etwa in deinem Alter."

„Hast du ... eine Freundin?"

Er verschluckte sich fast an seinem nächsten Schluck Wasser und verspritzte kostbare Tropfen auf sein Kinn und seine Brust. Diese Frage kam unerwartet.

Sie klang unschuldig – neugierig, nichts weiter. Ihr Leben ließ wahrscheinlich nicht viel Raum für eine romantische Beziehung, obwohl sie im passenden Alter war. Ihr Interesse sollte keine Überraschung sein. Es war sein Fehler, dass er mehr an sie als Kind denn als Frau gedacht hatte.

Er vermied es, ihre Frage direkt zu beantworten. „In Lorsan kümmert man sich erst um einen Gefährten, wenn man etwa hundert Jahre alt oder älter ist. Und wenn man Erbe von etwas Bedeutendem ist, ist die Heirat eine Angelegenheit von staatlicher Bedeutung, es sei denn, es geschieht natürlich eine Paarungsbindung."

„Eine Paarungsbindung? Was ist das?"

„Es passiert, wenn man seine andere Hälfte findet. Die Legende besagt, dass die Götter eine Seele in zwei Hälften reißen, bevor sie jeder Hälfte einen Körper und ein Leben geben. Wenn zwei Teile es schaffen, einander zu finden, ist ihre die stärkste, mächtigste Verbindung von allen."

„Und finden sie sich immer?", fragte sie fasziniert.

„Es passiert nicht oft bei Gorgonen. Aber wenn es geschieht, ist es wirklich bemerkenswert. Meine Eltern sind ein verbundenes Paar. Ihre Stärken und Schwächen ergänzen sich gegenseitig und machen sie stärker. Ihre Liebe ist bedingungslos und ihre Loyalität unerschütterlich. Ihre Herrschaft über unser Land ist absolut. Nichts und niemand kann sich ihnen in den Weg stellen."

„Wow. Das ist ... Es ist schön zu wissen, dass es da draußen jemanden für dich gibt. Jemand, der dich vervollständigt, damit du nie allein bist."

Für ihn bedeutete eine Paarungsbindung zusätzliche Macht – nützlich für einen Herrscher, aber nicht notwendig, um einen Thron zu besteigen. Er hatte sie kaum je als etwas anderes betrachtet. Umgeben von Höflingen und Dienern, die begierig darauf waren, jeden seiner Wünsche zu erfüllen und um seine Aufmerksamkeit wetteiferten, war er nie wirklich allein gewesen, bis Ghata ihn in diese Kiste sperrte.

Für Amira schien die Bindung etwas viel Persönlicheres zu bedeuten.

„Ist das der Grund, warum du keine Freundin hast?", fragte sie. „Wartest du auf deine andere Hälfte?"

Er sagte nicht, dass er keine Frauen in seinem Leben gehabt hatte. Er hatte viele gehabt. Flirten machte Spaß. Und es gab viele Frauen am Hof seines Vaters, die seine Aufmerksamkeit genossen und ihm gerne erlaubten, weit über das Flirten hinauszugehen.

Aber er erkannte, dass Amira von jemandem sprach, mit der es ernster war als die unterhaltsamen Eroberungen, die er gehabt hatte.

„Ich habe nicht das, was du eine 'Freundin' nennen würdest", antwortete er. „Aber meine Eltern haben jemanden für mich zur Heirat im Sinn. Lady Eiphed, die Tochter eines anderen Hohen Lords von Lorsan."

„Liebst du sie?"

Liebe? Hatte sie überhaupt eine Ahnung, wovon sie sprach?

„Ich habe sie einmal getroffen, vor etwa sechs Jahren." Seitdem hatte er hart daran gearbeitet, die Heirat mit Lady Eiphed so lange wie möglich hinauszuzögern. „Sie ist nett. Ich habe nichts gegen sie."

„Aber irgendetwas stimmt nicht, oder? Du klingst nicht glücklich. Du bist nicht verliebt." Es schien, als wäre er nicht der Einzige, der Emotionen in einer Stimme lesen konnte.

„Nein. Ich bin der Idee nicht abgeneigt ..." Er wartete nicht auf seine wahre Gefährtin – obwohl es schön wäre, eine zu finden –, aber er wartete auf *etwas*. Etwas Großes, Aufregendes, Anderes musste in seinem Leben geschehen, bevor er sich auf den Thron seines Vaters mit einer Frau, einer eigenen Familie und all den langweiligen Pflichten eines Hohen Lords niederließ. „Es ist nur zu früh für mich.“

Natürlich war das einzige „besondere“ Ereignis, das bisher geschehen war, seine Entführung und Gefangennahme durch Ghata. Er seufzte. Selbst die Ehe schien im Vergleich dazu nicht so einengend zu sein.

Ein plötzliches Geräusch riss ihn aus seinen düsteren Gedanken. Es kam von draußen. Winzige Schläge trommelten auf das Dach des Fahrzeugs, in dem sie transportiert wurden.

Die stickige Luft in der Kiste sättigte sich schnell mit Feuchtigkeit. Er spürte es zuerst mit seinen *Senties*, dann mit der ganzen Weite seiner Haut.

„Was ist das?“, fragte er. „Es klingt wie Regen.“

„Es ist Regen“, bestätigte Amira. „Er beginnt manchmal so plötzlich. Gut, dass der Lastwagen vollständig überdacht ist.“

Er wünschte, das wäre er nicht. Dann hätte er möglicherweise ein paar Tropfen durch die vergitterte Öffnung oben in der Kiste auffangen können.

„Sag mir, Amira, wie sieht Regen in dieser Welt aus?“

„Regen? Überall gleich, denke ich. Ein Haufen Wasser, der vom Himmel fällt.“

Wasser.

Er schob seine Kapuze zurück und fächerte seine *Senties* um seinen Kopf. Er hob sein Gesicht zur vergitterten Öffnung der Kiste und schloss die Augen. Lauschend.

Er spürte die Vibration jedes Tropfens deutlich und stellte sich vor, wie er auf seine Haut traf. Er tat so, als wäre er dort draußen, im Regen. Wasser würde sein Gesicht und seine *Senties* entlanglaufen. Es würde seine Kleidung durchnässen, sich in seinen Stiefeln sammeln, seine Haut geschmeidig und weich machen, ihr erlauben zu atmen.

Nie zuvor hatte er sich so sehr gewünscht, aus dieser Kiste befreit zu werden.

„Wie ist der Regen in Ellohi?", durchbrach Amiras sanfte Stimme das Prasseln der Tropfen.

Der Regen in seiner Heimat war ein wahrer Segen.

„In Ellohi ist ein Regentag ein Grund zum Feiern." Er hielt die Augen geschlossen und ließ seinen Geist in die Sümpfe von Lorsan zurückkehren. „Die Bäche und Flüsse schwellen an. Neue entstehen. Die Brunnen im Palast strömen höher. Die vielen Wasserfälle, die wir zwischen den Räumen entlang der Äste der Riesenbäume haben, werden breiter. Die Luft sättigt sich mit Feuchtigkeit und nährt jede Zelle des Körpers. Freude herrscht über das Königreich, mächtiger als der König selbst."

„Erzähl mehr", bat sie. „Bitte, erzähl mir von den Brunnen und den Wasserfällen."

Staunen schwebte in ihrer Stimme. Amira hungerte offensichtlich nach etwas anderem als dem, was das Leben ihr bisher geboten hatte. Sie saugte jedes seiner Worte auf.

Sie wollte mehr?

Er würde ihr mehr geben. Er würde ihr von Lorsan erzählen, bis sein Mund wieder trocken war, wenn das nur dazu führen würde, dass sie immer wieder zu seiner Kiste kam. Er brauchte Zeit, um ihr Vertrauen zu gewinnen und sie auf seine Seite zu ziehen.

Dann würden eines Tages die Geschichten über seine Heimatwelt und Amiras unstillbarer Hunger nach ihnen ihn vielleicht in die Freiheit führen.

Acht

AMIRA

Nach Jahren des Reisens, Abbauens und Wiederaufbauens hatten die *Bracks* die Routine perfektioniert. Es brauchte einen Tag zum Aufbau, und die Menagerie war bereits am nächsten Morgen bereit für die ersten Besucher.

An diesem Standort, genau wie an jedem anderen zuvor, gab es keinen Unterschied im Zeitplan für mich, außer dass ich jetzt Kyllen hatte.

Ich machte mein „Bett" aus Sandsäcken und übrigen Stoffrollen im Lagerraum hinter seiner Kiste. Nachdem sich die Menagerie für die Nacht beruhigt hatte, würden die *Bracks* gehen, und Madame würde sich mit einem von ihnen in ihrem Wohnwagen beschäftigen. Ich würde mich in meinen Hoodie kuscheln hinter der Kiste, und Kyllen würde mir von Nerifir und seiner Kindheit im Königreich Lorsan erzählen.

Er war ein großartiger Geschichtenerzähler. Aus seinen lebendigen Beschreibungen konnte ich mir fast den prächtigen Palast des Hohen Lords von Ellohi vorstellen, die reich gekleideten Höflinge und die üppigen Bälle, die sie abhielten. Ich konnte die Düfte seines Elternhauses riechen, gefüllt mit Pflanzen und

Wasserspielen. Ich stellte mir die Turniere vor, die Kyllen so sehr liebte, und die Schulstunden, die er als Kind verabscheute.

In nur ein paar Tagen hatte ich eine ziemliche Sammlung von Dingen für ihn zusammengestellt. Ich fand nie die Uhr oder die Spieluhr, nach denen er gefragt hatte. Aber mit meinem Blick immer auf den Boden gerichtet, hob ich alles auf, was nicht in den Schmutz gehörte.

Ich brachte ihm jede Schraube und Feder, die ich fand, Stücke von Elektrokabeln, Haargummis, eine zerbrochene Kette mit blauen und grünen Perlen, einen Kreolenohrring und mehrere andere verlorene oder weggeworfene Dinge. Ob alle davon nützlich waren, wusste ich nicht, aber er nahm alles dankbar an, und das machte mich glücklich.

„Weißt du, was all diese Dinge sind?", fragte ich ihn einmal, als ich meine neueste Beute – eine verbogene Metallgabel und einen mechanischen Stift ohne Tinte – durch die Gitter seiner Kiste schob.

„Es ist nicht schwer herauszufinden", antwortete er und blieb außer Sichtweite, während ich in der Nähe der Kiste war. „Je mehr ich über deine Welt lerne, meine Freundin, desto mehr sehe ich, wie ähnlich sie meiner ist."

„Ähnlich? Nach deinen Geschichten sehe ich nur Unterschiede."

„Es gibt beides", stimmte er zu. „Aber die grundlegenden, fundamentalen Dinge sind sehr ähnlich. Die alten Legenden besagen, dass alle Welten des Fluss der Nebel einst eins waren, vor langer Zeit. Wir teilen mehr, als auf den ersten Blick scheinen mag."

Mehr noch als für die Gegenstände war Kyllen besonders dankbar für das Wasser, das ich ihm bei jeder Gelegenheit brachte. Er trank so viel, dass es mich schließlich beunruhigte. Was reingeht, muss doch auch wieder rauskommen, oder? Er war vierundzwanzig Stunden am Tag, sieben Tage die Woche in der Kiste eingesperrt, ohne Zugang zu einer Toilette.

Nach ein paar Tagen fasste ich genug Mut, um das Toilettenproblem mit ihm anzusprechen. Er lachte, als ich endlich meine Frage stellen konnte, nach einigem Stottern und Stolpern über Worte.

„Meine liebe Amira", sagte er. „Mir wurde so lange Wasser verwehrt, dass jeder Tropfen vollständig von meinem Körper aufgenommen und für Energie genutzt wird. Diese Welt ist zu trocken. Ich brauche viel Wasser, um zu funktionieren. Glaub mir, es wird noch lange nichts übrig bleiben für einen Toilettenbesuch."

Ich fragte mich, wie viel Wasser er wirklich brauchte, um nicht mehr durstig zu sein. Da seine körperlichen Bedürfnisse so anders waren als meine, fragte ich mich auch, wie anders er wohl aussehen würde. Ich war neugierig, versuchte aber nicht, einen Blick zu erhaschen, da ich wusste, dass mich sein Anblick töten könnte.

Einige Tage nach dem Umzug erledigte ich meine Pflichten so schnell wie möglich und freute mich darauf, eine weitere seiner Geschichten zu hören. Bevor die ersten Shows beginnen sollten, brachte ich Kyllen eine weitere Flasche Wasser, die ich aus der Küche geschmuggelt hatte.

„Also, was wird es heute sein?", fragte ich in gespannter Erwartung. „Worüber wirst du mir heute erzählen?" Vorsichtig fädelte ich den Schlauch durch die Gitterstäbe für ihn und steckte das andere Ende in die Flasche, die ich mitgebracht hatte.

Kyllen nahm einen langen Schluck Wasser, bevor er sprach. „Hab ich dir von meinem ersten Mal beim Aalfischen erzählt?"

„Nein. Was ist passiert? Bist du in den Fluss gefallen?"

Er kicherte. „Nichts so Triviales."

„Erzähl es mir bitte." Ich machte es mir hinter der Kiste bequem und holte das Eiersalat-Sandwich aus meiner Tasche – mein verspätetes Frühstück.

Die Geräusche der *Bracks*, die sich auf die ersten Shows vorbereiteten, drangen durch die Leinwand. Aber sie waren weit genug entfernt, damit wir unser leises Gespräch fortsetzen konnten.

„Andererseits", sagte Kyllen, „ist diese Geschichte zu lang für die kurze Pause, die du morgens bekommst. Ich werde sie für heute Abend aufheben, wenn wir hoffentlich mehr Zeit haben."

Vor Kyllen hatte ich, wenn ich einen Moment für das Frühstück hatte, in der Nähe der Gehege mit den Tieren gegessen. Mit den zwitschernden Vögeln und anderen sich bewegenden Tieren fühlte es sich nicht so einsam an.

Jetzt verbrachte ich jede freie Sekunde hier, mit ihm. Seine Geschichten machten süchtig. Wenn ich ihm zuhörte, erhob sich eine ganz neue Welt in meinem Kopf und öffnete sich um mich herum. Die Realität verschwand, und ich vermisste sie nicht.

„Gibt es einen König über ganz Nerifir?", fragte ich und wickelte mein Sandwich aus. Eiersalat war schnell zubereitet, und wir hatten immer Eier in der Menagerie, weil Madame sie gerne zum Frühstück aß.

Kyllen nahm noch einen Schluck, der Wasserstand in der Flasche sank auf einmal fast bis zur Hälfte. „Nein. Es gibt viele Königreiche in Nerifir, und jedes hat seinen eigenen König. Lorsan hat auch einen."

„Hast du den König von Lorsan kennengelernt?"

„Ein paar Mal. Ich habe sogar einmal oder zweimal mit einem der Prinzen im Königspalast gespielt, Prinz Zeldren. Er ist ein paar Jahre älter als ich. Er liebte Schwertkämpfe, wahrscheinlich tut er das immer noch." Er lachte leise bei den Erinnerungen.

„Gibt es irgendwelche sicheren Hobbys in Nerifir? Oder geht es bei allen nur darum, auf riesigen Schlangen zu reiten und zu versuchen, sich gegenseitig mit Schwertern zu töten?"

„Sicherer?", fragte er verwirrt.

„Ja. Du weißt schon, wie Malen, Lesen, Nadelarbeit? Irgendetwas mit einem geringeren Risiko für Verletzungen oder Tod als das, was dir Spaß macht?"

Er lachte – ein tiefes, reiches Geräusch, das mich immer zum Lächeln brachte. Ein Lächeln fühlte sich nicht mehr fremd auf meinen Lippen an. Kyllen hatte mich dazu gebracht, es täglich zu üben, ohne es zu wissen oder zu versuchen.

„Natürlich machen wir auch all diese Dinge", sagte er. „Aber

Malen oder Lesen würde erfordern, dass man lange an einem Ort bleibt, etwas, das ich als Kind nie tun konnte. Ich konnte kaum das Ende meines Unterrichts jeden Tag abwarten, damit ich rauslaufen und spielen konnte."

Ich schüttelte den Kopf, auch wenn er es nicht sehen konnte, und murmelte: „Es ist ein Wunder, dass du mit diesem Verhalten überhaupt das reife Alter von achtundsiebzig erreicht hast."

„Das Leben ist zu langweilig, wenn man keine Risiken eingeht, Amira. Man muss nur schlau darin sein, welche Risiken es wert sind. Würdest du wirklich lieber absolute Sicherheit haben, wenn der Preis dafür ist, niemals Spaß zu haben?"

Würde ich das? Mein ganzes Leben lang hatte ich keines von beiden gehabt. Ich hatte mich nie absolut sicher gefühlt. In jedem Moment jedes Tages lebte ich in ängstlicher Erwartung einer Bestrafung. Und früher oder später kam sie immer, egal wie sehr ich mich bemühte, alles richtig zu machen.

Der Schlaf war oft von Alpträumen erfüllt. Die Vergangenheit, an die ich mich nicht erinnerte, verfolgte mich in meinen Träumen. Schatten der Gefahr und ohrenbetäubende Echos von Explosionen hielten mich wach. Ich schlief in meinen Kleidern, bereit, um mein Leben zu rennen, auch wenn es nirgendwo zum Hinlaufen gab.

„Ich ... ich weiß nicht, Kyllen. Ich weiß nicht genau, was ‚Spaß' bedeutet", sagte ich und fügte hinzu: „Oder ‚absolute Sicherheit'."

Er wurde still, und ich beendete mein Sandwich schweigend.

„Amira", sagte er langsam. Seine ernste Stimme erregte meine Aufmerksamkeit. Ich starrte auf die Kiste und versuchte, ihn hinter ihren Wänden zu erkennen. „Warum findest du dich mit diesem Leben ab?"

Ich knüllte die Plastikfolie des Sandwichs in meinen Händen zusammen.

Warum?

Weil ich nirgendwo anders hingehen konnte. Weil ich getötet werden würde, wenn ich protestierte, und Radax würde verletzt werden. Weil das das einzige Leben war, das ich kannte, und ich keine Ahnung hatte, wie ich mich davon befreien sollte.

„Das ist alles, was ich habe", hauchte ich aus.

„Aber was, wenn ich dir etwas Besseres anbieten würde? Viel, viel besser." Seine sanfte Stimme drang durch die Holzwände wie eine warme Brise aus einer anderen Welt, lockend und verlockend.

Es lag Gefahr in seiner Verführung.

Ich sollte nicht zuhören.

Ich sollte auch nicht antworten.

Ich sollte mich umdrehen und wegrennen, aber ich fragte: „Wie?"

„Ich kann dich in den Palast meines Vaters bringen. An meiner Seite wirst du immer Frieden und Respekt haben. Niemand wird dir je wieder wehtun. Ich werde mich um dich kümmern, solange du lebst. Dir wird es an nichts fehlen. In Ellohi wirst du sowohl Spaß als auch Sicherheit haben. Ich kann dir ein neues Leben schenken, Amira."

Ich lauschte seiner Stimme, lockend und hypnotisierend. Aber seine Versprechungen klangen wie kaum mehr als ein Rascheln von Blättern im Wind – beruhigend, aber flüchtig. Damit Kyllen mich nach Lorsan bringen könnte, müsste er selbst frei sein.

„All das ist unmöglich, Kyllen."

Er bewegte sich in der Kiste, und mir wurde klar, dass ein Geräusch während dieses Gesprächs gefehlt hatte – das Geräusch von rasselnden Ketten.

Hatte Kyllen sich von seinen Fesseln befreit? Aber wie?

„Oh, es ist sehr wohl möglich, Amira, meine liebe menschliche Freundin." Die Stimme lockte weiter, süß und zärtlich wie die eines Liebhabers. „Du brauchst etwas Mut, um dein Leben zu ändern, aber du bist stark und mutig."

Stark und mutig? Ich? Das war eine Lüge.

„Ich ...", versuchte ich zu protestieren.

Aber er ließ mich kein Wort sagen. „Sieh nur, wie weit du

schon gekommen bist, wie mutig du warst, indem du dich um mich gekümmert hast."

Ich hatte Madames Befehle missachtet, nicht wahr? Ich hatte die Regeln gebrochen und brach sie täglich weiter. Ich wünschte, ich wäre mutig ...

Die Schritte eines *Bracks*, der vorbeiging, raubten mir die Stimme und ließen mich weiter in den Schatten hinter der Kiste zurückweichen.

So viel zu meinem Mut. Jedes Geräusch machte mir Angst. Ich wünschte, ich wäre stark, aber meine Handlungen hatten Konsequenzen. Wenn ich entdeckt würde ...

Schauer liefen meinen Rücken hinunter. Es würde reichen, wenn ein *Brack* oder Madame mich dabei erwischen würde, wie ich mit Kyllen sprach. Ich fürchtete, was sie mir dann antun würde, was sie Radax antun würde ...

„Ich muss gehen." Ich rappelte mich auf.

Es war sowieso Zeit für mich zu gehen. Madame hatte jeden Tag mehrere Shows für ihre VIP-Kunden geplant. Sie servierte ihnen Essen und ein spezielles Getränk, das ich aus den Zutaten zubereiten musste, die sie mir gab.

Das war meine Realität.

Kyllens wunderschöner Baumpalast befand sich buchstäblich in einer anderen Welt. Und für mich würde er nie mehr sein als ein Traum.

„Warte", hielt Kyllen mich auf. „Ich habe ein Geschenk für dich."

„Für mich?" Ich hielt inne, überrascht. Außer einem Cupcake zum Geburtstag von Radax jedes Jahr hatte ich nie Geschenke bekommen.

„Tritt zurück von der Kiste", warnte Kyllen. „Stell sicher, dass du nicht hineinschaust."

Ich trat wie angewiesen einen Schritt zurück, behielt aber meine Augen auf der Öffnung im Dach der Kiste.

Eine Hand glitt durch die Gitter und hielt etwas. Die Hand hatte vier Finger und einen Daumen, genau wie meine. Seine

Haut war heller auf der Handfläche, tief gebräunt mit einem schwachen grünen Farbton. Die Farbe wurde dunkler über seinen Knöcheln und auf der Oberseite seiner Finger, mit einem Muster aus winzigen, länglichen Rauten – ähnlich den Mustern auf einer Schlangenhaut. Es sah im gedämpften Licht im Zelt fast schwarz aus.

Seine Hand passte problemlos durch die Gitter, ohne Handschellen um sein Handgelenk, die sie aufhalten könnten. Er öffnete seine Finger, die sowohl stark als auch elegant wirkten, und ließ ein kleines Objekt auf der Oberseite der Kiste zurück.

„Das habe ich für dich gemacht." Die Hand verschwand wieder in der Kiste.

Das Objekt schimmerte. Es schien sich zu bewegen, beleuchtet von den Lichterketten darüber.

Ich bekam keine Geschenke. Wenn mich jemand damit sehen würde, gäbe es Fragen. Ich sollte es nicht berühren. Ich sollte einfach gehen.

Aber die Neugier siegte. Ich trat näher und schnappte Kyllens Geschenk schnell, als ob es verschwinden würde, wenn ich zögerte.

Es war eine Libelle. Wunderschön und fantastisch, schien sie gleichzeitig echt zu sein. Ihre schillernden blau-grünen Flügel bewegten sich, zitterten zart, als ob das magische Wesen gleich abheben und davonfliegen würde. Ihr schimmerndes Leuchten breitete sich über meine Handfläche aus, wo ich sie hielt.

„Sie ist für dein Haar", erklärte Kyllen. „Gefällt sie dir?"

Mir wurde klar, dass es eine Haarspange war, mit dem Clip an der Unterseite. Es war das schönste, was ich je gesehen hatte. Selbst die aufwendigsten Haaraccessoires aus Madames Sammlung entbehrten der lebensechten Zärtlichkeit dieser hier.

Ich starrte sie sprachlos an.

„Du hast doch Haare?", fragte Kyllen besorgt. „Die meisten Menschen haben welche, glaube ich. Aber vielleicht hätte ich dich zuerst fragen sollen."

Ich lächelte. „Ja. Ich habe Haare, Kyllen." Ich fuhr mit den

Fingern über meinen langen, dunklen Zopf, dessen Länge größtenteils in meinem Schal und Hoodie versteckt war. „Sogar ziemlich viele."

„Gut." Er seufzte erleichtert.

„Du hast das gemacht. Es ist unglaublich." Die Libelle sah schöner aus als jede, die ich in der Natur gesehen hatte, und trotzdem schien sie lebendig.

„Ich habe versprochen, dir zu zeigen, was meine Magie kann. Hier ist sie." Er klang erfreut über mein Entzücken.

Die Haarspange war ein wahres Wunder, und Kyllen hatte sie aus all diesen losen Schrauben, Perlen und Drahtstücken hergestellt, die die Leute weggeworfen hatten und die ich für ihn gesammelt hatte. Ich erkannte vage die Farben der Perlen der zerbrochenen Kette, das Kupfer der Drähte, möglicherweise die Feder aus dem Stift, aber der Rest war unkenntlich, neu und ... unleugbar magisch.

Ein schimmerndes Gefühl des Staunens umhüllte mich, als ich Kyllens Geschenk anstarrte. Magie schien um mich herumzuwirbeln, fast greifbar und sehr real.

„Amira!" Madames Stimme schoss durch meine Blase des Staunens wie eine Kugel und zerschmetterte sie in Stücke.

Ich erstarrte vor Entsetzen.

„Oh nein ... ich muss wirklich gehen." Ich schob die Libelle in meine Tasche und rannte aus dem Raum.

Ich fand Madame im VIP-Raum neben dem großen, runden Käfig, der leer war. Radax war auch da. Madame hielt seinen Arm und grub ihre langen, scharfen Nägel in seinen Bizeps.

„Ich bin hier!", schrie ich fast, mein Blick wurde auf das dünne Rinnsal Blut gezogen, das unter ihren Nägeln hervor über seine tätowierte Haut lief.

„Die *Camyte*-Getränke sind nicht zubereitet", stellte sie kurz angebunden fest.

Es war noch früh. Die VIP-Kunden waren noch nicht eingetroffen. Es war noch Zeit. Aber natürlich war ich schuld. Das war ich immer.

„Es tut mir leid." Ich senkte meinen Blick.

„Beeil dich, du nutzloser Mensch", fauchte sie. „Und du ..." Sie schubste Radax in meine Richtung und ließ endlich seinen Arm los. „Du stellst sicher, dass sie diesmal nicht faulenzt."

Sie stürmte aus dem Raum.

„Geht es dir gut?", fragte Radax und ging zur dunklen Mahagoni-Bar vor dem Käfig und begann, die hohen Gläser herauszunehmen, die wir für das *Camyte*-Getränk für die VIPs verwendeten.

Blut kroch in einem dünnen Rinnsal seinen Arm hinunter. Er machte sich nicht die Mühe, es abzuwischen.

„Geht es *dir* gut?", fragte ich zurück und suchte seine Augen mit meinen.

„Mir? Klar." Er schenkte mir ein Lächeln, das mir fast das Herz brach. Wieder einmal war er verletzt worden, weil ich nicht dort gewesen war, wo ich hätte sein sollen. Ich hatte der Versuchung nachgegeben, in Kyllen einen Freund zu haben, obwohl ich es hätte besser wissen müssen.

Zeit mit dem Gorgonen zu verbringen, hatte mir einen Trost gegeben, den ich selten fühlte. Es erinnerte mich an die Zeiten, als Radax mir als Kind lesen beigebracht hatte. Er setzte mich auf seinen Schoß, seinen tätowierten Arm um meine Schultern gelegt, während er auf die Buchstaben in einem Kinderbuch zeigte, das er bei einem Fundbüro auf dem Jahrmarkt besorgt hatte, wo die Menagerie zuletzt Halt gemacht hatte.

Damals glaubte ich, dass mir nichts Schlimmes passieren würde, solange Radax bei mir war. Er war so lange mein Beschützer gewesen, wie ich mich erinnern konnte.

Als ich älter wurde, erkannte ich, dass auch Radax Schutz brauchte. Als ein *Brack* gehörte er Madame, mit Leib und Seele. Sein Leben und Tod lagen in ihrer absoluten Kontrolle.

Madame hatte Dutzende von *Bracks* in dieser Welt, aber sie hatte Radax für ihre Strafen ausgewählt. Niemand war so misshandelt worden wie er, und das hatte alles mit mir zu tun. Ich versteckte mein Gesicht in meinem Schal und begann, ihm mit den Gläsern zu helfen.

Ich musste besser sein. Ich konnte besser sein. Anstatt um Kyllens Kiste herumzuhängen, musste ich näher bei Madame bleiben, unsichtbar, aber auf Abruf verfügbar. Ich musste vorausahnen, dass ich gebraucht werde, um zu verhindern, dass sie ihre Frustration mit mir an Radax ausließ.

Als ich am Mülleimer hinter der Bar vorbeiging, zog ich die Libellen-Haarspange aus meiner Tasche und warf sie weg.

Keine Frühstückspausen mehr mit Kyllen. Keine Tagträume mehr.

Ich musste den einen Mann beschützen, der das Nächste an Familie gewesen war, was ich je gehabt hatte. Ich musste Radax beschützen.

Neun

AMIRA

Ohne Träume zu leben war schwer. Das einzige magische, wunderschöne, herrliche Ding in meinem Leben aufzugeben, erwies sich als qualvoll und schmerzhaft. Aber getreu meinem Entschluss zu vollkommenem Gehorsam hielt ich mich von Kyllen fern und konzentrierte mich auf meine Arbeit.

Leider erforderten meine Pflichten nur wenig Nachdenken. Selbst der anhaltende Schmerz in meiner verletzten Hand lenkte mich nicht genug ab. Während der Arbeit schweiften meine Gedanken ab und landeten unweigerlich in dem Raum mit der Kiste und Madames Gefangenem darin. Ich stellte mir vor, wie er dort saß – allein und durstig – und mein Herz verkrampfte sich vor Mitgefühl, so stark, dass es wehtat.

Kyllen hatte niemanden, der ihm Wasser brachte, niemanden außer mir. Jede Minute, die ich fernblieb, litt er.

Ohne ihn litt ich auch. In der kurzen Zeit, die ich ihn kannte, war er zu einem wichtigen Teil meines Lebens geworden – dem aufregendsten Teil noch dazu. Ohne ihn und seine Geschichten fühlte sich die Welt trist und kalt an, eintönig und ... unerträglich.

Als die Vorstellungen des Tages vorbei waren, sah ich Vuk, wie er den Müll aus dem VIP-Raum hinausbrachte.

„Warte!", schrie ich und rannte ihm nach. „Ich habe etwas dort drin gelassen. Ich brauche es zurück."

Er starrte mich an, als hätte ich den Verstand verloren, während ich den Beutel aufriss und im Staub und Abfall darin wühlte.

„Hey!", schrie er angewidert. „Ich räume diesen Scheiß jetzt nicht auf. Mach's selbst sauber, du Spinnerin."

Ich durchsuchte den ganzen Beutel, um die Haarspange zu finden, die ich weggeworfen hatte. Sie mit beiden Händen umklammernd, setzte ich mich zurück auf meine Fersen und schloss die Augen. Es war kein Geburtstagskuchen, der gegessen werden würde. Dies war das einzige Geschenk, das ich je bekommen hatte und behalten konnte. Und ich hatte es weggeworfen. Weil ich Angst hatte. Die Angst hatte mich schon so viel gekostet. Ich konnte ihr nicht auch noch Kyllens Geschenk opfern.

Als ich die Haarspange in meine Tasche steckte, spürte ich die Wasserflasche, die ich seit dem Mittagessen bei mir trug, und die Orange, die ich aus der Küche genommen, aber nicht gegessen hatte. Ich war entschlossen, brav zu sein, Madame nicht zu verärgern und Radax vor ihr zu schützen. Trotzdem hortete ich weiterhin Dinge für Kyllen, obwohl ich wusste, dass ich ihn nicht sehen durfte.

Mit entschlossenem Eifer beeilte ich mich, aus den Zelten zu kommen. Ich fand einen kleinen Frachtanhänger in unserem Lager, kletterte hinein und verbrachte die Nacht dort, weg von den Zelten und von ihm.

Es gelang mir, auch den größten Teil des folgenden Tages fernzubleiben.

Als der Tag jedoch zu Ende war, hatte ich zwar mit dem Aufräumen fertig, blieb aber noch in den Zelten.

Diese späte Stunde war meine liebste geworden. Ich freute mich den ganzen Tag darauf und wartete, bis Madame und die

Bracks endlich gingen, damit ich die Nacht neben Kyllen verbringen konnte. Ich liebte es, seine Stimme zu hören, tief und sanft, mit nur einem Hauch von Rauheit. Seine Geschichten transportierten mich weit weg von der Menagerie, zu dem magischen Ort, von dem er stammte.

Kyllen war ein begabter Geschichtenerzähler. Seine Erzählungen waren witzig und fesselnd, mit lebendigen Beschreibungen und unterhaltsamen Charakteren. Es war, als würde ich einen Film sehen, und ich konnte es kaum erwarten, immer mehr davon zu „sehen".

Ich räumte die Putzmittel weg und stand im Korridor nahe dem Ausgang des Zeltes, hin- und hergerissen zwischen dem Bedürfnis zu gehen und dem Wunsch zu bleiben. Wenn ich ging, würde Kyllen an Durst leiden. Wenn ich zu ihm ging, riskierte ich das Wenige, das ich in dieser Welt hatte, einschließlich Radax.

„Muss ich den *Voukalak* dann zurücklassen?", drang Dez' dröhnende Stimme durch die dünne Stofftrennwand zu mir.

Dem Klang nach näherte sich der *Brack* aus der Mitte des Zeltes.

„Ja." Die Antwort kam in Madames melodischer Stimme, die auf mich wie eine donnernde Explosion wirkte.

Panik durchzuckte mich. Meine Brust zog sich schmerzhaft zusammen, wodurch das Atmen schwerfiel. Ich drehte mich um und suchte hektisch nach einem Versteck, bevor sie mich entdeckten. Zu dieser Stunde brauchte Madame mich nicht, was bedeutete, dass aus dieser Begegnung nichts Gutes entstehen würde.

„Alle lebenden Exponate müssten mit mir reisen, einschließlich deines *Voukalak*", fuhr sie mit ihrer bezaubernden Stimme fort. „Es ist zu riskant, sie vorauszuschicken. Ich muss mich persönlich um Zoll und Kontrollen kümmern, um Komplikationen zu vermeiden."

Ich fiel auf Hände und Knie und kroch unter der Zeltplane hindurch. Dann lag ich still, wagte kaum zu atmen, als ihre Stimmen näherkamen.

„Richtig. Was ist mit dem Gorgonen?", fragte Dez.

„Lebt er noch?", erkundigte sich Madame beiläufig.

„Bin nicht sicher. Ich werde morgen nachsehen. Aber macht es überhaupt Sinn, ihn mitzunehmen, selbst wenn er noch lebt? Er verweigert sich Ihnen die ganze Zeit."

Sie presste ihren Kiefer so fest zusammen, dass ich ihre Zähne knirschen hörte. Madame war Ablehnung nicht gewohnt. Kyllens Widerstand musste sie rasend machen.

„Es wäre einfacher, ihn hier zurückzulassen", schlug Dez vor.

„Nein", fauchte sie. „Ich will sehen, wie er zerbricht oder stirbt." Sie seufzte tief und sprach ruhiger. „Wenn er noch lebt, hoffe ich, dass er zur Vernunft kommt. Ich habe eine wirklich gute Nummer für ihn. Sie beinhaltet, seltene Tiere zu versteinern, während die VIP-Gäste zusehen. Ich würde die Figuren dann für einen Aufpreis an sie verkaufen. Er könnte mir immer noch Geld einbringen."

„Genug, um ihn den ganzen Weg über den Ozean mitzunehmen?", klang Dez skeptisch.

„Ich werde ihn nach Europa mitnehmen, aber nicht weiter. So oder so hat er nicht mehr viel Zeit."

„Wie Sie wünschen", gab Dez nach. Seine Stimme wurde eine Nuance tiefer, ein verführerischer Ton schlich sich ein. „Da ich vor Ihnen nach England abreise, habe ich hier weniger Zeit als die anderen. Kann ich heute Nacht zu Ihrem Wohnwagen kommen?"

Madame ließ ein melodisches Lachen erklingen. „Du bist nicht an der Reihe, mein Liebling. Ich glaube, Leslo braucht mich heute Abend am meisten. Geh und finde ihn."

Nach dem Scharren von Dez' Füßen zu urteilen, hatte er es nicht eilig, sie zu verlassen. Es schien, als wäre er näher an sie herangerückt.

„Ich brauche dich immer am meisten-"

Seine Worte, voller Verzweiflung, wurden durch den klatschenden Ton einer Ohrfeige unterbrochen – ihre Hand gegen seine Haut.

„Was du brauchst, ist Geduld und Beherrschung." Madames

Stimme wurde scharf wie ein Messer, nicht länger bezaubernd musikalisch. „Geh und hol Leslo, Sklave."

Sie stürmte hinaus. Dez stampfte davon, um ihren Befehl auszuführen. Und ich sog die Luft ein.

Dez sagte, er würde morgen nach Kyllen sehen. Offensichtlich würde er das nicht tun, indem er die Kiste öffnete. Vielleicht würde er versuchen, mit ihm zu sprechen oder die Kiste zu bewegen, um zu hören, ob Kyllen Geräusche machte.

Niemand wusste, dass ich Kyllen Wasser gegeben hatte. Dez würde erwarten, dass er dem Tode nahe wäre. Er musste bestätigen, dass Kyllen noch lebte, damit Madame ihn mit uns nach England nehmen würde. Wenn sie ihn hier zurückließe, würde er sicherlich sterben.

Das durfte ich nicht zulassen.

Zehn

KYLLEN

Amira tauchte den ganzen Tag nicht auf. Sie schlief in dieser Nacht auch nicht neben seiner Kiste. Er blieb stundenlang wach und strengte sein Gehör an, um den Klang ihrer leichten Schritte zu hören, aber er vernahm nichts.

Er ballte seine Hände zu Fäusten, als könnte er die eine Chance, nach Hause zurückzukehren, festhalten, die ihm zwischen den Fingern entglitt.

Er hatte Amira gedrängt. Er hatte ihr gesagt, was er von ihr brauchte, und er hatte ihr Angst gemacht. Ungeduld hatte ihn dazu gebracht, nachzuhaken, aber jetzt befürchtete er, dass er zu forsch gewesen war. Geduld war noch nie eine seiner Tugenden gewesen.

Als die Stunden des folgenden Tages verstrichen, ohne ein Zeichen von Amira, begann er sich aus anderen Gründen zu sorgen.

Amira diente einer verdorbenen Göttin ohne Ehre und ohne Moral. Was, wenn das arme Mädchen beim Helfen erwischt worden war und für ihre Freundlichkeit bezahlt hatte? Was, wenn sie verletzt war? Oder ... tot?

Er hätte ihr die Haarspange nicht geben sollen. Er hatte sie für sie angefertigt, weil er ein Lächeln auf ihr Gesicht zaubern wollte, auch wenn er ihr Lächeln nicht *sehen* konnte. Aber er hatte sie dadurch möglicherweise in Gefahr gebracht.

Jeder aus Nerifir, der die Libellenspange sah, würde wissen, dass sie von einem Gorgonen gemacht worden war. Sie würden wissen, dass Amira sie von ihm bekommen haben musste. Sie würden wissen, dass sie gegen ihre dummen Regeln verstoßen hatte.

Was würden sie dann mit ihr machen?

Seine Wut auf Ghata flammte höher auf und verbrannte sein Inneres mit einem Durst nach Rache. Schuldgefühle überwältigten ihn. Er würde aus dieser verfluchten Kiste ausbrechen und durch diesen ganzen Ort fegen, sie alle zu Stein verwandeln. Die ganze verdorbene Bande – die *Bracks*, Ghata …

Aber was, wenn Amira noch am Leben war? Er würde riskieren, auch ihr versehentlich zu schaden. Der Gedanke, ihr in irgendeiner Weise wehzutun, ließ seinen Magen rebellieren.

Als die Nacht nahte, wurde das Licht über der Öffnung an der Oberseite der Kiste schwächer. Verloren im Sturm seiner Sorgen und seiner Wut hörte er niemanden näherkommen, bis das vertraute Geräusch von jemandem, der sich räusperte, durch die Wände der Kiste drang.

Amira!

Erleichterung überflutete ihn wie eine himmlische Regensintflut im Wald.

„Ich habe dich vermisst." Er platzte mit dem Ersten heraus, was ihm in den Sinn kam.

Es war kindisch, spontan und … absolut wahr. Er hatte sie vermisst – den Klang ihrer Stimme, das leichte Trippeln ihrer Schritte. Er vermisste dieses weiche, zögernde Geräusch, das sie machte, bevor sie sprach, so wie sie es gerade tat, als sie sich wieder räusperte.

„Du … was?", fragte sie und klang völlig verwirrt. Sein

Gefühlsausbruch kam für sie offensichtlich genauso unerwartet wie für ihn selbst.

Nun war er an der Reihe, sich zu räuspern, während er nach einer Antwort suchte. „Ich ... äh, war besorgt. Ist alles in Ordnung? Du warst weg." Und jetzt klang er verzweifelt. Es war einfach erbärmlich, wie sehr ihre Abwesenheit ihn mitgenommen hatte.

„Ich bin gekommen, um dich zu warnen", sagte sie ernst. „Nach dem Jahrmarkt, in etwas mehr als einer Woche, bringt Madame uns nach England–"

„Wohin?"

„Zu einem anderen Kontinent", erklärte sie. „Dez, einer ihrer *Bracks*, wird morgen vorbeikommen, um zu prüfen, ob du noch am Leben bist."

Er grinste. „Wie überaus rücksichtsvoll von ihm."

Sie lächelte nicht über seinen Sarkasmus, ihre Stimme blieb ernst. „Du darfst nicht mit ihm sprechen. Wenn du es tust, wird er wissen, dass du die ganze Zeit Wasser bekommen hast."

„Richtig." Wenn Amira nicht gewesen wäre, würde er hier liegen, unfähig, sich zu bewegen, geschweige denn in irgendeiner zusammenhängenden Weise zu sprechen.

„Aber du musst irgendeinen Laut von dir geben, um zu bestätigen, dass du noch lebst", fuhr sie fort. „Sonst lassen sie dich vielleicht zurück."

Das durfte nicht passieren. Er musste bei Amira bleiben, bis sie bereit waren, diese verfluchte Welt für immer zu verlassen.

„Ich werde grunzen oder stöhnen", gab er widerwillig nach, obwohl er sich nicht auf eine Interaktion mit einem von Ghatas Mönchen freute, wie kurz sie auch sein mochte. „Mach dir keine Sorgen, ich bin gut im Schauspielern. Der *Brack* wird zufrieden sein."

„Gut", sagte sie. Er hörte, wie sie mit den Füßen scharrte, aber sie kam nicht näher.

„Amira–"

„Du musst durstig sein", platzte sie schnell heraus, als ob sie

Angst hätte vor dem, was er sagen könnte. „Ich habe etwas Wasser mitgebracht. Gib mir nur eine Minute." Das Geräusch, wie sie sich um die Kiste bewegte, erklang, dann senkte sich ein durchsichtiger Schlauch zwischen den Stäben hindurch.

Er *war* durstig – das war er in dieser elenden Welt immer. Unglaublicher Weise war der Durst während ihrer Abwesenheit nicht seine Hauptsorge gewesen.

„Was ist passiert, Amira? Warum bist du letzte Nacht nicht gekommen?"

Eine lange Pause folgte auf seine Frage. Ihr Schweigen war nervenaufreibend.

„Hat dir jemand wehgetan?", knurrte er, *knurrte* wirklich auf höchst barbarische Weise. Der bloße Gedanke, dass Amira verletzt worden sein könnte, ließ ihn rot sehen.

„Nein", sagte sie und wechselte dann hastig das Thema. „Ich ... ich habe dir eine Orange mitgebracht."

„Eine Orange?", wiederholte er verblüfft. Ihr Themenwechsel kam schnell wie ein Peitschenhieb.

„Ja. Ich weiß, dass du nicht viel isst, aber du mochtest die Gurke. Also dachte ich, du könntest auch eine Orange mögen."

War es ein Friedensangebot ihrerseits? Dafür, dass sie ihn eine Nacht und einen Tag allein gelassen hatte? Vielleicht war er nicht der Einzige, der während ihrer Trennung Schuldgefühle hatte.

„Natürlich. Ich nehme die Orange." Wenn Wasser knapp war, zog er Trinken dem Essen vor. Selbst die saftigsten Früchte und Gemüse enthielten Ballaststoffe, die kostbares Wasser zur Verdauung benötigten. Aber er würde alles nehmen, was sie ihm geben würde, wenn das bedeutete, dass sie noch ein bisschen länger bei seiner Kiste bliebe.

„Habt ihr Orangen in Lorsan?", fragte sie. Sein Herz flatterte aufgeregt bei dem Anflug der gewohnten Neugier in ihrer Stimme. „Ihr habt doch Gurken, oder?"

„Ja, haben wir. Wir haben auch Orangen, Glockenblau-Orangen. Sie wären allerdings viel zu groß, um durch diese Stäbe zu passen."

„Glockenblau?" Sie summte verwundert. „Nun, meine ist eine Mandarinorange. Sie wird passen. Ich werde sie zuerst schälen."

Ein starker Zitrusduft drang durch die Stäbe, als sie die Frucht schälte. Sie roch sehr nach den Glockenblau-Orangen aus Lorsan. Sie wuchsen in riesigen Blumen, die so groß waren, dass man sie als Regenschirme benutzen könnte, wenn ihre Blütenblätter nicht so zart und zerbrechlich wären.

„Welche Farbe hat deine Orange?", fragte er.

„Farbe? Nun ..." War da ein Lächeln in ihrer Stimme? Was würde er nicht dafür geben, dieses Lächeln zu *sehen*. Er hoffte so sehr, sie eines Tages auch lachen zu hören. „Sie ist ... orange."

Er schmunzelte. Wie einfallslos. In dieser Sprache war das Wort für die Frucht und die Farbe das gleiche.

Amira musste auch über die Sprache nachdenken. „Kyllen, spricht jeder in Nerifir Englisch?"

Englisch.

War das der Name der Sprache, die sie sprachen?

„Wenn nicht, wo hast du es dann gelernt?", fragte sie.

„Ich musste es nicht lernen. Es war die Sprache, die die *Bracks* sprachen, als sie mich einfingen." Er kramte in seinen Erinnerungen an die fast vergessenen Lektionen. „Ich habe gehört, dass beim Reisen zwischen Welten die erste Sprache, die du hörst, zu deiner eigenen wird."

Sie bewegte sich, kam dem Klang nach zu urteilen näher. Sorge stieg in seiner Brust auf.

„Vorsicht", warnte er. Er war mit Amira zu vertraut geworden, riskierte zu vergessen, dass sie nicht seiner Art war und er sie leicht töten konnte. „Leg die Orange einfach auf die Stäbe und tritt dann zurück, ja? Bitte."

„Okay." Sie lehnte sich an die Kiste, streckte ihren Arm darüber zur Öffnung an der Oberseite.

Er versteckte sich in den Schatten innerhalb der Kiste. Er zog seine Kapuze tiefer über seine Augen und verflocht seine *Senties* zu einem festen Knoten darunter, ohne zuzulassen, dass einer entkam.

Vorsichtig unter dem Rand seiner Kapuze hervorspähend sah er ihre Hand, die eine kleine, runde Frucht hielt. Schlanke, blasse Finger mit getrimmten Nägeln in derselben Farbe wirkten fast durchscheinend gegen das Licht darüber. Impulsiv streckte er die Hand nach ihnen aus, wünschte sich, ihre Haut zu fühlen.

Sie keuchte überrascht auf und ließ die Orange fallen, als er ihre Hand ergriff.

„Kyllen ...", hauchte sie zitternd, nahm aber ihre Hand nicht weg.

Er schloss die Augen und hielt ihre Hand. Sie fühlte sich kühl und zerbrechlich an, wie die zarte Pfote eines Teichgeckos, und fast genauso klein. Ihre Haut war weich und glatt, im Gegensatz zu seiner rauen und trockenen. Er fuhr mit seinen Fingern über die harten Stellen der Schwielen auf ihrer Handfläche – sie war offensichtlich mit körperlicher Arbeit vertraut.

„Sag mir, Amira, bitte", sagte er sanft und benutzte die zärtlichste Stimme, die er konnte. „Sag mir, meine Freundin, warum bist du weggeblieben? Hast du Angst vor mir?"

„Was? Nein. Natürlich nicht." Ihre Finger schlossen sich fester um seine und hielten seine Hand zurück.

Er glaubte nicht, dass sie ihn fürchtete. Sie mochte am Anfang vorsichtig gewesen sein, aber ihre natürliche Neugier hatte ihr geholfen, aus ihrem Schneckenhaus herauszukommen. Bis gestern schien sie seine Gesellschaft bei jeder Gelegenheit zu suchen.

„Hast du Angst, hier bei mir erwischt zu werden? Hast du Angst vor Ghata? Vor Madame?"

Sie atmete tief ein. „Ich habe immer Angst vor ihr."

Er hatte geglaubt, er müsse ihr Vertrauen gewinnen, aber das hatte sich als einfach genug erwiesen. Amira war eine vertrauensvolle Person. Das Leben hatte sie nicht fair behandelt, aber es hatte ihren Glauben an Menschen nicht getötet. Sie sehnte sich nach Verbindung, fühlte sich zu ihm und seinen albernen Geschichten hingezogen. Er wusste, dass sie ihre gemeinsame Zeit genoss. Ohne zu bemerken, wann oder wie, begann er auch, die Zeit mit ihr zu genießen.

Es ging nicht darum, ihr Vertrauen zu gewinnen, sondern darum, ihre Angst zu überwinden.

„Lass mich dich weit weg von hier bringen, an einen Ort, wo Ghata dich nie finden würde.“

„Nach Nerifir?“

„Ja. Ghata wird nicht nach Nerifir zurückkehren. Sie floh, um einer Strafverfolgung zu entgehen, und sie riskiert, gefangen, vor Gericht gestellt und höchstwahrscheinlich hingerichtet zu werden, wenn sie jemals wieder einen Fuß in diese Welt setzt.“

„Ist sie wirklich eine Göttin?“

„Eine in Ungnade gefallene“, spottete er. Gefallene Götter waren erbärmlich, selbst wenn sie gefährlich blieben.

Anders als die Werwölfe hatten die Gorgonen schon vor langer Zeit aufgehört, physische Verkörperungen oder lebende Abbilder ihrer Götter zu erschaffen. Der ätherische Geist der Großen Schlange und ihr Hof körperloser Gottheiten blieben in ihrem göttlichen Reich, wo sie hingehörten, und kommunizierten bei Bedarf ausschließlich durch ihre Priester und Priesterinnen.

„Ghata hat in Sarnala, dem Land der Werwölfe, zu viele Verbrechen begangen“, fuhr er fort. „Die Menschen hörten auf, sie zu respektieren, was dazu führte, dass sie den Großteil ihrer Macht verlor. Die Werwölfe wollen ihre Krallen an sie legen und sie zur Rechenschaft ziehen. Sie wird nie zurückgehen. Du wirst bei mir sicher sein. Hilf mir, Amira, und ich werde dir helfen. Oder ... du kannst gehen und vergessen, dass ich existiere.“ Er ließ ihre Hand los. Es war ein Wagnis, aber Glücksspiel war etwas, worin er gut war – das richtige Timing war alles für den Erfolg.

Sie ging nicht weg. Im Gegenteil, sie klammerte sich an seine Finger, als hinge ihr Leben davon ab.

„Wie willst du, dass ich dir helfe, Kyllen?“, flüsterte sie.

Oh, das war ein großer Fortschritt. Sie waren von einem festen „Nein“ zu „Wie“ übergegangen.

„Die Menagerie zu verlassen wird nicht schwierig sein“, versicherte er ihr. „Ich bin meine Fesseln mit dem Werkzeug los, das ich aus den Dingen gemacht habe, die du für mich gefunden hast. Nichts bindet mich. Bald werde ich stark genug sein, diese Kiste zu öffnen. Aber ich muss wissen, wie ich von dieser Welt zurück in meine komme."

„Ich weiß nichts über das Reisen zwischen den Dimensionen, Kyllen."

Leider er auch nicht. Jetzt wünschte er, er hätte seinen Tutoren als Kind mehr Aufmerksamkeit geschenkt. Irgendwie hatte er gedacht, es würde Zeit geben, die versäumten Lektionen nachzuholen, wenn er älter wäre. Diese Zeit kam nie, und jetzt brauchte er das Wissen, das er verpasst hatte.

Er versuchte, sich an das Wenige zu erinnern, was er gelernt hatte. „Es muss einen Weg geben, das Portal zwischen den Welten zu öffnen. Die *Bracks* tun es ständig. Ich brauche dich, um herauszufinden, wie. Kannst du das für mich tun, meine Freundin?"

„Ich werde es versuchen", sagte sie.

Er konnte seinen Ohren nicht trauen. Hatte sie endlich nachgegeben? Hatte er sie doch überzeugt? Begeisterung durchströmte ihn in prickelnden Schauern. Die Hoffnung wurde stärker.

Es war gut. Aber nicht genug.

Er ging vorsichtig vor. „Ich kenne diese Welt nicht. Ich will nicht durch sie wandern und überall ihre Bewohner zu Stein verwandeln."

Oh, das würde er tun, wenn er müsste.

Jetzt, da seine Hände und Füße frei vom Eisen waren und seine Kraft langsam zurückkehrte, würde er es aus dieser Kiste schaffen.

Aber was dann?

Bracks, Ghata und jeden ahnungslosen Menschen auf seinem Weg zu Stein zu verwandeln, würde ihn nicht näher daran bringen, nach Nerifir zurückzukehren. Steine redeten nicht. Er brauchte jemanden, der ihm sagte, wie er das Portal öffnen konnte, das ihn nach Hause bringen würde.

„Ich brauche einen Führer", sagte er. „Jemanden, der mir hilft, den Weg nach Hause zu finden. Ich brauche dich, um mit mir zu kommen. Und im Gegenzug werde ich alles tun, was du verlangst, sobald wir in Nerifir sind."

Sie stieß einen langen Seufzer aus. „Ich kann nicht mit dir kommen, Kyllen. Ich kann Radax nicht verlassen."

„Den *Brack*?"

„Du sagst das wie eine Beleidigung", tadelte sie.

Er schüttelte den Kopf, auch wenn sie es nicht sehen konnte. „Nicht beleidigend, ich stelle nur die Tatsache fest, Amira. Radax ist ein *Brack*, Ghatas Mönch. Er hat sein Leben, seinen Verstand und sein Gewissen an sie im Austausch für Unsterblichkeit abgegeben. Ein *Brack* ist nur ein geistloser Sklave, eine Hülle eines Mannes. Da ist wirklich nichts mehr zu retten."

Ihre Finger umklammerten seine fester.

„Sag das nicht über ihn. Radax ... Er ist nicht wie die anderen. Er hat mich großgezogen. Er hat mir alles beigebracht, was ich weiß. Er ist meine Familie, die einzige, die ich habe. Er kann keine Dimensionen mehr durchqueren. Madame schickt ihn schon lange nicht mehr nach Nerifir. Ich kann ihn nicht mitnehmen. Und ich kann einfach nicht ... Ich kann ihn nicht zurücklassen."

Das war ein ernsthaftes Hindernis. So schwach und zerbrechlich diese Frau auch erschien, sie besaß einige starke Eigenschaften. Loyalität war offensichtlich eine davon.

„Du verdienst so viel mehr als dieses Leben, Amira." Dies war eine Zeile, die dazu bestimmt war, ihr zu schmeicheln und sie zu verlocken, aber er glaubte wirklich, was er sagte. Im Gegensatz zu den *Bracks* war sie keine Sklavin. Sie verdiente es besser, als ihr kurzes menschliches Leben für ein undankbares Geschöpf wie Ghata zu versklaven. „Radax kann nicht gehen. Er ist für die Ewigkeit mit Ghata verbunden. Aber das bedeutet nicht, dass du hier bleiben und mit ihm leiden musst. Er kann nicht gehen, aber du kannst es."

„Nein." Sie zog an ihrer Hand in dem Versuch, sie zu befreien, aber er hielt sie fest. Er war nicht länger bereit, sie loszulassen. Was, wenn sie weglaufen würde und er sie nie wiedersehen würde? Das konnte er nicht zulassen.

„Du bist mir wichtig, meine Freundin." Er verwendete wieder die süße, schmeichelnde Stimme. „Ich möchte, dass du frei bist, dass du die Welt siehst – welche Welt es auch sein mag –, dass du das kurze Leben genießt, das dir gegeben wurde."

„Ich kann wirklich nicht, Kyllen. Wenn ich gehe, wird Madame ihn töten."

Er hatte recht gehabt, was die Herausforderung betraf, gegen ihre Angst anzukämpfen. Aber es war nicht die Angst um sich selbst, die das Problem war. Es war ihre Angst um jemand anderen – ausgerechnet einen unwürdigen *Brack*.

„Wenn ich gehe, würde Madame denken, Radax habe mir geholfen", sagte sie.

„Dann sorge dafür, dass sie weiß, dass er nichts mit deiner Flucht zu tun hat."

„Ich–"

Er konnte keine Argumente oder Zweifel in ihrem Weg zulassen. „Denk darüber nach, meine kleine Freundin. Wenn Ghata ihn für Dinge bestraft, die *du* tust, wäre es dann nicht das Beste für euch beide, wenn du nicht mehr hier wärst?"

Sie erstarrte. Er schien die richtigen Worte gefunden zu haben.

Er musste weiterdrängen. „Sie hätte keinen Grund mehr, ihn zu bestrafen, oder? Und wenn sie ihn foltert, um dir eine Lektion zu erteilen, dann gäbe es kein Publikum mehr, für das sie die Folter aufführen könnte."

Sie blieb still, ihr Atem schnell und flach. Ihre Finger in seiner Hand wurden kälter.

„Ich werde sehen, was ich über das Portal herausfinden kann", sagte sie schließlich. „Aber ich werde nicht mit dir kommen, Kyllen."

Es sollte keine Rolle spielen, ob sie mit ihm nach Nerifir kam oder nicht, solange sie ihm half, nach Hause zurückzukehren. Doch der Gedanke, Amira zurückzulassen, färbte seine Begeisterung mit einem bitteren Hauch von Enttäuschung. Er wünschte sich, sie mitzunehmen.

Vielleicht konnte er es doch noch schaffen? Er musste nur härter daran arbeiten, sie davon zu überzeugen, sich ihm anzuschließen. Er war nicht gut im Warten, aber er würde Geduld aufbringen.

Ihre Finger glitten aus seiner Hand. Sie trat von der Kiste zurück.

„Geh nicht", bat er. „Niemand ist in der Nähe. Bleib heute Nacht bei mir. Ich habe dir noch nicht die Geschichte von meinem unglückseligen Aalfischen erzählt, erinnerst du dich?" Er versuchte nicht einmal, die Verzweiflung aus seiner Stimme zu halten. Nun, da er den Genuss ihrer Gesellschaft wieder gekostet hatte, fühlte sich die Rückkehr zu Durst und Einsamkeit unerträglich an.

„Ist das die Geschichte, in der du *nicht* ins Wasser gefallen bist?", neckte sie.

Er liebte es, wieder Humor und Neugier in ihrer Stimme zu hören. Das Necken war neu für sie, und es begeisterte ihn.

„Oh doch, ich bin gefallen. Später." Er kicherte. „Aber das war nur ein Teil meiner Missgeschicke an diesem Tag. Die Aale schlüpften in meine Hose–"

Sie keuchte. „Oh nein! Was ist dann passiert? Beißen Aale?"

„Setz dich, Amira, mach es dir bequem. Ich fange besser ganz von vorne an."

Sie gehorchte, und er atmete erleichtert aus. Er hörte, wie sie sich an ihrem üblichen Platz an der Kiste ankuschelte. Er lehnte sich mit seiner Schulter von innen gegen dieselbe Seite. Wenn die Kiste nicht da wäre, würden sie kuscheln, das wurde ihm klar. Der Gedanke ließ ihn schnauben. Normalerweise hatte er viel bessere Dinge mit einer Frau zu tun, als zu kuscheln. Aber der Wassermangel hatte die Erregung für ihn schwierig gemacht. Er verspürte keine Lust und vermisste sie momentan nicht einmal.

Seine gegenwärtigen Freuden kamen nicht vom sexuellen Verlangen. Amira in seiner Nähe zu haben, linderte die Spannung in seiner Brust. Es machte die Welt fast wieder normal, obwohl er immer noch in dieser abscheulichen Kiste war.

Er riss seine Kapuze ab, breitete seine *Senties* über seine Schultern aus und holte tief Luft. Der durchsichtige Schlauch baumelte vom Dach der Kiste. Er fing ihn ein und nahm einen langen Schluck Wasser, der seine Kehle beruhigte. Er müsste die Orange finden, die sie mitgebracht hatte. Sie musste irgendwo auf dem Boden der Kiste liegen.

Aber zuerst schuldete er ihr eine Geschichte.

„Ich sollte nicht allein zum Aalfischen gehen", begann er. „Aber wie du weißt, war ich ein eher ungehorsames Kind."

„Das habe ich inzwischen gelernt", erwiderte sie leicht.

Das versprach eine gute Nacht zu werden. Eine der besten, die er in dieser Welt gehabt hatte.

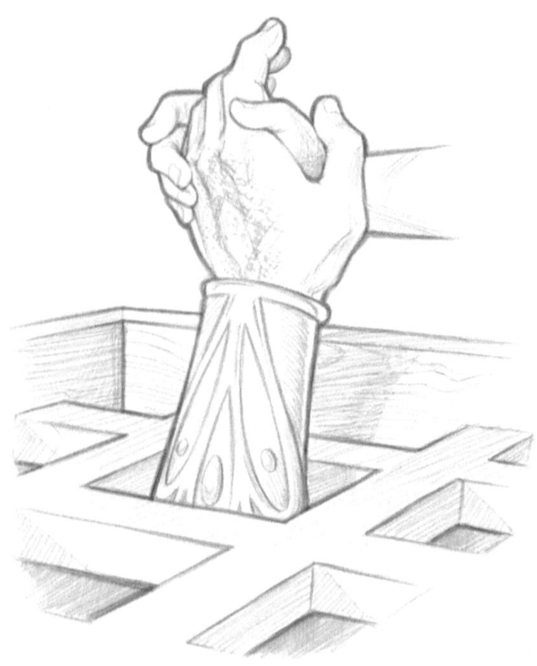

Elf

AMIRA

Ich blieb bei ihm, und Kyllen erzählte mir eine weitere seiner Geschichten. In letzter Zeit wählte er lustige aus. Vielleicht versuchte er, mich zum Lachen zu bringen? Ich lachte nicht oft. Es fühlte sich an, als würde ich zu viel Lärm machen. Aber er schaffte es, mich zum Lächeln zu bringen, als er mir von seinem Aalfischen erzählte.

„Die fiesen Biester sind in meine Hose geschwommen!" Seine Empörung war echt, was die Geschichte noch lustiger machte. „Einer hat mich direkt in die Klöten gebissen!"

„Wohin?"

„Meinen Sack", erklärte er nachdrücklich. „Komm schon, Amira, ich weiß, wir sind nicht von derselben Art, aber die männliche gorgonische Ausstattung da unten kann nicht so anders sein als bei Menschen. Legenden besagen, dass wir uns paaren und sogar fortpflanzen können."

„Oh." Die Hitze der Röte breitete sich in meinem Gesicht aus, als ich endlich verstand, auf welchen Körperbereich er sich bezog. Ich hatte nur eine vage Vorstellung vom Aussehen der männlichen „Ausstattung" beim Menschen, da ich selbst noch nie so etwas gesehen hatte.

„Man sagt, die Narbe ist immer noch da, wenn man genau hinsieht", enthüllte Kyllen. „Nicht dass ich flexibel genug wäre, um selbst danach zu suchen. Aber wenn du neugierig bist–"

„Ähm, nein danke", platzte es aus mir heraus. „Ich verzichte. Ich glaube dir das auch so."

„Wie du meinst." Seine Stimme veränderte sich, das Raue darin wurde deutlicher. „Aber ich versichere dir, du verpasst einen herrlichen Anblick. Und ich spreche nicht nur von der Narbe."

Flirtete er mit mir? War das der Grund, warum meine Röte noch heißer loderte und sich nach unten ausbreitete? Die Empfindung war so plötzlich, und je bewusster sie mir wurde, desto intensiver wurde sie.

„Du bist so still, Amira", stellte er mit dieser veränderten Stimme fest. „Worüber denkst du nach?"

Nachdenken?

Ich konnte in diesem Moment an nichts anderes denken als an ihn. Mein verrückter Verstand versuchte verzweifelt, sich ein nacktes Bild von einem Mann zu machen, den ich noch nie gesehen hatte, weder in Kleidung noch ohne. Wärme kribbelte in meiner Brust, sammelte sich in meinen Brustspitzen und ließ mich etwas wünschen, das ich nicht benennen konnte.

„Lass mich raten–"

„Nein!", unterbrach ich ihn, aus Angst, er könnte tatsächlich erraten, was in mir vorging. „Nicht... I-ich dachte nur, ich könnte den ... ähm, den *herrlichen Anblick*, von dem du sprichst, niemals genießen, weil ein Blick auf dich mich töten würde, erinnerst du dich?"

„Richtig." Er holte tief Luft. „Wie kann ich das nur immer wieder vergessen? Irgendwie fühlst du dich nicht wie ‚fremd' an, weißt du?"

Ich glaubte zu verstehen. Ich dachte auch nicht mehr an Kyllen als einen Fremden. Er war mir näher geworden als jeder andere auf der Welt.

Näher als Radax, wurde mir klar.

Der Gedanke war beunruhigend, aber nicht wirklich überraschend. In den letzten Tagen hatte ich mehr Zeit mit Kyllen verbracht als mit Radax in Jahren. Er war viel offener zu mir als Radax es je gewesen war. Nie in meinem ganzen Leben hatte Radax' Stimme die gleiche Reaktion in mir ausgelöst wie Kyllens gerade eben.

Radax war Familie. Kyllen war ... etwas völlig anderes.

Ich stützte mein Kinn in die Hand und gab vorerst auf, meine Gefühle zu sortieren.

„Was ist mit den Aalen passiert?", fragte ich und kehrte zu einem Thema zurück, das sich viel sicherer anfühlte.

„Die Aale? Die landeten natürlich in einer Suppe. Eine der besten Suppen, die ich je hatte, weil sie mit Rache gewürzt war", fügte er mit einem dramatischen Flair hinzu, das mich wieder zum Lächeln brachte.

„Hast *du* die Suppe gemacht?"

„Natürlich nicht. Der Koch meines Vaters hat das getan. Er ist einer der besten in Lorsan."

Das brachte mich zum Nachdenken. „Welche anderen Dinge essen die Leute in Lorsan? Außer Suppe?"

Er machte ein schnalzendes Geräusch mit der Zunge. „Oh nein, lass uns noch ein wenig bei der Suppe verweilen, ja? Der Koch meines Vaters kann Hunderte verschiedener Sorten zubereiten."

„Hunderte Arten von Suppe? Wirklich?" Das ergab allerdings Sinn, da gorgonische Körper viel Flüssigkeit benötigten.

„Ja. Es gibt mindestens ein Dutzend Arten, allein die Rohrkolbenwurzelsuppe zuzubereiten."

„Klingt, als würden Gorgonen ihre Suppe ziemlich ernst nehmen", neckte ich ihn.

„Allerdings." Er traf meinen leichten Ton.

„Aber habt ihr Eier?" Sie waren mein Lieblingsessen, vielleicht weil ich sie am häufigsten aß.

„Jede erdenkliche Art", versicherte er mir. „Enteneier, Gänseeier, Fischeier, Froscheier–"

„Froscheier?", rief ich schockiert. Sicher machte er Witze. „Esst ihr die wirklich?"

„Mmm", dehnte er den summenden Laut des Vergnügens. „Wenn sie richtig eingelegt sind, sind sie köstlich."

„Also keine Hühnereier?"

„Nun, wir können dir sicherlich ein paar Hühnereier besorgen. Ich bin schließlich der Erbe eines Hohen Lords. Aber glaub mir, Froscheier sind nicht viel anders. Du würdest den Unterschied nicht einmal bemerken."

Ich wusste, was er tat. Er sprach, als hätte ich bereits zugestimmt, mit ihm zu kommen, und pflanzte Dinge in mein Gehirn, die es mir leichter machen würden, mich in seiner Welt vorzustellen. Aber ich sog jedes seiner Worte wie süßes Gift in mich auf.

Tief in meinem Inneren wünschte ich mir, in dieses magische Land zu gehen. Ich ertappte mich dabei, wie ich davon fantasierte, in diesem fernen Ort namens Lorsan ein Zuhause zu finden, und musste mich daran erinnern, dass das nur Fantasien waren, Dinge, die ich nicht haben konnte und mir nicht wünschen sollte.

Ich verbrachte diese Nacht an Kyllens Kiste und kehrte auch in der folgenden Nacht zurück.

Dann, zwei Tage später, nachdem ich Madames Wohnwagen gereinigt hatte, schlich ich zurück in den Lagerraum, um Kyllen zwischen meinen Aufgaben ein schnelles Hallo zu sagen, und fand seine Kiste nicht mehr vor.

Der Anblick des nackten Bodens, wo sie einst gestanden hatte, war wie ein Schlag in den Magen. Ich starrte ihn an und weigerte mich, meinen Augen zu trauen.

Er war weg ...

Aber wohin?

Und wie? Wie konnte ich das verpassen? Ich hatte genau dort geschlafen, an dieser Wand, die früher hinter seiner Kiste verborgen war. Ich war früh aufgestanden, um Madames Frühstück zu machen, wie immer. Dann hatte ich die Tiere gefüttert und ihren Wohnwagen gereinigt. In dieser Zeit war die Kiste verschwunden.

Hatte Madame doch beschlossen, ihn loszuwerden?

Der Gedanke machte mich krank. Ein sinkendes Gefühl höhlte meinen Magen aus.

„Wo ist sie?" Ich merkte nicht, dass ich laut gefragt hatte, bis die Antwort kam.

„Was?" Leslo blieb hinter mir stehen, eine Augenbraue hochgezogen. Er trug eine Werkzeugkiste und schien auf dem Weg aus den Zelten zu sein.

„Die Kiste, die heute Morgen noch hier stand." Ich gestikulierte hektisch zu der Wand, die Teil meines Schlafplatzes gewesen war.

Er warf mir einen neugierigen Blick zu. Ich offenbarte wohl gerade meine Verbindung zu Kyllen. Aber Panik stieg in mir auf, und ich konnte sie nicht verbergen.

„Weißt du, wohin sie gebracht wurde?"

Er legte den Kopf schief. „Wann am Morgen hast du sie gesehen?"

Ich konnte ihm unmöglich sagen, dass ich letzte Nacht hier geschlafen hatte. Ich schluckte den Klumpen Panik, der mich würgte, und sammelte meine Gedanken so gut ich konnte, wobei ich meine Worte sorgfältig wählte.

„Vor dem Frühstück. Ich habe hier den Boden gefegt. Jetzt muss ich ihn wieder sauber machen." Ich zeigte auf den staubigen quadratischen Fleck auf dem Boden, der vorher von der Kiste bedeckt gewesen war, und tat so, als wäre es die zusätzliche Arbeit, die mich so aufgebracht hatte. „Siehst du?"

Leslo zuckte mit den Schultern. „Na und. Mach ihn eben nochmal sauber. Als ob du was Besseres zu tun hättest."

Er wandte sich ab, um weiterzugehen, aber ich eilte ihm nach. „Weißt du, wo diese Kiste jetzt ist?"

„Auf dem Weg zum Flughafen, nehme ich an."

„Flughafen?"

„Ja, wir fahren als Nächstes nach England. Weißt du das nicht?"

Natürlich wusste ich vom Umzug und dass einige der Menagerie-Frachten früher verschifft wurden. Dez und einige andere waren vorausgefahren, um Dinge mit dem neuen Veranstaltungsort in London zu regeln. Dez hatte vorher mit mir gesprochen und mir Anweisungen hinterlassen, wie ich die *Voukalak*-Bestie in seiner Abwesenheit füttern sollte.

„Ja, aber erst nächste Woche, oder?", erkundigte ich mich. „Sollten nicht alle lebenden Ausstellungsstücke bis dahin hier bleiben?" Das hatte Madame gesagt.

Aber vielleicht betrachtete sie Kyllen nicht als vollständig „lebend"? Ohne mein Wasser wäre er schließlich in einem nahezu sterbenden Zustand gewesen.

„Richtig. Aber wir haben einige Sachen früh vorausgeschickt. Einige sperrige Ausrüstung und inaktive Exponate, wie die Drachenstatue und den Gorgonen." Leslo neigte seinen Kopf zurück in Richtung des Lagerraums, in dem Kyllen untergebracht gewesen war.

Wir verließen das Zelt, und Leslo wandte sich dem Wohnwagen der *Bracks* zu.

Ich musste neben ihm hertraben, um mit seinen langen Schritten mitzuhalten. „Was werden all diese *Sachen* in England tun?" Das war mehr, als ich je mit Leslo gesprochen hatte. Glücklicherweise wirkte er eher genervt als misstrauisch.

„Dasselbe wie hier – absolut nichts." Er schnaubte. „Sie werden irgendwo in einem Lagerhaus sitzen, bis wir sie nächste Woche abholen. Verdammte Schmarotzer." Er spuckte zwischen den Zähnen hindurch.

Ich drückte meine Hand an meine Brust und wartete, bis mein Herzschlag wieder normal wurde, während meine Panik nachließ. Sie hatten Kyllen nicht entsorgt. Er war nur verlegt worden. Ich hatte ihn nicht für immer verloren, nur für ein paar Tage.

Leslo blieb stehen, um mich anzustarren. Hatte ich ihn doch misstrauisch gemacht?

„Nun ...“ Ich versenkte mein Kinn in meinen Schal und ging rückwärts in Richtung der Zelte. „Danke. Ich gehe dann und fege den Raum nochmal.“

Er schüttelte den Kopf, nannte mich in Gedanken wahrscheinlich einen Freak oder einen faulen Schmarotzer, und ging dann seiner Wege.

Ich schlurfte zurück zu den Zelten. Kyllen war nicht mehr da, und ohne ihn hatte der Ort seine Seele verloren. Alles Magische, Schöne und Lustige, das er mitgebracht hatte, war verschwunden.

Ich blieb vor den Zelten stehen und betrachtete sie genau.

Dunkel und furchterregend war die Menagerie das einzige Zuhause, das ich je gekannt hatte. Früher hatte ich sie als einen Ort voller Geheimnisse gesehen, als Tor zu einer anderen Welt. Aber zum ersten Mal in meinem Leben sah ich sie, wie sie war – ein Haufen staubiger Zelte und abgenutzter Wohnwagen, geführt von einer herzlosen, egoistischen Gottheit. Ein Ort ständiger Angst und wenig Komfort.

Es könnte nie ein wahres Zuhause für irgendjemanden sein.

Zwölf

AMIRA

„Amira!", dröhnte Vuks tiefe Stimme nach dem Abendessen aus den Zelten. „Wo zum Teufel steckt sie?"

Irgendwie wurde immer erwartet, dass ich sofort zur Stelle war, sobald jemand mich brauchte.

Ich schloss das Tor zum Gehege der Nebelschildkröten und schüttelte die staubigen Reste ihres Futters von meinen Händen. Die Kreaturen mochten keine lauten Geräusche, besonders nicht während sie ihr Abendessen fraßen. Also eilte ich aus dem Raum, bevor ich meine Stimme erhob. „Ich bin hier!"

Vuk stürmte aus einem der nahegelegenen Durchgänge, eine Pistole in der Hand. „Hast du den verdammten *Voukalak* schon gefüttert? Wir müssen ihn in die Transportkiste packen."

Panik durchfuhr mich. Ich hatte die Bestie völlig vergessen.

„Oh nein." Ich keuchte. „Ich ... ich wollte ihn gerade füttern."

Anders als bei den übrigen Tieren in der Menagerie war die Bestie, die die *Bracks Voukalak* nannten, nicht meine übliche Verantwortung. Dez hatte sich um ihn gekümmert. Aber Dez war nach England abgereist, und er hatte mir befohlen, für die nächsten Tage seine Aufgaben zu übernehmen.

Er hatte mich anstelle eines *Bracks* ausgewählt, weil er der Meinung war, wenn ich einen Fehler machte, würde Madame mich töten. Seiner Meinung nach war das Motivation genug für mich, seine Anweisungen genau zu befolgen.

Er hatte nicht Unrecht, aber durch das plötzliche Verschwinden von Kyllens Käfig am Morgen hatte ich meine zusätzlichen Pflichten völlig vergessen.

Die arme Bestie hatte die morgendliche Fütterung verpasst. Die Nacht nahte. Er musste am Verhungern sein. Das beunruhigte mich noch mehr als jede mögliche Bestrafung.

Vuk verdrehte die Augen, als hätte er ohnehin nichts Besseres von mir erwartet.

„Toll." Er steckte die Pistole in seinen Gürtel. „Jetzt können wir ihn erst einpacken, nachdem die Zelte abgebaut sind."

Dez hatte erwähnt, dass es einfacher wäre, der Bestie vor dem Verpacken in die Kiste in den Kopf zu schießen. Anscheinend konnte die Bestie, genau wie *Bracks*, nicht mit menschlichen Waffen getötet werden, aber es würde ihn für eine Weile handlungsunfähig machen und ihn leichter zu handhaben machen.

Vuk funkelte mich an. „Was stehst du da rum? Geh und füttere ihn, du Idiotin!"

Ich eilte in die Küche, um das Fleisch zu holen, das Dez für die Bestie vorbereitet hatte, indem er eine gelbe Substanz aus Nerifir darüber gestreut hatte. Zusätzlich zur Fütterung sollte ich auch etwas Stinkendes aus einem Glas auf seinen Hals schmieren.

So einfach diese Aufgaben klangen, sie schienen fast unmöglich, als ich der Kreatur gegenüberstand.

Das Tier war riesig, an einen dicken Metallrahmen in aufrechter Position gekettet. An manchen Stellen war es mit dichtem schwarzem Fell bedeckt, an anderen war die Haut sichtbar. Seine Vorderpfoten sahen fast wie Hände aus, seine Finger endeten in langen, schwarzen Krallen.

Madame hatte ihn in einem runden Metallkäfig ihren VIP-Kunden präsentiert. Aber der Käfig war jetzt verschwunden. Nichts würde mich schützen, wenn die Bestie angreifen sollte, außer die Fesseln, die am Rahmen befestigt waren. Selbst in Ketten war er gefährlich. Wenn nur ein Tropfen des Giftes aus seinen Zähnen meine Haut berühren würde, würde ich sterben.

Ein weiterer Grund, warum Dez die Pflege des *Voukalaks* mir übertragen hatte, war wohl, dass er das Leben eines *Bracks* nicht riskieren wollte. Wenn die Bestie jemanden beißen und töten würde, würde Dez es offensichtlich vorziehen, dass ich es wäre.

In einer Hand hielt ich den Schlüssel für das Halsband der Bestie, den Dez mir gegeben hatte. In der anderen hielt ich eine Lederschlinge, die ich ihm über die Schnauze ziehen sollte, um zu verhindern, dass er mich beißt.

Die Kreatur wirkte in diesem Moment ziemlich zahm. Mit dem Kopf zu einer Schulter geneigt, schien er zu schlafen.

Vorsichtig schob ich den Lederriemen über seine längliche Nase und Kiefer, dann entfernte ich sein Halsband. Das Metallband, das Dez um den Hals der Bestie gelegt hatte, hatte lange Spitzen, die nach innen zeigten. Sie hatten den Hals des Tieres durchbohrt, und als ich es entfernte, sickerten Blutrinnsale heraus.

Das Design des Halsbandes konnte nur einen Zweck haben – zu foltern. Nur konnte ich nicht verstehen, warum. So verdorben *Bracks* oft auch handelten, sie folterten nicht ohne Grund.

Die Bestie öffnete ihre karmesinroten Augen und beobachtete mich, als ich sanft die Wunden an seinem Hals wusch. Es war keine gedankenlose Verfolgung der Bewegung seinerseits. In seinem Blick lag etwas Menschliches, trotz der unmenschlichen Farbe seiner Iris.

Und es war nicht nur in seinen Augen.

Ich trat zurück und betrachtete ihn. Er sah sehr nach der Bestie aus, die er war, aber der menschenähnliche Teil von ihm wirkte heute Abend ausgeprägter als beim letzten Mal, als ich ihn sah. Seine Vorderpfoten sahen noch mehr wie Hände aus. Selbst seine Schnauze schien nicht mehr so lang wie zuvor, als hätten sich die Knochen in seiner Nase und seinem Kiefer irgendwie zusammengezogen.

Mit seinem Halsband in einer Hand nahm ich das in Plastik eingewickelte Fleisch aus meiner Tasche.

Die Bestie brüllte durch die Schlinge um seine Schnauze und stürzte sich auf das Fleisch. Die Fesseln warfen ihn zurück. Aber ich sprang vor Schreck auf und ließ das Fleisch in den Eimer mit Wasser fallen, den ich benutzt hatte, um seinen Hals zu waschen.

„Amira!", Madames scharfe Stimme erschreckte mich noch mehr als die Bestie es je könnte. Erschrocken ließ ich versehentlich auch sein Halsband in den Eimer fallen.

„Wo ist dieses Mädchen, wenn ich sie brauche?" Madame stürmte herein. „Oh, da bist du ja."

Ich fischte schnell das Halsband der Bestie aus dem Eimer, und sie drückte mir Yenric, ihr zweiköpfiges Hausschwein, in die Hände.

„Nimm ihn", befahl sie. „Er braucht ein Bad."

Mit beschäftigten Händen konnte ich das Ferkel nicht schnell genug greifen. Der kleine Schlingel wand sich aus ihren Armen, sodass sie ihn fallen ließ.

Der arme Yenric landete mit einem durchdringenden Quieken auf der Seite. Er huschte auf seine Hufe und flitzte zu mir, um sich hinter meinen Beinen zu verstecken.

„Fang ihn ein, du nutzloser Mensch!", kreischte Madame. Sie riss den schweren, mit Perlen besetzten Ledergürtel von ihrer Taille und schlug damit nach mir.

Der Hieb traf meine Schulter, als ich mich bückte, um das Ferkel aufzuheben. Der nächste folgte gleich darauf. Es tat weh, aber mein Hoodie fing etwas von dem Schlag ab. Ich versteckte das Ferkel in meinen Armen und nahm einen weiteren Schlag hin.

Ich biss die Zähne zusammen und machte mich auf mehr gefasst. Madames Temperament kühlte oft genauso schnell ab, wie es aufflammte. Ich musste es nur aussitzen.

Die nächste Züchtigung peitschte um meinen Ellbogen herum. Das Ende des Gürtels zwickte mit einem scharfen Schmerzstich an meinem Kinn.

Ich biss mir auf die Lippe. Ich konnte es ertragen. Früher oder später würde sie sich beruhigen, und es wäre vorbei.

Der Stofflappen über dem Eingang flog auf, und Radax stürmte herein. „Was ist hier los?" Mit seinen dicken Augenbrauen, zu einer Stirnfalte zusammengezogen, und entblößten Zähnen in einem finsteren Blick sah er wütend aus.

Oh nein. Nichts Gutes würde dabei herauskommen, wenn Radax sich über Madame ärgerte.

Ich stöhnte innerlich, als sie herumwirbelte, um ihm gegenüberzutreten. Sie hob ihre freie Hand und schlug ihm ins Gesicht.

„Dieser streunende Wicht, den du gefunden hast, wird nicht lange genug leben, um an Altersschwäche zu sterben!", tobte sie. Sie warf ihren Gürtel nach mir und stürmte auf dem Absatz drehend aus dem Raum.

Ich kauerte auf dem Boden, die Arme um Yenric geschlungen, mein Kinn in meinem Schal vergraben. Ich zitterte am ganzen Körper. Ich hasste es, ich hasste, wie Madames Wut mich immer halb vor Schrecken lähmte.

„Amira." Radax kniete sich an meine Seite. „Lass mich sehen." Er hob sanft mein Gesicht aus dem Schal.

Der Kratzer an meinem Kinn brannte, aber der Schmerz in meiner Brust war viel qualvoller. Es gab keinen Grund für Madame, heute Abend auf mich loszugehen. Überhaupt keinen Grund.

Unfähig, ein Schluchzen zurückzuhalten, schloss ich die Augen.

„Es wird alles gut", sagte er beruhigend.

Und normalerweise beruhigte mich Radax' Stimme. Aber diesmal nicht. Denn es war nicht nur Schmerz, der in meiner Brust brannte. Es war der alles verzehrende Zorn über die Ungerechtigkeit.

„Nein." Ich schüttelte den Kopf. „Es wird nicht gut sein, Radax. Nicht, wenn ich hierbleibe."

Die Wahrheit wurde mir glasklar.

Ich hatte so hart versucht, perfekt zu sein, aber Madame

wollte keinen perfekten Gehorsam von mir. Wenn sie das gewollt hätte, hätte sie mich zum Gehorchen *zwingen* können. Sie hatte die Mittel, den Willen von Menschen nach ihren Wünschen zu beugen. Regierungsbeamte, Zollbehörden, Inspektoren für Tierschutz, ihre VIP-Kunden – alle endeten damit, nach ihrer Pfeife zu tanzen, nachdem sie ein Getränk oder einen Snack von ihr angenommen hatten, das mit Magie aus Nerifir versetzt war.

Nein, sie hatte einen anderen Zweck für mich. Radax war nicht wie andere *Bracks*. Madames Kontrolle über ihn hatte nachgelassen. Ich konnte es spüren. Sicherlich fühlte sie es auch, und sie benutzte mich, um ihn zu manipulieren.

Kyllen hatte Recht. Ohne mich würde Madame eine Figur in ihrem Spiel verlieren, und Radax' Leben könnte sich tatsächlich verbessern.

„Ich muss hier weg", flüsterte ich, schockiert von meinen eigenen Worten.

Radax packte mich an den Schultern und drehte mich zu ihm. „Was sagst du da, Amira?"

Seine dunkelbraunen Augen hatten dünne rote Streifen, die vom Zentrum um die Pupillen herum ausstrahlten, wie Speichen an einem Fahrrad. Die Menschen fanden es normalerweise beunruhigend, wenn ein *Brack* sie direkt ansah. Aber nicht ich. In Radax' bizarren Augen sah ich Zuneigung, etwas, das ich nirgendwo sonst fand.

Ich legte meine Hand an sein Kinn, meine Finger verschwanden fast in seinem dichten Bart. Ein roter Fleck blühte auf der Seite seines Gesichts auf, wo Madame ihn getroffen hatte, direkt unter seinem Auge.

„Sag mir, wie ich nach Nerifir komme", sagte ich.

Er wich zurück, als hätte ich ihn geschlagen. „Was?!"

„Wie öffne ich das Portal?"

Yenric quietschte in meinen Armen, und ich bettete ihn bequemer auf meinem Schoß.

Radax sah schockiert und besorgt aus. „Warum?"

„Du bist wie Familie für mich", versuchte ich zu erklären.

„Ich liebe dich wie einen Bruder. Madame weiß das, und sie kann es nicht ertragen. Sie verletzt dich ..." Meine Stimme brach, genauso wie mein Herz. „Ich muss hier weg."

Er bewegte langsam seinen Kopf von einer Seite zur anderen. „Ich kann nicht nach Nerifir gehen, Amira. Selbst wenn ich könnte, würde sie mich direkt zurückziehen. Ich bin ein *Brack*. Ich bin für die Ewigkeit an sie gebunden."

„Ich weiß." Ihn zurückzulassen zerriss mich innerlich, aber zu bleiben würde ihm nur noch mehr schaden. Das konnte ich jetzt erkennen. „Ich weiß, dass du sie nicht verlassen kannst, aber ich kann es." Ich senkte meine Stimme. „Ohne mich wirst du auch sicherer sein. Du kannst endlich aufhören, dein Leben zu riskieren, um meines zu schützen. Siehst du es nicht? Sie hat uns gegeneinander ausgespielt, sie hat dich für mich bestraft. Keiner von uns wird jemals sicher sein, es sei denn, ich gehe."

Radax ließ die Schultern fallen.

„Ich kann nicht über dich wachen in Nerifir. Wenn du gehst, werde ich dich nie wiedersehen." Er starrte mich intensiv an. „Ich liebe dich, Amira, wie die Tochter, die ich nie hatte, oder die Schwester, die ich verloren habe. Bitte, lass mich das in Ordnung bringen. Lass mich einen sichereren Ort für dich finden, hier in dieser Welt."

Ich verlagerte Yenric unter meinen Arm und nahm Radax' Hand in meine.

„Ich kann nicht in derselben Welt wie sie leben. Du weißt, dass sie nach mir suchen wird, wenn auch nur aus Bosheit. Und früher oder später wird sie mich finden."

Radax packte meine Hand fester, als würde er mich an sich ankern.

„Du kennst das Leben außerhalb dieser Zelte nicht, Mädchen, weder in dieser Welt, noch in irgendeiner anderen. Nerifir kann ein gefährlicher Ort sein. Du wirst dort nicht sicher sein, allein."

Ich konnte seinem Blick nicht standhalten und schaute hinunter auf Yenric, der friedlich in meinem Schoß kuschelte.

„Ich werde nicht allein sein", gab ich zu.

„Was meinst du damit?", runzelte Radax die Stirn. „Wer wird bei dir sein?"

„Der Gorgone. Sein Name ist Kyllen. Er hat versprochen, mit mir zu kommen."

„Der Gorgone? Amira!", erhob er seine Stimme, und ich brachte ihn zum Schweigen, indem ich beide Hände gegen ihn schwenkte. „Hast du mit ihm geredet? Du weißt, dass das streng verboten ist."

Ich wusste, dass es das war, und trotzdem hatte ich diese Regel gebrochen. Ich hatte viel zu viele Regeln gebrochen, um überhaupt zu denken, dass ich sicher wäre, wenn ich bliebe.

„Er wird hier sterben, Radax. Madame wird ihn früher oder später töten."

Radax schnaubte ungeduldig. „Der Gorgone ist ein Fae. Er ist viel widerstandsfähiger als du denkst. Aber noch wichtiger, Amira, Gorgonen sind extrem tödlich. Du kannst nicht mit ihm gehen."

Das Geräusch rasselnder Ketten kam vom Rahmen mit dem Tier.

Radax nickte mit dem Kinn zur Bestie. „Bist du fertig mit ihm für heute Abend?"

Ich blickte auf den Eimer mit dem Fleisch am Boden, das vom trüben Wasser verdeckt wurde. Das Fleisch war jetzt ruiniert, aber es war mit dem Pulver versetzt gewesen, von dem ich nichts wusste. Genau wie ich keine Ahnung hatte, was das Gel, das ich auf die Halswunden der Bestie auftragen sollte, ihm antun würde.

Madame hatte mehrere magische Substanzen zur Verfügung. Niemand hatte mir ihren Zweck erklärt. Aber ich hatte bemerkt, dass das *Camyte*-Getränk, das wir unseren VIP-Kunden servierten, sie glücklich und vergesslich machte. Es veränderte ihre Wahrnehmung der Realität und ließ sie Madames Shows genießen, ohne zu hinterfragen, was dahintersteckte.

Ich schaute noch einmal zur Bestie. Nichts, was von Madame kam, konnte gutartig sein. Was, wenn es einen finsteren Zweck für das gelbe Pulver oder das Gel gab? Ich beschloss, keines von beiden zu verwenden, zumindest nicht, bis ich mehr über beide wusste.

„Ja. Ich bin hier fertig." Ich setzte Yenric ab, nahm den mit Dornen besetzten Metallkreis vom Boden und näherte mich der Bestie. „Wirst du mich beißen?"

Er schloss die Augen. Ein bedrohliches Grollen vibrierte in seiner Brust, aber er hielt still.

Ich hob das Halsband an seinen Hals und schloss es so sanft wie möglich an seinem Platz.

„Komm." Radax zog mich am Arm weg, nachdem ich Yenric wieder aufgehoben hatte. „Ich werde mir etwas ausdenken, aber wir sollten hier nichts besprechen, in seiner Gegenwart."

Die Art, wie er das sagte, ließ mich die Augen der Bestie noch einmal genauer betrachten. Er beobachtete mich aufmerksam, mit einem Bewusstsein, das eindeutig über dem Niveau eines Tieres lag.

„Er ist doch nur ein Tier, oder?", fragte ich und kniff die Augen zusammen, während ich die Bestie anstarrte.

„Amira." Radax schüttelte den Kopf. „Gerade du solltest wissen, in Madames Unternehmen ist nichts, wie es scheint."

Dreizehn

AMIRA

R adax musterte mein Gesicht, als wir den Raum verließen und das Biest allein zurückließen.

„Tut dir Madame mehr weh, als ich weiß?", fragte er grimmig. „Ist das der Grund, warum du gehen willst?"

Ich vergrub mein Kinn in den Falten meines Schals, um den Schnitt von Madames Gürtel zu verbergen. Er brauchte keine visuelle Erinnerung an ihren Wutausbruch. Ich richtete den Schal mit meiner rechten Hand, da Yenric unter meinem linken Arm eingeklemmt war.

„Was ist das?" Radax' Stirnrunzeln vertiefte sich. Er entdeckte den blühenden Bluterguss über meinen Knöcheln und packte mein Handgelenk. „Hat sie das auch getan?"

Es war mehr als eine Woche her, seit Madame mich mit der Bürste geschlagen hatte. Meine Hand tat nicht mehr annähernd so weh, aber der Bluterguss sah farbenfroher aus denn je, mit gelben Schattierungen, die sich zum Blau gesellten.

„Mir geht's gut." Ich versuchte, meine Hand von ihm wegzuziehen.

Wir kamen in den Raum mit den Tiergehegen, und Radax

ließ meine Hand lange genug los, damit ich Yenric zurück in seinen kleinen Bereich mit einem gemütlichen Haufen Filz zum Einkuscheln setzen konnte.

Radax' Ausdruck blieb düster, als wir den Raum verließen.

Ich berührte seinen Arm. „Es ist okay. Ehrlich-"

„Radax." Madame schlenderte den Gang zwischen den Leinwänden entlang. „Du kommst heute Nacht mit mir."

Die *Bracks* betrachteten die Nacht mit Madame als höchstmögliche Belohnung. Jeder von ihnen würde vor Freude in die Luft springen bei ihrer Einladung. Aber Radax' Stirnrunzeln ließ nicht nach. Es wurde tiefer, als sie näher kam.

Ich zog meinen Kopf zwischen die Schultern und suchte nach dem besten Weg zu verschwinden, aber Radax packte wieder mein Handgelenk.

Er stellte sich Madame entgegen. „Du hast ihr wehgetan."

Angst durchflutete mich und ließ meinen Kopf kreisen. Ein *Brack* konnte sich niemals gegen Madame auflehnen. Und doch tat Radax genau das. Die Verbitterung in seiner Stimme war unverkennbar.

Madame neigte den Kopf und legte die Hände auf ihre üppigen Hüften. „Was war das, mein Liebling?"

Er hielt ihrem Blick stand. „Du kannst mit mir machen, was du willst. Aber hör auf, Amira wehzutun."

„Radax ...", flüsterte ich und hoffte, er würde zur Vernunft kommen, bevor sie uns beide vernichtete.

„Hah!" Sie starrte ihn in aufrichtigem Unglauben an. „Du wagst es, mir zu sagen, was ich tun soll, Sklave?"

Ihre Augen verengten sich. Kalte, grausame Funken blitzten in ihnen auf und jagten mir einen Schauer über den Rücken.

„Ich habe sie als Akt der *Nächstenliebe* aufgenommen." Sie kräuselte ihre Lippen, als ob das Wort sie anwiderte. „Und ich kann mit ihr machen, was ich will. Ihr Leben gehört mir, genau wie deins."

Sie packte meinen Nacken, lange Fingernägel gruben sich durch den Stoff meines Schals in meine Haut.

Ich wimmerte vor Entsetzen.

„Nein!", bewegte sich Radax auf sie zu, Mord in seinen Augen.

Sie hob ihre Hand, und die Tätowierung um seinen Hals und den rechten Arm erwachte zum Leben. Rote Funken liefen entlang der schwarzen Linien. Sie hatte das schon einmal getan. Die Tätowierung verbrannte seine Haut und drückte seinen Hals unter ihrem Befehl zusammen.

„Bitte ... Bitte tu ihm nicht weh", schluchzte ich, aber sie schenkte mir keine Beachtung.

Madame starrte Radax wütend an.

„Du bist mein Sklave", zischte sie und sprach jedes Wort langsam aus, als würde sie einen Fluch über ihn legen.

Er hob sein Kinn.

„Das bin ich, aber Amira ist es nicht." Die Worte klangen erstickt, als sie seine Kehle verließen, zusammengedrückt von der magischen Tätowierung, die sich wie eine Schlinge um seinen Hals zuzog.

Andere *Bracks* begannen, sich um uns zu versammeln, nie abgeneigt, kostenlose Unterhaltung zu verpassen. Sie hatten kein Mitgefühl, nicht einmal für einen der ihren. Niemand kümmerte sich wirklich um die anderen an diesem verfluchten Ort.

„Ihr beide!", brüllte Madame und verstärkte ihren Griff um meinen Nacken. „Ihr beide gehört mir!" Sie schnippte mit dem Handgelenk, und Radax wurde näher gerissen, manipuliert durch seine Tätowierung wie eine Marionette an einer Schnur. „Eines Tages wird auch diese ganze Welt mir gehören", zischte sie ihm ins Gesicht. „Alle Menschen werden meine Diener sein, Radax. Und niemand kann mich aufhalten."

Er konnte nicht mehr antworten. Die Tätowierung um seinen Hals erstickte ihn. Adern traten auf seiner Stirn hervor, während er nach Luft schnappte. Mein Herz zerriss beim Anblick, doch ich konnte nicht wegschauen.

„Ich muss euch eine Lektion erteilen. Ihr beide braucht eine."

Madame stieß mich in Richtung der *Bracks*. „Ich will, dass beide ausgepeitscht werden", befahl sie.

Bracks packten meine Arme. Ich kämpfte nicht gegen ihren Griff. Ich wusste es besser. Jeder von ihnen konnte meinen Hals zwischen seinen Fingern brechen. Ich konnte nicht gegen sie kämpfen.

Ich konnte nur flehen.

„Bitte ...", bettelte ich. „Lass Radax gehen. Er hat nichts getan. Ich war es ..."

Madame schnaubte. „Er hat dich gefunden und hierher gebracht, oder nicht? Das war ein großer Fehler seinerseits."

„Ich werde gehen!", schrie ich, während Tränen über mein Gesicht liefen. „Ich werde weggehen. Du wirst mich nie wiedersehen. Bitte bestraf ihn nicht."

„Oh nein, du gehst nirgendwohin, du kleiner Wicht. Dein Leben gehört mir. Bindet sie beide fest." Sie deutete auf den nächsten Stützpfosten im Zelt.

Mit einer Handbewegung zwang sie Radax neben den Pfahl. Die *Bracks* zerrten mich auf die andere Seite.

„Zieht ihr diese schrecklichen Kleider aus", grinste Madame. „Ich will, dass sie jeden Peitschenhieb spürt."

Sie zogen mich nackt aus. Sie rissen mir den Schal ab, meinen Hoodie, das lange, weite T-Shirt, das ich darunter trug. Schicht für Schicht schälten sie die wenige Würde ab, die mir noch geblieben war, und entblößten mich für die Züchtigung.

Ich schrie. Ich weinte. Und jetzt kämpfte ich gegen sie, obwohl ich wusste, dass es sinnlos war. Ich kratzte an ihren Händen, als sie mir den BH und die Unterwäsche herunterrissen. Ich zog Blut, was mir einen Schlag ins Gesicht einbrachte.

Sie rissen meine Hände über meinen Kopf und fesselten sie an den Pfahl, so dass ich Radax gegenüberstand, mit dem Pfahl zwischen uns. Ich spürte die Hitze seines Körpers. Er war so groß, dass mein Kopf kaum bis zu seiner Brust reichte.

Die Peitsche zischte durch die Luft. Radax zuckte zusammen und nahm den ersten Hieb ein. Der Pfahl bebte. Ich schluchzte.

„Es tut mir so leid." Der Tränenschleier trübte die Sicht auf ihn vor mir. „Es tut mir so leid ..."

Ich wollte nicht existieren. Ich wünschte, in den Schatten zu verschwinden, in der Nacht zu zerfließen ... Zu verschwinden. Dann würde nichts davon geschehen. Und Radax würde nicht wegen mir leiden.

Mit einem Zischen landete die Peitsche auf meinem nackten Rücken. Ich schrie vor stechendem Schmerz.

Radax schrie auch: „Hört auf! Lasst sie gehen!"

Ein weiterer Peitschenhieb brannte auf meinem Rücken wie eine Feuerzunge.

„Achtet darauf, dass ihr ihre Haut nicht verletzt", murmelte Madame. Das Zusehen bei unserer Qual hatte ihr Temperament beruhigt. Sie klang jetzt fröhlich. Zufrieden. „Menschen sind so schwach. Ich brauche sie morgen früh arbeitsfähig. Aber gebt bei ihm euer Schlimmstes. Ich lasse ihn bald genug heilen."

Radax knirschte mit den Zähnen, als die Peitsche über seinen Rücken schlug, aber er gab keinen weiteren Laut von sich.

Ich betete zu den Göttern beider Welten, dass dies bald vorbei sein möge. Aber die Peitsche kam immer wieder herunter. Der Pfahl bebte von unseren zuckenden Körpern. Der Schmerz brannte auf meiner Haut wie Feuer. Doch eine noch größere Qual zerfraß meine Seele. Kummer brannte wie Säure durch mein Herz.

Radax sackte in seinen Fesseln zusammen. Ich hoffte für ihn, dass er ohnmächtig geworden war und keinen Schmerz mehr spürte.

„Schneidet ihn los", befahl Madame. „Bringt ihn zum Wohnwagen. Lasst ihn heilen. Und macht weiter mit dem Packen. Wir brechen morgen auf."

Sie schnitten die Seile durch. Meine Knie gaben nach, und ich sank zu Boden.

Die *Bracks* schleppten Radax weg, Blut aus seinen Wunden tropfte auf die festgetrampelte Erde.

Ich umarmte meine Knie und rollte mich zusammen, auf der Seite liegend.

„Du." Madame war noch nicht fertig mit mir. Sie trat näher, bis ihre mit Seidenblumen verzierten Schuhe in mein Blickfeld kamen.

Ich bewegte mich nicht, es war mir egal, was sie mit mir machte.

„Ich werde das aus seinem Gedächtnis löschen", sagte sie schroff. „Denk nicht mal daran, seinen Zorn gegen mich zu nutzen. Er gehört mir."

Sie trat zurück und war weg, ließ mich im Staub auf dem Erdboden des Zeltes zurück.

Ich wollte zum Wohnwagen kriechen, in den sie Radax gebracht hatten. Ich würde darunter kriechen und die Nacht dort verbringen, jedem Geräusch im Inneren lauschen und raten, wie es ihm ging und ob er gut heilte.

Aber je länger ich nackt auf dem staubigen Boden lag, desto mehr wich der Kummer und Wut übernahm.

„Denk nicht mal daran, seinen Zorn gegen mich zu nutzen", hatte Madame gesagt. Vielleicht hatte sie Recht. Radax' Zorn gehörte ihr und ihr allein, genau wie alles andere, was er hatte.

Aber die Wut, die jetzt in mir brodelte und brannte, war ganz mein eigen. Sie gehörte niemandem außer mir.

Jahrelang hatte ich gegen meine Wut gekämpft. Wenn ich verletzt wurde, gab ich mir selbst die Schuld.

„Warum lässt du dir das gefallen?" hatte Kyllen mich einmal gefragt. Und plötzlich konnte ich mich nicht mehr an die Gründe erinnern.

Ich musste das nicht weiter ertragen. Kyllen hatte mir einen Ausweg gegeben, und ich würde ihn nutzen. Aber ich musste es alleine tun, ohne Radax. Er durfte nichts von meiner Flucht wissen. Madame konnte ihn nie für das beschuldigen, was ich im Begriff war zu tun.

Ich wischte die Tränen und den Staub von meinem Gesicht, fand meine Kleidung und zog mich an. Am Pfahl festhaltend, kam ich auf die Beine. Meine Beine zitterten, und mein Rücken fühlte sich an, als wäre er mit brennendem Benzin übergossen worden. Aber die Haut war nicht gebrochen. Ich hatte keine offenen Wunden, kein Blut. Die *Bracks* hatten Madames Befehle nicht missachtet.

Anstatt zum Wohnwagen zu gehen, ging ich in den Raum mit Madames Ausstellungsstücken. Ich nahm den Schlüssel, den ich beim Abstauben der Vitrinen benutzte, und schloss einen Glasschrank mit der Schmucksammlung auf. Jedes Stück war wild schön, hergestellt aus schwarzen und weißen Spitzen, die in Metall gefasst waren. Madame behauptete, die Spitzen seien Werwolfzähne und -krallen.

Ich nahm ein hohes Diadem heraus und drehte es in meinen Händen. Die schwarzen Spitzen darauf sahen genauso aus wie die Krallen des Biests, das Madame in Ketten hielt. Und die weißen hatten das gleiche Aussehen wie seine Zähne.

„Nichts ist, wie es scheint", hatte Radax gesagt. Er hatte auch hinzugefügt, dass ich das von allen Menschen am besten wissen sollte.

Das würde ich, wenn ich genau hingesehen hätte, was um mich herum passierte. Aber ich hatte mich entschieden, nicht zu sehen, nicht zu hören und nicht zu analysieren. Weil Nichtwissen sich sicherer anfühlte.

Ich hatte mich entschieden, durchs Leben zu gehen wie ein Schatten, ungesehen und gleichgültig. Denn Anteilnahme tat weh. Es gab so viel Schmerz in der Welt, in der ich aufgewachsen war, es hätte mich erdrückt, wenn ich alles aufgesogen hätte. Also blockte ich es ab.

Jetzt musste ich stark genug sein, um mich allem zu stellen. Es war Zeit, die Dinge so zu sehen, wie sie wirklich waren.

Vierzehn

AMIRA

Das Biest hing in seinen Ketten. Ich wusste es besser, als zu glauben, dass es einfach schlief. Auch zweifelte ich jetzt daran, dass es nur ein Biest war.

Als ich meinen Blick über seinen Körper schweifen ließ, erkannte ich die visuellen Anzeichen eines Mannes innerhalb des Tieres. Und je mehr ich schaute, desto mehr davon fand ich. Die Züge eines Mannes verschmolzen sanft mit denen eines Tieres. Es wirkte natürlich, als ob beide Teil einer Person wären – eines Werwolfs.

Ich hielt sicheren Abstand und stupste ihn mit dem Diadem am Arm an.

„Die schwarzen Dornen in dieser Krone sind Werwolfskrallen", sagte ich. „Die weißen sind ihre Zähne. Beide sind genau wie deine." Ich machte eine Pause und versuchte einzuschätzen, ob er mich verstand oder überhaupt hörte. Seine Augen blieben geschlossen. „Du bist ein Werwolf, nicht wahr? Aus Nerifir?"

Seine Augenlider, gesäumt von dicken schwarzen Wimpern, flatterten auf. Rot blitzte darin auf. Seine Oberlippe kräuselte sich und entblößte lange, nadelspitze Zähne. Ein Knurren hallte durch seine Brust.

Ich wich zurück und ließ die Krone fallen. Er war bis ins Mark erschreckend. Alles in mir drängte mich zur Flucht. Aber er war meine einzige Chance. Ich zwang meine Füße, stehenzubleiben. Mit den Händen auf meiner Brust versuchte ich, mein rasendes Herz zu beruhigen.

„Kannst du sprechen?", wagte ich zu fragen.

Seine Brust hob und senkte sich mit schwerem Atem. Er gab keine Antwort.

Ich betrachtete die ungleichmäßigen Fellflecken, die Vorderpfoten, die so sehr wie Hände aussahen, seine Füße, die eher wie Krallenpfoten eines Wolfs wirkten, das Gesicht mit Zügen von Mensch und Bestie. Was auch immer mit ihm gemacht worden war, war nicht natürlich, selbst nicht für das magische Wesen, das er war. Er schien zwischen zwei Gestalten festzustecken.

Dez hatte ihm zwei Substanzen gegeben – das gelbe Pulver, das er auf sein Essen gestreut hatte, und das Gel, das er auf seine Wunden gelegt hatte. Offensichtlich tat er es aus einem Grund. Ich musste herausfinden, was genau jede Substanz mit diesem Wesen machte.

Vielleicht litt er mehr, als ich mir bewusst war.

Mitgefühl drückte mein Herz wie ein Stahlband zusammen. Es half mir, die Angst zu überwinden. Ich nahm aus meinen Taschen eine weitere Portion vergiftetes Fleisch, das ich aus der Küche besorgt hatte, und das Glas mit dem duftenden Gel.

„Dez sagte, ich solle dir beides täglich geben. Ich habe dir nichts davon gegeben, weil ich nicht weiß, was es mit dir macht. Welches wird dir helfen zu sprechen?"

Er leckte sich mit der langen dunklen Zunge über die Lippen, der tödliche Speichel tropfte von seinen Reißzähnen, während er auf das Fleisch starrte.

„Das?" Ich betrachtete das Fleisch misstrauisch. Vielleicht war er einfach zu hungrig, um rational zu denken? „Dez hat es mit etwas versetzt, einem gelben Pulver. Bist du sicher, dass du das willst?"

Er schien zu kämpfen, zögerte, dann richtete er seinen karmesinroten Blick auf das Glas.

„Das? Wird dir das beim Sprechen helfen?"

Er stieß ein Brüllen aus. Es klang sanft, nicht aggressiv. Er versuchte, mit mir zu kommunizieren, nicht mich zu erschrecken.

Ich schob das Paket mit dem Fleisch zurück in meine Tasche, dann trat ich näher, das Glas in der Hand.

Er sog etwas Luft ein, schnüffelte an mir, dann zerrte er an den Ketten und schnappte mit den Zähnen. Speichel tropfte auf den Boden und versengte ihn.

Angst durchfuhr mich. Ich sprang zurück und wich seinen Zähnen aus. Ob bewusst oder nicht, er könnte mich verletzen.

Er könnte mich töten.

Ich hielt Abstand und überlegte, was zu tun war. Dez hatte gesagt, ich solle das Gel auf die Stacheln des Halsbandes schmieren. Es würde dann in den Blutkreislauf des Biests gelangen. Die Handgelenke des Werwolfs fielen mir auf. Wundgerieben unter den Handschellen waren sie offene Wunden.

„Das sollte funktionieren", murmelte ich leise.

Ich blieb von seinen Zähnen fern, öffnete das Glas und schmierte das Gel auf seine Wunden unter dem Eisen, an beiden Handgelenken und Fußgelenken.

Er stöhnte und knirschte mit den Zähnen, als das Gel mit seinem freiliegenden Fleisch in Kontakt kam.

„Tut mir leid, dass es wehtut." Ich versuchte, so sanft wie möglich zu sein.

Er lehnte seinen Kopf gegen den Rahmen zurück und stöhnte erneut. Dieses Mal enthielt der Laut mehr Zufriedenheit als Schmerz.

„Besser?", fragte ich hoffnungsvoll.

Er atmete tief ein, und ich beobachtete, wie er sich ... veränderte.

Seine Schnauze verkürzte sich, die Reißzähne schrumpften

und versteckten sich hinter seinen Lippen. Seine Haut wechselte von grau zu blass. Sie schimmerte, als das schwarze Fell darunter schlüpfte und von den meisten Stellen seines Körpers vollständig verschwand.

Das Fell wurde zu einem zerzausten Schopf dunkler Haare auf seinem Kopf, einem großzügigen Spritzer auf seiner Brust und einem Nest dunkler Locken in seinem Schambereich. Da war nicht annähernd genug davon zwischen seinen Schenkeln, um seine, ähm, beachtliche „männliche Ausstattung" vollständig zu verbergen.

Ich wandte meine Augen ab. „Du hast dich verändert."

Er drehte sich zu mir. Rot wich aus seinen Augen und wurde durch ein ruhiges Grau ersetzt.

„Danke, Amira." Die Worte kamen als trockenes Krächzen.

Er sprach!

Natürlich sprach er. Er sah jetzt wie ein Mensch aus. Von dem Biest war nichts mehr übrig. Nur die Farbe seiner Haare war dieselbe wie die seines Fells.

Und er kannte meinen Namen. Das bedeutete, er musste die Gespräche um ihn herum die ganze Zeit belauscht haben.

„Das gelbe Pulver bringt das Biest in mir hervor", erklärte er. „Das *womora*-Gel hemmt es. Dez benutzt beides, um mich dazwischen zu halten."

Das musste qualvoll sein.

Irgendwo tief im Zelt klapperte etwas, und ich erstarrte. Die *Bracks* rissen auf Madames Befehl die Zelte ab.

„Sie packen zusammen, um weiterzuziehen", sagte ich leise. „Sie werden bald hier sein. Wir müssen uns beeilen. Schnell, sag mir, wie man ein Portal nach Nerifir öffnet."

Er schaute mich an, seine Augen noch leicht unfokussiert.

„Man öffnet kein Portal." Seine Stimme war rau, mit einem sanften Schnurren eines französischen Akzents. „Man findet eines."

Er wusste es! Ich atmete zufrieden aus. Ich hatte richtig geraten. Er war aus Nerifir und wusste, wie man dorthin gelangt.

„Du wurdest nicht direkt aus Nerifir entführt, oder?"

Er schüttelte den Kopf. „Nein. Ich kam vor langer Zeit aus eigenem Antrieb in diese Welt. Das Portal, das ich benutzt habe, ist in der Nähe von Paris, Frankreich."

Das erklärte seinen Akzent. Wie Kyllen mir erzählt hatte, wurde die erste Sprache, die die Fae hörten, wenn sie in diese Welt kamen, zu ihrer Muttersprache. Die erste Sprache des Werwolfs musste Französisch gewesen sein.

Oh, das war real. Ich konnte Kyllen nach Hause bringen. Kribbelnde Vorfreude breitete sich auf meinen Armen aus.

„Hör zu." Der Mann rutschte eifrig in seinen Fesseln. „Ich werde dir alles erzählen, was ich weiß, aber du musst auch einige meiner Fragen beantworten. Abgemacht?"

Abmachungen konnten gefährlich sein, wenn sie mit Fae geschlossen wurden. Aber ich fühlte mich bereit, eine mit Kyllen zu machen. Dafür musste mir der Werwolf alles über das Portal erzählen. Ich musste nur vorsichtig verhandeln und meine Bedingungen klar formulieren.

„Wenn du mich zum Portal bringst, werde ich dich befreien." Ein Schwall Adrenalin floss heiß durch meine Adern. Ich konnte das schaffen. Ich würde ihn befreien. Dez hatte mir den Schlüssel für sein Halsband und seine Ketten gegeben. Es wäre, als würde ich den Gefangenen direkt unter Madames Nase stehlen.

Bei dem Gedanken durchfuhr mich ein Nervenkitzel. Angst würde mich nicht länger aufhalten.

„Wie würdest du mich befreien?", fragte der Werwolf misstrauisch.

„Der Schlüssel für dein Halsband ist derselbe, der die Schlösser deiner Fesseln öffnet. Aber ich werde den Schlüssel nur haben, bis wir weiterziehen."

Er zuckte zusammen, entweder aus Unbehagen oder Konzentration. „Wohin ziehen wir?"

„Nach Europa. Zuerst England, dann Frankreich."

Mir fiel ein, dass es bequem wäre, bei der Menagerie zu bleiben, bis wir nach Frankreich kämen, da das Portal in der Nähe von Paris war. Ich wusste so wenig über das Reisen auf eigene Faust.

Wenn der Werwolf jedoch mein Angebot annehmen würde und ich ihn freiließe, müsste ich auch so schnell wie möglich von hier verschwinden. Ich machte mir keine Illusionen. Madame würde mich nicht leben lassen, wenn ich ihren VIP-Act freilassen würde. Auch Radax wäre vor ihrem Zorn nicht sicher.

Der Gefangene riss an den Ketten und sah alarmiert aus. „Ich kann nicht nach Europa gehen. Ich habe ... jemanden, den ich in diesem Land beschützen muss. Lass mich gehen, und ich werde dir genau sagen, wie du das Portal findest. Ich werde dir auch die Regeln für das Reisen durch eines erklären."

„Es gibt Regeln?" Eine Welle der Besorgnis überkam mich.

Er nickte. „Regel Nummer eins: Sobald du den Fluss der Nebel überquerst, der die Welten verbindet, wirst du nie wieder zu dieser Zeit oder an diesen Ort zurückkehren können. Wenn du zur Erde zurückkehrst, landest du vielleicht einen Monat in der Vergangenheit oder tausend Jahre in der Zukunft. Es gibt einfach keine Möglichkeit, das mit Sicherheit vorherzusagen."

Ich holte zitternd Luft. Jetzt erinnerte ich mich vage daran, dass ich die *Bracks* einmal über so etwas reden gehört hatte. Damals verstand ich nicht, was das bedeutete. Jetzt stieg neue Sorge in mir auf. Kyllen wollte in seine Welt zurückkehren, zu seiner Familie und dem Thron, der auf ihn wartete. Was würde er darüber denken, zu weit in die Vergangenheit oder zu weit in die Zukunft zu gehen?

„Wer geht mit dir?", fragte der Werwolf.

Ich warf ihm einen vorsichtigen Blick zu, unsicher, ob ich ihm von Kyllen erzählen sollte. Wenn das schiefgehen würde, wollte ich weder, dass Radax noch Kyllen mit den Konsequenzen zu kämpfen hätten. „Spielt das eine Rolle?"

„Ja. Dein Reisebegleiter hat alles mit Regel Nummer zwei zu tun, die ich noch nicht erwähnt habe."

„Was ist Regel Nummer zwei?", runzelte ich die Stirn.

„Ich brauche erst Antworten auf meine Fragen."

Schwache Geräusche von Rascheln und Packen drangen wieder durch die Leinwände. Die *Bracks* waren in der Nähe. Wir mussten uns beeilen, aber eine Abmachung war eine Abmachung.

„In Ordnung, was musst du wissen?"

Es stellte sich heraus, dass er viele Fragen hatte.

Zuerst wollte er etwas über den Sirenemann Zeph wissen, den Madame letztes Jahr in ihrem Besitz hatte. Zeph musste sein Freund sein, und der Werwolf schien sich wirklich Sorgen um ihn zu machen. Aber Zeph war vor etwa zwei Monaten geflohen. Ich beantwortete wahrheitsgemäß jede Frage, die der Werwolf über ihn stellte.

„Was weißt du über Madames Handel, um ihre Menagerie zu versorgen?", fragte mich der Werwolf als Nächstes.

Ich hatte ihm darüber nicht viel zu erzählen. Madame ließ ihre *Bracks* viele Dinge aus Nerifir bringen. Aber ich wusste nicht, wie sie dafür bezahlte. Sie bezog mich nicht in diesen Teil ihres Geschäfts ein.

Er fragte mich nach der Drachenmännchen-Statue, die Madame hatte. Es war eine lebensgroße Darstellung eines geflügelten Mannes, der auf einem Stück Fels aus Obsidianstein saß. Ich staubte sie als Teil meiner Reinigungsaufgaben in der Menagerie ab.

Ein plötzliches Verstehen ließ mich erschaudern. „Er ist nicht nur eine Statue, oder?"

„Nichts ist, wie es scheint", wiederholte er Radax' Worte an mich.

Die Welt der Menagerie war nicht nur voller Schatten. Sie wimmelte von Lügen.

Der Werwolf wurde sichtlich ungeduldiger, je näher der Lärm der *Bracks*, die die Zelte abrissen, kam. „Kannst du jetzt bitte die Handschellen aufschließen? Ich muss raus, bevor sie herkommen."

Ich nahm den Schlüssel aus meiner Tasche, schloss ihn aber noch nicht auf, da mir einfiel, dass ich mit einem Fae zu tun hatte.

„Du hast mir nicht gesagt, wie man zum Portal kommt. Was ist Regel Nummer zwei?"

„Richtig." Er zuckte zusammen und streckte seinen Nacken und die Schultern. „Allein kannst du nur in die Welt zurückkehren, aus der du kommst. Um nach Nerifir zu reisen, brauchst du einen Fae oder einen *Brack* als Begleiter, jemanden, der aus dieser Welt stammt."

„Ich werde nicht allein sein." Mir wurde klar, dass er, da er meinem Gespräch mit Radax zugehört haben musste, bereits von Kyllen wissen musste.

„Ich werde Kyllen bei mir haben", sagte ich. „Ich werde ihn nicht hier lassen."

Ein lautes Geräusch von etwas Schwerem, das fallen gelassen wurde, ließ uns beide erschrocken verstummen. Auf das Geräusch folgte das Geschrei der *Bracks*.

„Amira, bitte beeil dich", flehte er und rasselte dringlich mit seinen Ketten. „Ich werde reden, während du aufschließt."

Die Zeit lief ab. Ich kniete mich hin, um seine Fußgelenke zu befreien.

„Hör gut zu", sagte er. „Sobald du nach Paris kommst, nimm den Zug zum *Parc des Brouillards*, gleich außerhalb der Stadt. Es ist Privatbesitz, sei vorsichtig beim Betreten. Da sind Wachen." Er zuckte zusammen, als hätte er sie persönlich getroffen und die Erinnerungen störten ihn noch immer. „Das Portal öffnet sich nur etwa zwanzig Minuten lang um drei Uhr morgens. Es ist eine kleine Nebelwolke über dem Wasser des Teiches, hinten im Park. Es ist sehr leicht zu übersehen, aber es ist rosa, wie der Fluss selbst."

Ich versuchte, mir jedes seiner Worte einzuprägen, während ich als nächstes seine Arme aufschloss.

Er stolperte vom Rahmen weg, unsicher auf den Beinen. Ich spannte mich an, halb erwartend, dass er auf mich losgehen würde, jetzt, da er frei von den Fesseln war. Er war ein großer Mann, der stark aussah, selbst nach all den Folterungen, die Dez ihm zugefügt hatte. Kein Biest mehr, konnte er dennoch gefährlich sein.

Glücklicherweise zeigte er kein Interesse daran, mich anzugreifen. Er schwankte, ergriff dann die Seitenschiene des Rahmens und stabilisierte sich.

„Ist das Portal jeden Tag da?", fragte ich.

„Das sollte es sein. Der Fluss der Nebel verändert sich, aber sehr langsam. Es ist über vierzig Jahre her, seit ich zuletzt im *Parc des Brouillards* war, aber es würde Jahrhunderte oder sogar Jahrtausende dauern, bis der Fluss seinen Lauf stark genug ändert, dass ein Portal verschwindet."

„Woher weißt du das alles?"

Er atmete tief aus und blickte zum Ausgang des Raums. „Sagen wir einfach, ich habe einige Zeit mit der Göttin verbracht, als sie noch ein wohlwollenderes Wesen war, geneigt, Dinge mit mir zu teilen."

Er sprach offensichtlich von Madame. Obwohl es mir schwerfiel, mir vorzustellen, dass sie jemals „wohlwollend" war. Er muss sie persönlich kennen, und nicht nur als ihr Gefangener.

Nicht, dass es eine Rolle spielte. Der Werwolf hatte seinen Teil der Abmachung erfüllt. Er hatte mir alles über das Portal erzählt. Jetzt musste ich nur noch zu Kyllen zurückkehren. Dann könnten wir die Flucht ergreifen.

„Sei vorsichtig, wenn du nach Nerifir überquerst, Amira", warnte der Werwolf. „Es gibt genug Gefahr und Feindseligkeit in dieser Welt, vielleicht sogar mehr als in dieser hier."

Welche Wahl hatte ich wirklich?

„Ich kann nicht hierbleiben."

Er warf mir einen besorgten Blick zu. Mitgefühl schwebte in seinen klaren grauen Augen. „Ich wünschte, ich könnte mit dir nach Paris kommen, um dir zu helfen, zum Portal zu gelangen, aber ich kann nicht. Ich muss in diesem Land bleiben. In dem Moment, in dem meine Flucht entdeckt wird, wird Ghata *Bracks* schicken, um einer unschuldigen Frau zu schaden, nur weil sie glauben, dass sie mir etwas bedeutet. Ich muss sicherstellen, dass sie in Sicherheit ist."

„Ich verstehe." Ich nickte verständnisvoll, gut vertraut mit Madames Methoden. „Mach dir keine Sorgen um mich. Ich werde es schaffen." Ich musste es schaffen.

Er trat näher heran und legte seine Hände auf meine Schultern. Ich zuckte bei der Berührung eines Fremden zusammen, bewegte mich aber nicht weg. Vielleicht vertraute ich ihm zu schnell, aber er schien jemand zu sein, der mein Vertrauen verdiente.

„Bleib bei der Menagerie, bis du nach Paris kommst", wies er mich an. „Ich habe all meine Immobilien dort verkauft bis auf eine." Er gab mir die Adresse eines Stadthauses, in dem er angeblich früher gelebt hatte. „Im Hauptschlafzimmer, unter einer losen Diele unter dem Bett, habe ich einen Tresor mit etwas Geld. Merk dir den Schlosscode." Er sagte langsam die Buchstaben- und Zahlenfolge in der Reihenfolge, die den eingebauten Safe öffnete, dann ließ er mich sie wiederholen. „Nimm so viel, wie du denkst, dass du brauchst – alles, wenn es sein muss."

Er musste das nicht tun. Mir Geld zu geben, war nicht Teil unserer Abmachung. Aber ich hatte keinen Penny in dieser oder einer anderen Welt. Jetzt bedeutete Geld Freiheit. Die Freiheit, überall hinzugehen. Die Freiheit zu fliehen.

Mein Herz zog sich vor Rührung zusammen angesichts seiner Freundlichkeit.

„Danke." Ich kaute an meiner Lippe, während ich über eine Idee nachdachte, was als Nächstes zu tun sei. Er war freundlich zu mir gewesen, und ich wollte es ihm irgendwie zurückzahlen. „Weißt du, ich kann dir Zeit verschaffen, um zu deiner Frau zu gelangen."

„Wie?"

Ich rannte zur Leinwand vor seinem Rahmen. Die Kiste, in der die *Bracks* ihn nach London transportieren wollten, stand bereit für ihn. Sie war fast identisch mit Kyllens. „Hilf mir, deinen Rahmen mit den Fesseln hier reinzuladen."

„Warum?", fragte er, tat aber, wie ich gesagt hatte.

Fae waren unmenschlich stark. Aber seine Zeit in Fesseln hatte ihn offensichtlich geschwächt. Seine Beine zitterten, und er taumelte noch immer auf seinen Füßen. Gemeinsam schafften wir es jedoch, den Rahmen zur Kiste zu ziehen und ihn hineinzuschieben.

„Ich werfe auch einige von diesen hier rein." Ich griff nach einem der Sandsäcke, die hinter den Leinwänden aufgestapelt waren. Die *Bracks* benutzten sie, um die untere Kante der Außenwände der Zelte zu beschweren. Das Gewicht der Säcke würde den fehlenden Werwolf in der Kiste ausgleichen.

Als der Rahmen und einige Säcke drin waren, senkte ich den Deckel der Kiste zurück an seinen Platz und schloss ihn. „Ich werde ein paar Nägel einschlagen, wenn du weg bist. Dann werde ich ihnen sagen, dass du verladen wurdest."

Niemand würde wissen, dass der Werwolf verschwunden war, bis wir in England ankämen. Bis dahin wäre es zu spät. Es würde auch mir etwas Zeit verschaffen. Ich kann bei der Menagerie bleiben, auf Madames Kosten nach England reisen und mich mit Kyllen wiedervereinigen.

„Werden sie glauben, dass du es geschafft hast, mich ganz allein zu verladen?" Der Gesichtsausdruck des Werwolfs blieb skeptisch.

Ich nickte selbstbewusst. Wenn es etwas gab, das ich während meines Lebens in der Menagerie gelernt hatte, dann war es, wie die Köpfe der *Bracks* funktionieren.

„Nerkan ist bei der Gruppe von *Bracks*, die den Lastwagen außerhalb des Hauptzelts beladen, und Vuk ist bei denen, die die Zelte von innen abbrechen." Ich deutete in Richtung des Raschelns, Rauschens und Klapperns, das sich stetig näherte. „Ich werde Vuk sagen, dass Nerkan dich verladen hat. Dann werde ich Nerkan sagen, dass Vuk es getan hat. Beide sind zu faul, um die Kiste aufzubrechen und nachzusehen. Sie wären einfach nur zu froh zu wissen, dass es erledigt ist – weniger Arbeit für sie."

Seine dunklen Augenbrauen hoben sich. Er schien beeindruckt zu sein. „Danke, dass du daran gedacht hast."

Die Geräusche von Stimmen und Fußgetrampel schienen jetzt direkt hinter der nächsten Trennwand zu kommen. Wir mussten gehen, bevor sie uns hier entdeckten.

„Sie werden als Nächstes hierher kommen", flüsterte ich und schlich an der Leinwand entlang von dem Geräusch weg. „Komm."

Ich schlüpfte unter einer Stoffklappe hindurch und bedeutete ihm zu folgen. Die Lichterketten hoch unter der Decke des riesigen Zeltes kämpften darum, diesen Raum zu beleuchten, der durch mehrere Räume und Wände vom Zentrum getrennt war.

„Hier." Ich riss den Stoff einer der Außenwände hoch. Frische Luft strömte herein und kühlte meine Füße. „Der Jahrmarkt ist zu Ende. Auf dieser Seite sind jetzt keine *Bracks* oder Menschen. Aber du wirst über den Maschendrahtzaun klettern müssen, um hier rauszukommen."

Selbst in seinem geschwächten Zustand glaubte ich nicht, dass das für einen Werwolf ein Problem sein würde. Außerdem schien er von Minute zu Minute stärker zu werden. Ob das die Wirkung des *womora*-Gels war, das ich auf seine Wunden getan hatte, oder das Fehlen des gelben Pulvers in seinem System, wusste ich nicht. Höchstwahrscheinlich war es die Kombination von beidem.

Er berührte sanft meine Hand. „Nun, auf Wiedersehen, Amira. Danke für alles. Viel Glück, und mögest du dein Glück in Nerifir finden."

Ich nickte unbeholfen.

„Viel Glück auch dir ..." Ich zögerte einen Moment lang. „Wie heißt du?"

Ich hatte das noch nie jemanden gefragt, bevor ich Kyllen traf. Namen bedeuteten Freunde. Und man konnte es sich in der Menagerie nicht leisten, Freunde zu haben. Aber dies war nicht die erste Regel, die ich gebrochen hatte. Der Werwolf war freundlich zu mir gewesen, und ich wollte ihn nicht einfach als „ein

Werwolf" in Erinnerung behalten. Ich wollte seinen Namen haben.

„Ich bin Lero." Er lächelte.

Ich nickte wieder. „Sei vorsichtig da draußen, Lero."

Er hockte sich an die Öffnung, die nach draußen führte. Sein nacktes Hinterteil kam in mein Blickfeld.

„Äh ... Brauchst du irgendwelche Kleidung?", fragte ich und überlegte, ob ich ein Paar *Bracks'* Hosen für ihn stehlen könnte.

„Nein." Er lachte und schlüpfte unter die Leinwand. „Ich werde bald jede Menge Fell haben, um mich warm zu halten."

Dann fiel mir ein. Heute Nacht war Vollmond.

Als ich im Zelt stand und auf die Geräusche der packenden *Bracks* lauschte, rollte aus der Ferne ein langes Heulen durch die Nacht.

Der Werwolf lief frei.

Am nächsten Morgen war Radax gesund genug, um aufzustehen.

Ich wartete am Wohnwagen der *Bracks*. Um die Ecke versteckt beobachtete ich, wie sie herauskamen und zu den Zelten gingen, um die Lastwagen fertig zu beladen.

Als Radax herauskam, eilte ich zu ihm. „Radax!"

Er drehte sich zu mir um und lächelte. „Guten Morgen."

Ich nahm jede Linie und Mulde seines Gesichts in mich auf, prägte sie mir ein. Sein voller Bart, seine dunkelbraunen Augen, die roten Streifen darin, die im Morgenlicht kaum sichtbar waren, die feinen Linien, die sich in den Augenwinkeln fächerten, als er für mich lächelte.

Ich berührte seine Hand. „Wie fühlst du dich?"

„Gut", antwortete er leichthin.

Ein leichtes Zusammenzucken entging mir nicht, als er seine Schultern zurückrollte, ebenso wenig wie der vorwurfsvolle Blick, den er in Richtung Madames Wohnwagen warf.

Madame mochte seinen Geist genug kontrollieren, um ihn die Auspeitschung vergessen zu lassen, aber ich glaube nicht, dass sie die Macht hatte, vollständig auszulöschen, wie er darüber oder über sie fühlte.

„Du kannst seine Wut nicht gegen mich verwenden", hatte sie gesagt. Aber ich fragte mich, ob er sie eines Tages selbst gegen sie einsetzen würde. Traurigerweise würde ich nicht mehr hier sein, um das zu sehen.

Der Gedanke, ihn zu verlassen, war verheerend. Es brach mir das Herz, aber ich unterdrückte die Tränen. Wenn er mich aufgebracht sähe, würde er Fragen stellen, aber er durfte die Antworten nicht erhalten. Je weniger er wusste, desto sicherer wäre er.

„Ich liebe dich, Radax." Ich stellte mich auf Zehenspitzen und umarmte ihn fest, so fest wie nie zuvor.

Er grunzte überrascht, dann legte er als Antwort seine Arme um mich.

„Ich liebe dich auch." Er küsste mein Haar.

„Ich werde dich nie vergessen", schwor ich in Gedanken.

Tränen brannten in meinen Augen, aber ich blinzelte sie weg und schob meine Gefühle tief in mich hinein. Dies war das einzige Auf Wiedersehen, das ich mir leisten konnte, ohne Radax in Gefahr zu bringen. Niemand durfte den Verdacht haben, dass er mir in irgendeiner Weise geholfen hatte.

Ich war bereit. Alles, was ich tun musste, war zu Kyllen zurückzukehren. Dann würde ich die einzige Welt, die ich kannte, verlassen.

Der Gedanke erschreckte mich, aber es gab jetzt kein Zurück mehr.

Fünfzehn

KYLLEN

Obwohl Amira ihn über den Umzug informiert hatte, erwartete er fast, dass Ghata seine Kiste mit ihm darin irgendwo entsorgen würde. Er hatte deutlich gemacht, dass er sich nicht an ihren kranken Plänen beteiligen würde. Offensichtlich hegte sie noch etwas Hoffnung, dass er seine Meinung ändern würde, denn sie hatte ihn nicht weggeworfen.

Wie Amira ihn gewarnt hatte, kam eines Tages ein *Brack* vorbei. Der Grobian schüttelte seine Kiste und erschütterte ihn darin. Kyllen gab pflichtbewusst ein gequältes Stöhnen von sich, um zu bestätigen, dass er noch am Leben war. Kurz darauf luden sie ihn in ein Fahrzeug und fuhren davon.

Er bemerkte schnell, dass Amira diesmal nicht bei ihnen war. Aus irgendeinem Grund war sie zurückgeblieben. Ihre Abwesenheit störte ihn mehr, als sie jemals wissen würde, und es war nicht nur das Wasser, das sie brachte, das er vermisste.

Ohne die Frau jemals mit eigenen Augen gesehen zu haben, hatte er sich an ihre Gesellschaft gewöhnt. Jetzt, da er sie entbehren musste, fühlte er sich beraubt – einsamer, als er jemals in seinem Leben gewesen war.

Das Bedürfnis, ihre Stimme zu hören, war so stark, dass er gegen den Drang ankämpfte, aus der verdammten Kiste auszubrechen und diese Welt nach ihr abzusuchen, selbst wenn das bedeutete, die meisten ihrer Bewohner in steinerne Kopien ihrer selbst zu verwandeln.

Tief im Inneren wusste er jedoch, dass der schnellste Weg, Amira zurückzubekommen, darin bestand, ruhig zu bleiben. Früher oder später würde Ghata ihre Menagerie an einem neuen Ort zusammenstellen, und er würde mit seinem kleinen Menschen wiedervereint werden.

Also wartete er.

Die Reise zu dem Ort, den sie England nannten, verlief ereignislos und glücklicherweise schnell. Die Temperatur in seiner Kiste wechselte von unerträglich heiß zu unerträglich eiskalt. Die Luft blieb jedoch durchgehend trocken. Ohne Amira, die ihn mit Wasser versorgte, quälte ihn der Durst wieder.

Das wäre alles, woran er sich aus dieser Welt erinnern würde – unaufhörlicher, brennender Durst und Amiras erfrischende Präsenz.

Seine Kiste wurde von einem Fahrzeug in ein anderes verladen. Er wurde darin gerüttelt, geschüttelt und herumgeworfen. Nach dem, was er mitbekommen hatte, verbrachte er ein oder zwei Tage, vielleicht länger, in einer Lagereinrichtung, wo es dunkel, kalt und größtenteils ruhig war.

Geduld war schwer aufzubringen, während die Zeit verstrich. Die Tatsache, dass nur eine dünne Holzkiste zwischen ihm und der Freiheit stand, machte es nicht leichter. Aber er wollte sich nicht einfach von der Kiste befreien. Er wünschte sich, nach Hause zurückzukehren. Und dafür brauchte er Amira.

Sie hatte versprochen, etwas über das Portal herauszufinden, aber er hoffte immer noch, dass sie sich ihm bei seiner Flucht anschließen würde. Offensichtlich brauchte er sie in seinem Leben, da schon wenige Tage ohne sie ihn in vollkommenes Elend stürzten.

Der Gedanke, sie zurückzulassen, Ghata ausgeliefert, hinterließ einen widerlichen Geschmack in seinem Mund. Er glaubte, Amira in Lorsan ein viel besseres Leben bieten zu können. Und verdammt, sie verdiente etwas Besseres.

Von innen konnte er nur nach den Geräuschen, die ihn erreichten, erahnen, was draußen geschah. Seine Kiste war in ein weiteres Fahrzeug geladen worden. Als es anhielt, hörte er das laute Klirren sich öffnender Türen und die Stimmen von *Bracks*, die über das Ausladen sprachen.

Er hoffte, dass dies ihr endgültiges Ziel war.

Die Kakophonie der Geräusche wurde leiser, als die *Bracks* einige Gegenstände nahmen und gingen. Dann kam endlich das Geräusch, das er mehr als alles andere zu hören ersehnt hatte – das vertraute Trippeln der leichten Schritte einer Frau.

„Kyllen?", rief Amiras süße Stimme nach ihm, und etwas in ihm zerbrach.

Sie war hier. Und es war wie ein Tropfen Wasser für sein ausgedörrtes Herz, ein Lichtstrahl und ein Atemzug frischer Luft in seinem dunklen, stickigen Gefängnis.

„Amira ..."

Sechzehn

AMIRA

Ich war während des gesamten Fluges nach London unruhig. Angst stach mich mit winzigen Nadeln.

Lero war weg, und ich versuchte angestrengt vorherzusagen, wann und wie sein Verschwinden entdeckt werden würde und wie es Kyllen, Radax und mich beeinflussen könnte. Zu viele Variablen blieben unbekannt. Vieles konnte schiefgehen, und es stand so viel auf dem Spiel. Wenn ich diesmal einen Fehler machen würde, müsste ich mit Sicherheit sterben. Die beiden Menschen, die mir in diesem Leben am wichtigsten waren, müssten auch leiden oder sogar sterben.

In dem Moment, als wir landeten, verließ uns Madame in Richtung eines Hotels, in dem sie während des Aufenthalts der Menagerie in London zu bleiben plante.

Ich fuhr mit den *Bracks* zu der Einrichtung, die Madame für ihre Ausstellung gebucht hatte. Da wir so viele waren, reisten wir in mehreren Fahrzeugen, und ich hatte dafür gesorgt, in das ohne Radax zu steigen. Ich hielt mich so weit wie möglich von ihm fern. Je weniger wir zusammen gesehen würden, desto geringer wäre die Chance, dass jemand ihm die Schuld für meine Flucht geben würde.

Ohne mich wäre er besser dran, redete ich mir ein. Er hätte weniger Sorgen und weniger Verantwortung. Trotzdem schmerzte mein Herz, wann immer ich an ihn dachte.

Als wir am Veranstaltungsort ankamen – einer Art großer Ausstellungshalle – teilten sich die *Bracks* auf. Einige begannen mit dem Aufbau der Ausstellungsstücke. Andere gingen zur Laderampe, um die Exponate von den ankommenden Lastwagen abzuladen.

Ich entdeckte Dez. Er war ein paar Tage früher angekommen und führte jetzt die anderen *Bracks* durch unseren Bereich in der Ausstellungshalle. Ich versteckte mich hinter einer Trennwand, um außer Sichtweite zu bleiben. Wenn Dez mich sehen würde, könnte er den Schlüssel zu Leros Fesseln verlangen, aber ich musste zuerst Kyllen finden.

Von seiner Kiste war nirgendwo in der Halle etwas zu sehen. Schnell machte ich mich auf den Weg zur Laderampe.

Zwei *Bracks*, Leslo und Vuk, luden gerade eine Holzkiste vom Lastwagen ab. Es könnte entweder Kyllens oder Leros Kiste sein. Oder vielleicht enthielt sie die Drachenmann-Statue? Es war schwer zu sagen, da ihre Kisten ähnlich aussahen.

Ich wartete, bis die *Bracks* mir den Rücken zuwandten, dann schlich ich an ihnen vorbei in den hinteren Teil des Sattelaufliegers. Er stand bündig mit den offenen Türen der Laderampe zum Entladen. Es war nur noch eine Kiste übrig. Die Frage war, welche?

Hinter ihr vor dem Blick der *Bracks* versteckt, rief ich leise: „Kyllen?"

„Amira ...", kam als Flüstern zurück.

Mein Herz machte vor Aufregung einen Sprung, dann durchflutete mich Erleichterung. „Ich habe dich gefunden."

„Das hast du, mein liebster kleiner Mensch." Das Rascheln in seiner Stimme war tiefer geworden und erinnerte mich wieder an den Wind, der durch einen Haufen trockener Blätter raschelt. Er hatte seit Tagen keinen Tropfen Wasser bekommen; seine Kehle war zu trocken.

Die warme Note der Zuneigung in seiner Stimme streichelte mich innerlich mit Wohlgefühl. Er klang froh, mich zu hören, und es fühlte sich schön an, vermisst worden zu sein.

Ich konnte mir ein Lächeln nicht verkneifen. „Ich bin deine Liebste?"

„Du bist der einzige Mensch, mit dem ich je gesprochen habe, meine Liebe. Also ja, du bist meine Einzige und damit logischerweise meine Liebste." Er neckte mich. Inzwischen war ich mit jeder leichten Veränderung seiner Stimme vertraut geworden und konnte seine Stimmungen an ihren Klangfarben ablesen. Ich konnte erkennen, dass er lächelte.

Das Geräusch der Unterhaltung der *Bracks* kam näher. Sie müssten jetzt zurückkommen, um Kyllens Kiste zu holen.

„Wir müssen dich aus dieser Kiste herausholen." Ich ließ meine Hände über die Holzplanken gleiten, die über der Tür festgenagelt waren.

„Das kann ich tun", versicherte mir Kyllen. „Du musst mir nur sagen, wann, meine Freundin."

Er hatte schon vorher erwähnt, dass er sich selbst befreien könnte, aber die Kiste sah solide und stark aus. „Bist du sicher, dass du sie von innen öffnen kannst?"

Er schnaubte, und ich stellte mir vor, wie er schmunzelte. „Sag einfach wann, Amira."

Die *Bracks* redeten mit jemandem direkt außerhalb des Anhängers. Als Nächstes würden sie hierherkommen.

Es war jetzt oder nie.

„Jetzt, Kyllen", stieß ich in einem Atemzug aus.

„Tritt zurück", sagte er entschlossen und fügte mit einem Hauch von Besorgnis hinzu: „Und Amira?"

Ich huschte zur gegenüberliegenden Wand des Anhängers. „Ja?"

„Schließe deine Augen."

Ich hätte auch meine Ohren verschließen sollen, denn es

folgte ein krachendes Geräusch, das den Lastwagen erschütterte. Holzstücke flogen in alle Richtungen und trafen die Wände des Anhängers. Ich versteckte mein Gesicht hinter meinen Armen.

„Hey!", schrie Leslo.

Ich konnte nicht anders, als einen Blick zu riskieren, und senkte meinen Ellbogen.

Eine Handfeuerwaffe schwingend, stürmte Leslo in den Anhänger.

„Zurück!", schrie ich zur Warnung.

Eine große, vermummte Gestalt erhob sich aus den Überresten der Kiste. Kyllen stand aufrecht da, mir den Rücken zugewandt.

„Das hat gutgetan." Er trat ein Stück Holz mit seinem Stiefel beiseite.

Bekleidet mit einer braunen Hose und einer salbeigrünen Tunika, trug er eine dunkle Kapuze tief über die Augen gezogen. Das Material wogte und bewegte sich um seinen Kopf. Die Enden der Kapuze fielen wie ein Schal um seinen Hals und seine Schultern.

„Wer zum Teufel bist du?", schrie Leslo. Das Ende seiner Frage verlor sich. Seine Gesichtszüge erschlafften, als er verstand.

Kyllen hob seine Hand und zog den Rand seiner Kapuze ein wenig hoch. Da Kyllen mir den Rücken zuwandte, sah ich nicht, was Leslos Gesichtsausdruck vor Entsetzen erstarren ließ. Zurücktaumelnd erbleichte der *Brack*. Seine Hand zitterte und ließ die Waffe fallen.

Dann ... jegliche Farbe wich aus Leslo. Seine Haut, seine Augen, seine Kleidung, sogar die schwarzen Linien seiner Tätowierung – alles wurde grau. Alles verschmolz zu einem festen, unbeweglichen Stück Stein.

Leslo war nicht mehr. Nur eine Granitstatue blieb an seiner Stelle zurück, mit offenem Mund und in seinen toten Augen erstarrtem Schrecken.

„Schließe deine Augen, Amira!", warnte eine vertraute Stimme.

Radax!

Er stürmte in den Anhänger.

Oh nein. Nicht er.

Entsetzen packte mich. Die Welt um mich herum verlangsamte sich, Geräusche wurden vom Echo meines donnernden Herzens gedämpft.

Wie in Zeitlupe sah ich, wie sich Kyllens Oberkörper bewegte. Er drehte sich zu Radax um.

In einem Augenblick würde Radax sich Leslo als weitere leblose Statue anschließen.

„Radax, nein!", schrie ich und griff nach Leslos Waffe vom Boden.

Mit dem Rücken zu Kyllen stürzte ich mich zwischen Radax und ihn. Aber meine Größe würde nicht ausreichen, um ihren Blickkontakt zu unterbrechen. Mir blieb nur ein Bruchteil eines Moments, bevor es zu spät sein würde.

„Es tut mir so, so leid", flüsterte ich und hob die Waffe. „Ich werde dich nie vergessen."

Ich drückte ab.

Schock blitzte in Radax' Augen auf. Blut spritzte aus der kleinen runden Wunde, die die Kugel mitten in seiner Stirn hinterlassen hatte.

Der Schleier meiner Tränen verbarg sein geliebtes Gesicht vor meinen Augen. Schluchzer zerrissen meine Brust und zerfetzten mein Herz vor Schmerz. Ich ließ die Pistole fallen, als Radax zu Boden stürzte. Tot.

„Amira", rief Kyllens Stimme zu mir durch den Schleier des Grauens, der sich über mich gelegt hatte.

Starke Arme umfassten meine Schultern. „Wir müssen gehen", flehte Kyllen.

Andere *Bracks* schrien im Gebäude. Sie hatten den Schuss gehört. Sie würden bald hier sein. Sie würden die Tür des Anhängers schließen und uns hier einsperren.

Wir mussten gehen. Dennoch konnte ich mich nicht dazu bringen, mich von Radax zu entfernen.

„Ich habe ihn getötet", schluchzte ich.

„Nicht für lange." Kyllen schob mich zum Ausgang. „Er wird in Ordnung sein. Er ist schließlich unsterblich."

Eine von Menschen gemachte Waffe konnte einen *Brack* nicht töten. Ich hatte Radax erschossen, um ihn vor dem Schicksal Leslos zu bewahren. Ich hatte ihn gerettet, indem ich ihn erschoss, bevor ein Blick in die Augen des Gorgonen ihn endgültig töten würde.

Ich hatte ihn gerettet, aber ich musste ihm wehtun, um das zu tun.

Galle stieg mir in die Kehle, als Kyllen mich aus dem Anhänger und in das Gebäude zog.

„Wohin jetzt?", fragte er.

Leros Kiste stand in einem kleinen Seitengang weit offen. Leer. In wenigen Minuten würden die *Bracks* sich organisieren und uns verfolgen. Wir hatten keine Zeit zu verlieren.

Kyllens Kraft war erstaunlich. Aber die *Bracks* hatten ihn schon einmal gefangen genommen, und sie könnten es wieder tun.

Ich schüttelte die Angst und den Kummer ab und zwang mein Gehirn, sich zu konzentrieren.

„Hier lang." Ich deutete auf die Glastüren mit dem Parkplatz dahinter.

Dort draußen waren Männer – normale Menschen – wahrscheinlich Angestellte der Ausstellungshalle oder Lastwagenfahrer.

„Bitte tu niemandem weh", flehte ich Kyllen an.

Er nickte und zog seine Kapuze tiefer. Aus dem Augenwinkel konnte ich nur sein Kinn, die harte Linie seines Kiefers und die Spitze seiner Nase sehen. Er hielt seinen Arm um meine Schultern.

So schnell wie möglich, aber ohne zu rennen, um keinen Verdacht zu erregen, überquerten wir den Teerplatz in Richtung der niedrigen Gebäude jenseits des Parkplatzes.

„Und jetzt wohin?", fragte er.

„Ähm ..." Ich hatte keine Ahnung. Dies war ein völlig unbekannter Ort für mich, so wie für ihn.

Ein Zug ratterte auf den erhöhten Gleisen direkt hinter den Gebäuden. Ich wusste nicht, wohin er fuhr oder ob wir mitfahren könnten.

„Wir müssen nach Paris", murmelte ich leise.

„Wohin?" Kyllen drehte sich zur Ausstellungshalle zurück und überprüfte den Eingang über seine Schulter hinweg.

„Paris. Das ist die Hauptstadt von Frankreich. Dort ist das Portal." Ich folgte seinem Blick zur Halle und spürte seine Sorge. „Aber zuerst müssen wir viel weiter von hier wegkommen."

Ich ergriff seine Hand und bog auf einen schmalen Pfad zwischen den Gebäuden ein.

Wir gingen durch die Straßen Londons und hielten uns im Schatten. Ich war schon einmal in dieser Stadt gewesen, vor langer Zeit, als Kind. Madame hatte damals eine Europatournee gemacht. Natürlich hatte ich nicht viel davon gesehen und erinnerte mich an absolut nichts.

Um nach Paris zu gelangen, würden wir ein Transportmittel brauchen. Um Tickets zu kaufen, würden wir Geld brauchen. Aber zuerst musste ich einen sicheren, ruhigen Ort finden, um einen Plan zu erarbeiten.

Ich hatte einen der Fußgänger, eine Frau mittleren Alters, gefragt, wohin die Zuggleise führten. Sie sagte mir, dass die Züge ins Stadtzentrum fuhren. Dort waren wir unterwegs und folgten den Gleisen, so gut wir konnten. Manchmal folgten die Straßen ihnen fast genau. Manchmal verwickelten sie sich in ein Durcheinander, das etwas Zeit brauchte, um zu navigieren.

Als wir an zwei Gebäuden mit einem Torbogen dazwischen vorbeikamen, zog Kyllen mich unter den Bogen und in eine schmale Gasse.

„Ich glaube nicht, dass wir verfolgt werden", sagte er.

Ich streckte den Kopf aus der Gasse und schaute in beide Richtungen der Straße. Es gab kein Anzeichen von *Bracks* irgendwo. Mit ihrer Größe und ihren Tätowierungen wären sie leicht zu erkennen gewesen.

„Ich glaube, du hast recht. Vielleicht haben sie nicht bemerkt, in welche Richtung wir gegangen sind." Oder vielleicht hatten sie beschlossen, uns nicht zu verfolgen, als sie sahen, was Kyllen mit Leslo gemacht hatte. Früher oder später wird Madame sie jedoch nach uns suchen lassen. Da war ich mir sicher.

Er wandte sich mir zu, den Kopf gesenkt, die Kapuze tief. „Du bist müde." Er nahm meine Hand in seine.

Wir waren wahrscheinlich ein paar Stunden gelaufen, vielleicht länger. Der graue Winterhimmel hatte inzwischen eine dunklere Grautönung angenommen. Es war Abend. Die Nacht würde bald kommen, und ich wusste immer noch nicht, was zu tun war.

„Du bist durstig", erwiderte ich. Wir mussten ihm etwas Wasser besorgen, bevor ich mich ausruhen konnte.

„Ich werde überleben." Er legte seine Hände auf meine Schultern – ein Fremder mit einer so vertrauten Stimme.

Ich starrte auf seine breite Brust, die von dem salbeigrünen Stoff seiner Tunika bedeckt und von ein paar geprägten Ledergürteln gekreuzt wurde. Kyllen war für mich nur eine körperlose Stimme gewesen. Jetzt stand der Besitzer dieser Stimme über mir.

Nicht ganz so kräftig wie ein *Brack*, war er deutlich größer als ich. Seine Brust war auf meiner Augenhöhe. Nach der Art zu urteilen, wie er aus der Kiste gesprengt war, musste er auch viel stärker sein als ein normaler Mensch.

Eingedenk seiner Warnungen widerstand ich dem Drang, zu ihm aufzuschauen, und studierte stattdessen, was ich sehen konnte, ohne meinen Kopf zu heben.

Seine Kleidung war zerknittert und abgenutzt – nicht überraschend, da er monatelang in der Kiste eingesperrt gewesen war. Es gab jedoch keine Spur von Schmutz oder unangenehmem

Körpergeruch. Sein Duft war frisch, wie die Gurke, die ich ihm einmal gegeben hatte, mit einem Hauch von nassem Moos und dem Geruch des Waldes direkt nach dem Regen. All die Düfte, die ich in meinem Leben selten riechen durfte.

„Da bist du ja", murmelte er, und mir wurde klar, dass auch er mich studierte.

Ich fühlte mich sofort selbstbewusst. Die Leute fanden mich normalerweise seltsam – mit dem Schal, den ich das ganze Jahr über trug, meiner weiten Kleidung und meinen zurückge-kämmten Haaren, dem langen Zopf, der in meinem Kapuzenpull-over versteckt war.

Seltsam. Geist. Lächerlich. Dies waren nur einige der verlet-zenden Dinge, die ich im Laufe der Jahre vom Jahrmarktspu-blikum über mich gehört hatte. Ich schloss meine Augen und wollte mich nicht an alle erinnern.

Was würde ein Feenlord von mir denken, dem Ticket-mädchen?

Kyllens Hände wanderten von meinen Schultern zu meinem Hals. Er vergrub sie in den Falten meines Schals, suchte aber nicht nach meiner Haut darunter.

Er lehnte sich näher, bis sein Atem sich in meinem Haar verfing. „Meine Retterin."

Ein zartes Gefühl der Freude schlich sich in mein Herz bei der Dankbarkeit in seiner Stimme.

„Danke, dass du mich befreit hast", fügte er hinzu.

Ich dachte an die Art, wie er diese Kiste zerstört hatte.

„Eigentlich hast du das ganze *Ausbrechen* selbst erledigt." Ich versteckte ein Lächeln in meinem Schal.

Er lachte über mir. „Ich habe seit sehr langer Zeit davon fanta-siert, es dieser Kiste heimzuzahlen. Es war außerordentlich befrie-digend, meine Fantasien endlich zum Leben zu erwecken."

Ich brachte meine Hände zwischen uns und spielte mit einem der Ledergürtel über seiner Brust.

„Ich muss dir etwas Wasser besorgen." Eine lange Liste von Dingen, die zu tun waren, lief durch meinen Kopf. Die Rettung war noch nicht vorbei. „Ich muss herausfinden, wie wir nach Paris kommen. Aber zuerst, wo wir die Nacht verbringen –"

Er stoppte mich, indem er leicht einen Finger auf meine Lippen drückte.

„*Wir*", korrigierte er mich. „*Wir* müssen all das herausfinden. Zusammen."

Zusammen.

Das Wort hatte die beruhigende Wirkung einer warmen Decke. Es erinnerte mich daran, dass ich nicht mehr allein war. Ich neigte meinen Kopf zurück, weil ich sein Gesicht sehen musste.

Er legte schnell seine Hand über meine Augen. „Vorsicht!"

Ich stieß einen zitternden Atem aus und erkannte die Gefahr, der ich gerade so knapp entkommen war. Kälteschauer ließen mich erschaudern. „Entschuldigung ..."

„Nicht deine Schuld. Es ist schwierig, *nicht* zu schauen. Aber bitte versuche, achtsam zu sein. Wenn dir wegen mir etwas zustößt, ich ..." seine Stimme brach ab.

Mit seiner Hand noch über meinen Augen spürte ich seinen Blick auf mir. „Du siehst mich an."

„Hmm", bestätigte er mit einem Brummen. „Es schadet doch nicht, wenn *ich dich* ansehe, oder?" Seine Stimme wurde weich, wie eine Liebkosung.

Mit einer Hand meine Augen bedeckend, fuhr er mit einem Finger der anderen entlang meines Kieferknochens.

„Warum hast du mir nie gesagt, wie schön du bist?" Der verführerische Ton in seiner Stimme vibrierte tief in meiner Brust, Wellen, die sich durch den Rest meines Körpers ausbreiteten.

Seine Berührung kribbelte auf meiner Haut.

Er stieß ein leises Lachen aus. „Ich war ein Narr, von der Kiste zu fantasieren. Wo ich doch mehr Zeit damit hätte verbringen können, mir dich vorzustellen."

Noch nie hatte ein Mann so mit mir gesprochen oder mich so berührt, wie er es tat. Ich erstarrte, unsicher, was ich tun sollte. Mit geschlossenen Augen trug Kyllens Blick auf mich vielleicht nicht das Risiko, dass einer von uns zu Stein wurde, aber es war nicht völlig harmlos, fürchtete ich.

Ein lautes Geräusch einer aufgestoßenen Tür riss mich aus dem tranceähnlichen Zustand.

Kyllens Hand rutschte von meinen Augen, als er sich umdrehte. Er schob sich nach vorne und stellte seine Schulter vor mich, um mich vor dem Mann zu schützen, der die Tür in der Wand auf der anderen Seite der schmalen Gasse geöffnet hatte.

Der Mann schloss lässig die Tür hinter sich und lehnte sich dann mit dem Rücken an die Wand. Er nahm eine Packung Zigaretten und ein Feuerzeug aus seiner Tasche und warf uns einen misstrauischen Blick zu.

Er war ein ziemlich gewöhnlich aussehender Mann, vermutlich in seinen Vierzigern, mit kurzgeschorenem rötlich-braunem Haar. In Jeans und T-Shirt gekleidet, hatte er eine braune Lederjacke über die Schultern geworfen.

„Geht mich nichts an." Er zuckte mit den Schultern und zündete seine Zigarette an. „Wenn du sie hier flachlegen willst, nur zu. Aber ich werde meine Zigarette rauchen."

Ich glitt mit meiner Hand an Kyllens Arm hinunter und umschloss seine Finger mit meinen. Das konnte ich tun. Ich konnte seine Hand in der Öffentlichkeit halten, und niemand würde mich aufhalten oder mich für das Vergnügen oder den Trost bestrafen, den es mir gab.

Kyllen nickte auf die Wand hinter dem Mann. „Was ist das für ein Gebäude?"

„Ein Hotel." Der Mann musterte uns genauer, wobei er mehr Zeit mit Kyllen verbrachte.

Mit seiner reich bestickten Kleidung, seiner Kapuze und den mit Juwelen besetzten Schnallen überall sah Kyllen aus, als käme er direkt von einem Filmset, einem Mittelalterfest oder ... nun ja, aus einem magischen Königreich.

Der Mann zog tief an seiner Zigarette. „Seid ihr Touristen? Braucht ihr einen Platz zum Übernachten?"

„Vielleicht." Kyllen neigte seinen Kopf auf königliche Art. „Was hat dieses Etablissement zu bieten?"

Ich staunte über seine Kühnheit. Wir hatten kein Geld für auch nur eine Nacht in einem Schuppen, doch er tat so, als hätte er die Wahl zwischen Luxushotels, die darauf warteten, ihn zu empfangen.

„Kommt drauf an." Die Augen des Mannes huschten die Gasse auf und ab, während er hastig seine Zigarette rauchte. „Was sucht ihr?"

„Eine Unterkunft für eine Nacht", antwortete Kyllen. „An einem Ort, der bereit sein könnte, über den Preis zu verhandeln. Wenn Sie etwas Passendes wissen, würde ich gerne einen Deal machen."

Der Mann richtete seinen Blick auf mich, musterte mich abschätzend.

Kyllen trat seitwärts, verdeckte mich fast vollständig vor dem Blick des Mannes und gab ihm damit deutlich zu verstehen, dass ich nicht Teil ihrer Verhandlungen war.

Der Mann spuckte auf den Boden. „Ich könnte etwas für dich haben. Es kommt mit einer Unterhaltungsoption." Er entblößte seine Zähne in einem schiefen Lächeln.

„Was für eine Art von Unterhaltung?"

Der Mann schoss seinen Blick wieder die Gasse auf und ab. „Magst du Glücksspiel?"

Oh nein. Ich drückte Kyllens Hand in meiner. „Lass uns gehen."

Der Mann gab mir ein schlechtes Gefühl. Ich hatte auf den Jahrmärkten viele seiner Art gesehen. Sie waren immer bereit, einer leichtgläubigen Person ihren letzten Cent abzunehmen. Ich hatte keine Lust, an was auch immer er vorhatte, teilzunehmen, selbst wenn ich Geld übrig hätte, was ich nicht hatte.

„Welche Art von Glücksspiel?", fragte Kyllen interessiert.

Erwog er das tatsächlich?

„Kyllen, nein." Ich zog diskret an seiner Hand.

Die Augen des Mannes blitzten gierig. „Was auch immer du willst. Blackjack, Poker, Roulette?"

Ich winkte ab. „Wir kennen diese Spiele nicht –"

„Roulette ist gut. Wo ist es?", klang Kyllen aufgeregt.

Er hatte mir erzählt, dass unsere Welten einst, vor langer Zeit, eins gewesen waren. Offensichtlich hatten einige Dinge den Lauf der Zeit überdauert – Glücksspiel zum Beispiel. Er kannte sogar Roulette.

Ich schüttelte den Kopf und kämpfte gegen eine Welle von Sorge, die in meiner Brust aufstieg.

Der Mann warf seine Zigarette weg und rieb seine Hände in der kühlen Luft des späten Januar zusammen. „Wunderbar, wunderbar. Hier entlang, Kumpel."

„Kyllen ...", versuchte ich ihn aufzuhalten, indem ich seine Hand fester drückte, aber er zog mich sanft mit.

„Das wird Spaß machen." Er blitzte mich mit einem Lächeln unter seiner Kapuze an. „Vertrau mir."

Siebzehn

KYLLEN

Der zwielichtige Mensch führte sie durch die Tür in einen schmalen Flur und dann die Treppe hinunter. Am Fuß der Treppe drehte er sich um und streckte Kyllen seine Hand entgegen.

„Ich bin übrigens Rourke."

Kyllen nickte, nahm die Hand aber nicht und nannte auch nicht seinen Namen. Er hatte das Glücksspielangebot des Mannes angenommen, aber das bedeutete nicht, dass er bereit war, mit ihm Hände zu schütteln.

Rourke grunzte und zog seine unerwünschte Hand verlegen zurück. „Na gut, hier entlang."

Da er dem Mann nicht traute, achtete Kyllen genau darauf, wohin er sie führte – einen breiten Korridor entlang, dann zu einer weißen Doppeltür mit einem billig aussehenden goldenen Griff.

Obwohl sie sich im Keller des Gebäudes befanden, sah es hier nicht wie in einem Kerker aus. Der Raum roch nach Zigaretten, war aber gut beleuchtet. Die Tapete und der Teppich waren schlicht und an manchen Stellen abgenutzt, aber nicht schmutzig.

Es war hier auch viel wärmer als draußen. Das allein war es wert zu bleiben, entschied er mit einem Schaudern, das die Kälte aus seinen Muskeln vertrieb.

Stimmen drangen durch die Doppeltüren. Rourke öffnete sie und ließ den Lärm in den Korridor hinausströmen.

Die drei betraten einen geräumigen Raum mit niedriger Decke. Trotz der unterschiedlichen Architektur hatte der Raum Ähnlichkeiten mit jeder Spielhalle in Nerifir. Er erkannte die Tische mit Karten, auch wenn nicht alle gespielten Spiele vertraut aussahen.

Er hatte in seiner Jugend viel Zeit mit Kartenspielen verbracht. Die meisten Kartenspiele konnte man lernen, was dem Spieler ein gewisses Gefühl der Kontrolle und die Möglichkeit gab, eine Strategie zu entwickeln. Allerdings war das Element des glücklichen Zufalls immer da. Es machte ein Kartenspiel unberechenbar und spannend.

Heute war er jedoch nicht am Kartenspielen interessiert, weil er es sich nicht leisten konnte, etwas dem Zufall zu überlassen. Vorsichtig unter seiner Kapuze hervorlugend, entdeckte er den Roulettetisch und steuerte direkt darauf zu.

Mehrere Leute standen um den Tisch herum. Das Rad drehte sich. Er hob seinen Kopf gerade so weit, dass er nur die Körper der Spieler bis zur Brust sehen konnte.

„Also", Rourke rieb sich wieder die Hände, eine Geste, die Kyllen irritierend fand. „Was spielst du?"

„Das sieht nach Spaß aus." Er nickte in Richtung des Roulettetischs.

„Das tut es. Das tut es", wiederholte der Mensch sich selbst, was ebenfalls an Kyllens Nerven zerrte.

Amira umklammerte seine Hand, blieb aber ruhig, eingeschüchtert durch die Anwesenheit so vieler Menschen.

Der Croupier begrüßte sie, als sie sich näherten. „Woher kommt ihr, Leute?"

Ihm fiel nur ein Ort in dieser Welt ein, der Ort, von dem Amira ihm erzählt hatte, dass sie von dort käme: „Naher Osten."

Ein leises Keuchen kam aus ihrer Richtung, doch sie widersprach ihm nicht.

Die Leute um den Tisch bewegten sich, wahrscheinlich starrten sie ihn an. Zugegeben, sein Kleidungsstil stach unter ihren langweiligen Kleidern hervor. Die *Bracks* hatten ihm seine Waffen längst abgenommen. Aber er hatte seine mit Juwelen besetzten Armschienen und verzierten Lederscheiden behalten.

Rourke stupste ihn mit dem Ellbogen an. „Du kannst hier deine Kapuze abnehmen, Kumpel."

Oh, der lästige Mensch wagte es, ihn zu berühren, nicht wahr? Es kostete ihn all seine Beherrschung, den Mann nicht wegzustoßen. Hätte er es getan, wäre Rourke sicherlich durch die nächste Wand gekracht, denn er hätte seine Kraft bei diesem Mann nicht zurückgehalten.

„Nein, lass die Kapuze", protestierte Amira hastig. „Er muss sie aufbehalten."

„Ich dachte, im Nahen Osten bedecken die Frauen ihre Gesichter, nicht die Kerle", platzte die Stimme eines Mannes aus der Gruppe der Spieler heraus.

Sie umklammerte seine Hand noch fester. „Darum geht es nicht ... Er ist nur ... Er ist nicht gesund."

„Was fehlt ihm denn?", fragte Rourke misstrauisch und trat einen Schritt zurück.

So sehr er es auch begrüßte, dass der Mann auf Abstand ging, das Letzte, was er brauchte, war, wegen der Angst der Einheimischen vor irgendeiner Seuche aus dem Spiel geworfen zu werden.

„Mir geht's gut." Er löste seine Hand aus Amiras kleinen Fingern und tätschelte beruhigend ihren Arm.

„Nichts Ansteckendes", versicherte sie der Menge. „Es ist ... ähm, eine genetische Erkrankung, mit der er geboren wurde."

„Ist das der Grund, warum er grün ist?", fragte eine Frau.

Grün?

Er betrachtete seine Hand. Seine Haut war hellbraun, wie die seines Vaters, mit dunkelgrünen Markierungen, die er von seiner Mutter geerbt hatte. Bei gesunden und gut mit Wasser versorgten Gorgonen blieben die Markierungen nur auf den *Senties*, wobei einige auch entlang ihrer Wirbelsäule zu sehen waren.

Aber in dieser Welt hatte er ständig Durst. Seine Markierungen hatten sich über seinen Körper ausgebreitet. Die Handrücken waren mit dem deutlichen Rautenmuster bedeckt, schwach, aber sichtbar. Die dunkelgrüne Färbung verlieh seiner hellbraunen Haut einen grünlichen Schimmer.

„Richtig." Er ballte seine Hand zur Faust. Die trockene Haut darauf spannte sich und drohte aufzuplatzen.

Amira räusperte sich.

„Sind hier nur Menschen mit einer bestimmten Hautfarbe erlaubt?" Ihre Stimme klang herausfordernd.

Sie umklammerte wieder seine Hand. Die Frau riskierte, ihm die Finger zu brechen, wenn sie sich weiter so an ihn klammerte.

Rourke zuckte mit den Schultern. „Verdammt, nein. Mir ist es egal, welche Farbe er hat. Grün oder lila, was auch immer. Solange er nicht ansteckend ist und Geld für Wetten hat."

Der Croupier schien sich auch nicht für seine Färbung zu interessieren. „Wie viel hast du? Der Mindesteinsatz beträgt hundert Pfund."

„Ich werde Silber und Smaragde setzen." Er befreite sanft seine Hand von Amira und schnallte die Armschiene von seinem linken Unterarm ab.

Das Leder des Stücks war von den besten Kunsthandwerkern von Ellohi geprägt worden. Die vier Silberschnallen waren zu Zinn gedunkelt, während er in der Kiste verrottete, aber die Smaragde glänzten so hell wie eh und je. Seines Wissens nach waren Edelsteine in allen Welten des Nebelstroms eine akzeptable Währung. Diese hier sollte keine Ausnahme sein.

Er warf die Armschiene auf den Tisch. „Wie viel ist diese wert?"

„Ähm." Der Croupier kratzte sich an der Brust und wirkte etwas verblüfft.

Rourke schlich sich von der Seite heran. „Sind die echt?" Er untersuchte die Steine in den Schnallen, dann die in den Silberscheiben auf der Armschiene.

„Sie sehen nicht nach viel aus", höhnte der Croupier.

Kyllen spannte seinen Kiefer an und hielt eine feurige Zurechtweisung zurück, die in ihm aufwallte. Was würde dieser Bauer schon von feinen Edelsteinen verstehen?

„Ich werde sie zum Schätzer bringen." Rourke schob die Armschiene unter seinen Arm.

Amira regte sich an seiner Seite. „Wo ist der Schätzer?"

Rourke hielt inne und starrte sie an, als hätte er bereits vergessen, dass sie überhaupt da war. „Oh, wir haben einen direkt hier im Haus. Nicht alle Gäste zahlen in bar ..." Seine Stimme verlor sich.

Amira bewegte sich unruhig, offensichtlich mit der Antwort nicht vollständig zufrieden.

Kyllen legte seinen Arm um ihre Schultern und zog sie an seine Seite.

„Mach nur", sagte er zu Rourke. „Wir warten genau hier. Denk daran, ich habe noch mehr davon." Er drehte seinen rechten Arm, ließ die Smaragde auf seiner anderen Armschiene das Licht einfangen und funkeln.

Rourke eilte davon, aber es gab keinen Grund zur Sorge. Egal wie viel er nahm, das wieselartige Menschlein würde immer für mehr zurückkommen. Kyllen kannte seine Art.

Eine Frau erschien an seiner Seite, die ein Kleid trug, das kaum von zwei dünnen Schulterträgern gehalten wurde. Ihr Outfit war vom Stil her viel näher an dem, was die Damen am Hof seines Vaters trugen, als jede andere Kleidung im Raum.

„Kann ich euch etwas zu trinken bringen?", murmelte sie, als ob sie etwas viel Verbotenes als ein Getränk anbieten würde.

Er würde für ein Glas Wasser töten, aber er traute diesen Leuten oder was auch immer sie ihm servieren könnten nicht. Es gab nicht viele Nahrungsmittel, die einem Gorgonen in Nerifir schaden konnten. Der Ring der Hexe an seiner rechten Hand schützte ihn vor denen, die es konnten. Aber er war nicht in Nerifir, und die Wirkung magischer Substanzen variierte von Welt zu Welt.

„Nein. Uns geht's gut." Er schüttelte den Kopf.

Die Frau ging, und Amira lehnte sich an seine Seite, so vertrauensvoll. Die Wärme ihres Körpers sickerte durch seine Tunika, was in der kühlen Luft dieses Landes besonders angenehm war.

Er hatte vor ihr noch nie einen Menschen getroffen. Er hatte nicht einmal eine Fee getroffen, die je einen Menschen gesehen hatte. Menschen waren in ganz Nerifir außergewöhnlich selten, nicht nur im Königreich Lorsan. Wenig war über sie bekannt. Und selbst dieses Wissen stammte aus Quellen wie Legenden, Fabeln und Mythen, die sich oft widersprachen.

Worüber alle Mythen sich einig waren, war, dass Menschen verlockend waren. Sie übten eine besondere Anziehungskraft aus.

Nachdem er nun selbst einige Menschen getroffen hatte, konnte er mit dieser allgemeinen Aussage streiten. Hochgeborene Feen – reich, verwöhnt und gelangweilt – schätzten alles Neue und Andersartige. Kyllen fragte sich, ob die Faszination der Feen für Menschen daher rührte, dass sie selten und exotisch waren.

Was jedoch Amira betraf, so konnte er die Anziehungskraft durchaus spüren.

Sie war atemberaubend. Selbst trotz ihrer hässlichen Kleidung, die mindestens doppelt so groß war wie sie selbst, den Anzeichen von Erschöpfung in ihrem Gesicht und der schlaksigen Ruckhaftigkeit ihrer Bewegungen fand er sie wunderschön. In ihrer menschlichen Zerbrechlichkeit lag eine unwiderstehliche Anziehungskraft.

Er ließ seinen Blick vorsichtig zu ihr hinübergleiten. Ihre kleinen Hände waren an ihre Brust gepresst, und er wünschte sich plötzlich, eine davon wieder zu halten.

Rourke kam zurück und hielt einen Stoß ordentlich geschnittener Papierstücke in der Hand.

„Achthundert Mäuse für die Manschette." Er schob den Stoß in seine Hände.

Kyllen drehte den fest gewickelten Stapel Papiere in seinen Fingern. Das musste die seltsame menschliche Währung sein, von der er die *Bracks* hatte reden hören.

„Nein", protestierte Amira leidenschaftlich. „Das ist nicht genug."

Wahrscheinlich war es das nicht. Jede Schnalle seiner Armschiene würde in Nerifir leicht für ein Boot oder ein Pferd bezahlen. Er hatte nie erwartet, dass Rourke fair sein würde. Der Betrag spielte im Moment jedoch keine Rolle.

„In Ordnung." Er nahm die Papiere an.

„Kyllen-", begann Amira, aber er brachte sie mit einer einarmigen Umarmung und einem Kuss in ihr Haar zum Schweigen. Die Geste sollte den anderen Menschen zeigen, dass sie zu ihm gehörte und unter seinem Schutz stand. Aber es fühlte sich so gut an, sie zu umarmen, dass er seinen Arm zwingen musste, loszulassen.

„Es wird Spaß machen, mein Herz", sagte er mit übertriebener Begeisterung und rückte näher an den Roulettetisch. „Wie funktioniert das nochmal?" Er trommelte mit den Fingern auf den Rand des Tisches.

Der Croupier schob einen kleinen Stapel Chips in seine Richtung und strich den Bündel Papiergeld ein. „Du kannst auf die Farbe – rot oder schwarz, die Zahl – ungerade oder gerade setzen. Du kannst auf eine bestimmte Zahl setzen ..."

Kyllen hörte mit einiger Aufmerksamkeit allen Wetteoptionen und den damit verbundenen Auszahlungen zu. Insgesamt waren die Regeln fast identisch mit denen in Nerifir. Im Innersten waren die Welten wirklich nicht so unterschiedlich.

„Jeder Chip, den du hast, entspricht hundert Pfund." Der Croupier zeigte auf die acht schwarzen Chips vor ihm. „Das ist der Mindesteinsatz."

„Wie viel sind die anderen wert?" Kyllen deutete auf die ordentlichen Reihen von Chips im Tablett vor dem Croupier.

„Rosa ist zweihundertfünfzig. Lila ist fünfhundert. Und grau ist eintausend", erklärte der Mann. „Es gibt nichts unter hundert."

Das war eine Lüge. Er hatte Chips anderer Farben vor den Spielern an anderen Tischen bemerkt – gelb, blau, orange und rot. Vielleicht hatten andere Tische unterschiedliche Regeln, oder vielleicht waren Rourke und seine Kumpane entschlossen, ihn so schnell wie möglich seines Geldes zu berauben.

In den Glücksspielgesetzen dieser Welt musste etwas fehlen, oder vielleicht gab es überhaupt keine. Nach dem Aussehen dieses Ortes und seiner Bewohner zu urteilen, glaubte Kyllen jedoch, dass sie sowieso nicht viele Gesetze befolgten.

Nicht dass es eine Rolle spielte.

„Setzen Sie Ihren Einsatz, mein Herr?", fragte der Croupier.

„Ja." Er legte vier der acht Chips, die er hatte, auf eine zufällige Reihe auf dem Tisch.

Amira erstarrte an seiner Seite.

„Wünsch mir Glück, mein Schatz." Er schenkte ihr ein Lächeln. Sie wünschte sich wahrscheinlich, es ihm aus dem Gesicht zu schlagen, aber sie sagte nichts.

Das Rad drehte sich und ließ die kleine Metallkugel rollen. Er beobachtete und täuschte Aufregung und gespannte Erwartung vor.

Die Kugel landete auf der falschen Farbe und der falschen Zahl. Der Croupier sammelte schnell seine vier Chips ein. Kyllen ließ seine Schultern sinken und strahlte Enttäuschung aus.

Amira zupfte an seinem Ärmel. „Wir sollten gehen."

Sie hatte natürlich Recht. Die vierhundert, die sie noch übrig hatten, könnten ihnen Abendessen und Unterkunft für heute Nacht kaufen. Aber was dann?

Außerdem kostete seine Armschiene mehr, als er dafür bekommen hatte. Er musste zumindest ihren Wert zurückbekommen, selbst wenn es in dem albernen Papiergeld war.

„Alles auf diese Reihe!" Er knallte die verbliebenen vier Chips auf dieselbe Reihe, auf der er gerade das Geld verloren hatte.

Amira stieß einen Seufzer aus. „Du hast gerade auf diese gesetzt. Und verloren."

„Genau!", rief er enthusiastisch. „Aber sie hat die Glückszahl sieben, siehst du? Also muss sie irgendwann gewinnen."

Der Croupier grunzte über seine fehlerhafte Logik, akzeptierte aber die Wette.

Rourke musste bereits seine rechte Armschiene im Auge haben, oder vielleicht den großen Smaragdring an Kyllens linkem Zeigefinger. Er bezweifelte, dass der schlichte Flussstein an seinem kleinen Finger rechts Aufmerksamkeit erregte, obwohl er dort, woher er kam, viel wertvoller war als der Smaragd.

Der Croupier drehte das Rad. Die kleine Kugel ratterte und rollte.

Kyllen lehnte sich vor, als beobachte er sie mit gespannter Aufmerksamkeit. Er berührte leicht den Rand des Tisches und baute die Verbindung mit der Mechanik des Roulettes auf – die Schale, das Rad, die Lager ... Der Mechanismus war einfach, was natürlich der Sinn des Spiels war.

Er sandte einen winzigen Strang Magie aus und verlangsamte das Drehen des Rades ein wenig früher. Es zwang die Kugel, auf der Sieben zu bleiben, anstatt zur Acht zu springen.

Der Croupier verkündete die Gewinnzahl, seine Stimme etwas erstaunt, und platzierte dann erheblich mehr Chips vor Kyllen, als er gesetzt hatte.

„Das zahlt fünf zu eins", erklärte der Croupier tonlos.

„Wunderbar." Kyllen lächelte strahlend und widerstand dem Drang, den Mann zu schlagen.

Die Auszahlung hätte nach den Gewinnchancen mindestens dreimal höher sein sollen, aber er war nicht hier, um diesen Leuten die Regeln beizubringen. Nicht, wenn er sowieso die vollständige Kontrolle über das Spiel hatte.

Amira lehnte sich wieder zu seinem Ohr. „Wir sollten jetzt wirklich gehen."

„Nur noch ein bisschen länger, Liebling." Er wollte das Geld, das er für die Armschiene bekommen hatte, mindestens verdreifachen, und da die Idioten fest entschlossen waren, ihn übers Ohr zu hauen, würde das länger dauern, als wenn sie nach den Regeln spielen würden.

„Natürlich. Du kannst jetzt nicht gehen", rief Rourke mit falscher Begeisterung. „Du hast eine Glückssträhne!"

Kyllen fragte sich, was Rourke davon hatte. Wahrscheinlich einen Teil vom Verkauf der Smaragde. Vielleicht hatte er einen Anteil am gesamten Etablissement? Oder vielleicht bekam er einen Teil von dem, was jeder arme Tropf, den er hierher geschleppt hatte, verlieren würde. So oder so, der zwielichtige Mensch zeigte viel zu viel Interesse an Kyllen und seinen Gewinnen.

Um keinen Verdacht zu erregen, ließ er das Spiel eine Weile seinen Lauf nehmen. Er setzte kleine Einsätze, verlor einige und gewann einige.

Als er fast die Hälfte seiner Gewinne verloren hatte, tätigte er eine Wette, die nach ihren krummen Regeln das Zehnfache der Auszahlung versprach.

„Alles oder nichts!" Er schob alle seine Chips im Wert von elfhundert auf die Nummer elf und wandte sich dann an Amira. „Du bist müde, nicht wahr, mein Sonnenschein? Wir gehen nach dieser Runde."

Er sandte einen weiteren kleinen Magiestoß aus, damit die Kugel in der Tasche landete, die er brauchte.

Genau deshalb war Roulette in Lorsan verboten. Alles mit einer Kugel und Lagern galt als Mechanismus, und Gorgonen übten Macht über jeden existierenden Mechanismus aus.

Aus diesem Grund durften Gorgonen nicht in die Spielhallen außerhalb von Lorsan. Das hinderte einige reisende Gorgonen nicht daran, sich in die Hallen in Sarnala, dem Land der Werwölfe, oder Dakath, dem Königreich der Gargoyles, einzuschleichen, um das Spiel zu ihren Gunsten zu manipulieren. Einige von ihnen gewannen groß und kehrten viel reicher nach Lorsan zurück, als sie es verlassen hatten. Andere wurden entdeckt und getötet.

Die wichtigste Regel beim Betrug im Glücksspiel war, sich nicht erwischen zu lassen.

Er spürte, dass es Zeit war aufzuhören.

„Das ist die letzte Runde, mein Schätzchen", versprach er Amira.

„Elf. Schwarz", verkündete der Croupier grimmig. Der Mann war sicher nicht unparteiisch, wenn das Haus verlor. Er musste auch einen Anteil bekommen. Tatsächlich war Kyllen überrascht, den Tisch in keiner Weise manipuliert vorzufinden. Nun, vielleicht würden sie ihn nach heute Abend zu ihren Gunsten manipulieren.

„Ja!" Er warf die Hände in die Luft und sprang vor Aufregung auf. „Wir haben gewonnen, meine Süße!"

„Zehntausend Pfund", zählte der Croupier die Chips mit hohler Stimme.

„Das sollten elftausend sein", wandte Amira ein. Offensichtlich galten die Multiplikationsregeln hier auch nicht.

Rourke erstarrte für einige Momente und sprang dann schnell in Aktion. „Hey, willst du jetzt ein paar Karten ausprobieren? Wie wäre es mit Blackjack?"

Kartenspiele waren Kyllens Favoriten, aber heute Abend konnte er nichts dem Glück überlassen.

„Nein. Vielleicht morgen." Er zog Amira wieder an seine Seite. „Die Dame ist müde." Er küsste sie auf die Wange, hauptsächlich zur Schau, aber auch, weil er sie wirklich küssen wollte.

Die Haut auf ihrer Wange fühlte sich noch weicher an als die auf ihrer Hand. Sie roch nach Erde und Ozean. Sie hatte sogar den Geschmack des Ozeans, stellte er fest. Der Kuss hinterließ einen Hauch von Salz auf seinen Lippen. Dann erkannte er, woher das Salz kam. Sie hatte geweint, als sie auf diesen *Brack*, Radax, geschossen hatte.

Es war das Salz ihrer Tränen, das er gerade geschmeckt hatte.

Sein Herz zog sich mit einem neuen Gefühl zusammen. Kummer? Mitgefühl? Eine Kombination aus beidem? Wie auch immer, es war nicht angenehm. Es tat weh, als ob Amiras Unglück zu ihm durchsickerte.

Seltsamerweise bedauerte er das Gefühl nicht. Es machte ihm nichts aus, für sie zu leiden. Er wünschte sich nur, sie würde weniger leiden, wenn er einen Teil ihres Schmerzes auf sich nehmen würde.

„Wir gehen", kündigte er an und legte seinen Arm fester um sie. „Bitte tauschen Sie die Chips gegen ... was auch immer Sie in diesen Gefilden Währung nennen."

Wie zu erwarten war, wurde das nicht mit Begeisterung von den Anwesenden aufgenommen. Unter seiner Kapuze sah er, wie Männer näherrückten. Selbst einige von denen, die er für Gäste dieses Ortes gehalten hatte, kamen jetzt auf sie zu. Da es in diesem Etablissement keine Uniformen gab, war es schwer zu sagen, wer Gast und wer Angestellter war.

Rourke trat vor. „Die Nacht ist jung. Warum die Eile?" Er spuckte durch seine Zähne auf den Teppichboden.

Kyllen ließ Amira los und schob sie leicht hinter sich. „Ich sagte, die Dame ist müde. Wir müssen gehen."

Er wünschte wirklich, ein Blutbad zu dieser späten Stunde zu vermeiden, aber wenn sie ihm keine Wahl ließen, hatte er absolut keine Probleme damit, auf Gewalt zurückzugreifen.

Amira steckte ihren Kopf hinter seiner Schulter hervor.

„Sie sagten, es gibt ein Hotel in diesem Gebäude?", fragte sie Rourke.

„Na und?" Der Mann grunzte.

„Nun, können wir über Nacht bleiben? Dann morgen noch mehr spielen?"

Ihr schnelles Denken hatte diesen Männern gerade ihr erbärmliches kleines Leben gerettet.

Rourke schnüffelte und wischte sich die Nase mit dem Arm ab. „Das könnte arrangiert werden. Warum nicht?"

„Großartig." Kyllen grinste ihn an. „Geben Sie mir jetzt mein Geld, dann führen Sie uns zu unserer Unterkunft, mein kaum geschätzter Freund."

Achtzehn

AMIRA

Rourke brachte uns nach oben in die Lobby des Hotels. Über der Erde sah der Ort etwas präsentabler aus, mit roten Läufern auf Marmorböden und Kristallleuchtern unter der verspiegelten Decke.

„Ihr könnt das beste Zimmer haben, das wir haben“, plauderte er aufgeregt. „Die Suite im obersten Stockwerk.“

Der Preis, den er dafür nannte, ließ mir die Kinnlade herunterfallen.

Unbeeindruckt zählte Kyllen die Scheine aus dem dicken Geldbündel, das er für seine Chips von unten bekommen hatte, und reichte sie der Frau am Empfangstresen.

Sie beäugte ihn neugierig und schob die Schlüsselkarte zu ihm rüber. „Genießen Sie Ihren Aufenthalt.“

Rourke kicherte. „Ja. Viel Spaß, ihr beiden. Ich sehe euch morgen.“ Er klopfte Kyllen kameradschaftlich auf die Schulter.

Kyllen sagte nichts, streckte seinen Hals und rollte seine Schulter zurück, als versuche er, das Gefühl von Rourkes Berührung abzuschütteln.

Erst als wir beide allein im Fahrstuhl waren, atmete ich aus und ließ die Anspannung aus meinem Rücken, Nacken und den Schultern weichen.

Vor einer Weile hatte Radax mir eine kostenlose Achterbahnfahrt bei dem Schausteller arrangiert, der sie betrieb. Ich hatte während der Fahrt wie am Spieß geschrien. Das Gefühl, wie meine Eingeweide bis in den Hals hochstiegen und dann in den Abgrund fielen, war unvergesslich. Der heutige Abend erinnerte mich sehr daran.

„Das war intensiv", sagte ich. „Schlimmer als eine Achterbahnfahrt."

Kyllen lachte leise. „Das ist doch das Vergnügen am Glücksspiel, nicht wahr? Der Nervenkitzel."

Vielleicht war ich nicht fürs Glücksspiel geschaffen, aber es war ein bisschen zu viel Aufregung für mich gewesen. Ich war bereit gewesen zu gehen, seit dem Moment, als sie das Geld für Kyllens Armschiene gebracht hatten.

Als wir unsere Etage erreichten und den Fahrstuhl verließen, lehnte ich mich zu ihm und senkte meine Stimme. „Sag mir nur eines. Wusstest du, dass du am Ende gewinnen würdest?"

Er neigte seinen Mund an mein Ohr. „Ja."

„Kyllen!" Ich zuckte vor ihm zurück und schlug ihm gegen die Brust. „Ich war so gestresst. Ich hatte fast einen Herzinfarkt, jedes Mal als du verloren hast. Tu mir das nie wieder an!"

Er lachte und fing meine Hand ab. „Gib's zu, es hat dir Spaß gemacht. Zumindest ein bisschen?"

„Spaß? Ich bin ein Wrack." Mein Inneres hatte sich noch nicht beruhigt, und meine Knie fühlten sich immer noch wie Matsch an.

Er zog mich in eine Seitenumarmung, während ich die Schlüsselkarte durchzog und die Tür zu unserem Zimmer öffnete.

„Es tut mir leid, mein Honigkuchen", murmelte er verspielt, küsste mein Haar und zog mich mit durch die Tür.

„Und nenn mich nicht 'Honigkuchen'." Ich versuchte, etwas Ärger oder wenigstens Verdruss in meine Stimme zu legen, aber es erwies sich als unmöglich, böse auf ihn zu sein, wenn er mich kuschelte und alberne Kosenamen in mein Ohr schnurrte.

Ich wusste, dass seine Kosenamen nur ein Schauspiel gewesen war, um der anderen willen. Kyllen wollte, dass sie glaubten, wir wären ein Paar, und hatte diese Rolle gespielt.

Es war Zeit, das Schauspiel zu beenden, jetzt, da wir allein waren.

Allerdings kribbelte mir die Wärme durch den Körper, weil ich ihm so nahe war. Das war der *Nervenkitzel*, den ich genoss. Aber es kam auch mit einem eisigen Hauch von Beklemmung. Diese Gefühle waren so neu, so ungewohnt und überwältigend.

Ich trat aus seinen Armen und warf einen Blick durch den Raum. Er war schön, soweit ich das beurteilen konnte. Ich war mit Madame in Hotels gewesen, um ihr beim Auspacken zu helfen oder ihr Dinge zu bringen, wenn sie mich mit Besorgungen losschickte. Ich hatte aber nie wirklich in einem übernachtet.

Ein dunkler Teppich bedeckte den Boden. Eine Schiebetür trennte den Sitzbereich mit einer karamellbraunen Couch vom Schlafbereich mit einem Bett unter einer cremefarbenen Tagesdecke.

Ich öffnete den Minikühlschrank unter der Theke in der Küchenzeile. „Wasser?"

Kyllen nahm mir die Flasche eifrig ab und leerte sie in wenigen gierigen Schlucken. Er warf die leere Flasche beiseite und inspizierte den Raum mit einer nervösen Energie. Er blickte hinter den Flachbildfernseher, öffnete eine Schranktür und steckte dann seinen Kopf ins Schlafzimmer.

„Suchst du etwas?", fragte ich etwas verwirrt.

Er drehte sich zu mir um und stützte die Hände in die Hüften. „Sollte ein Gästehaus nicht eine Wassereinrichtung haben? Selbst in dieser trockenen, kalten Welt, in der Wasser verpackt und in geizigen Mengen verteilt wird?" Er nickte in Richtung der weggeworfenen Wasserflasche.

Eine Wassereinrichtung?

„Meinst du so etwas wie einen Brunnen?", konkretisierte ich.

„Einen Brunnen, einen Wasserfall, ein Becken … Irgendetwas."

„Oh, ein Badezimmer?" Ich öffnete eine Tür nahe dem Eingang. „Da ist es."

Ich machte das Licht an, um ein großes Badezimmer mit einer Wanne, einem Waschbecken und etwas, das wie zwei Toiletten aussah, zu beleuchten.

Kyllen schaute über meine Schulter hinein.

„Die Wanne ist leer", stellte er missbilligend fest.

„Na, dann lass sie uns füllen, Griesgram." Ich ging zur Wanne und drehte den Wasserhahn auf. Warmes Wasser strömte in einem kräftigen Strahl heraus. „Bitte schön."

Er stand neben mir und beobachtete, wie es lief. Mit vor der Brust verschränkten Armen wirkte er jetzt ruhiger.

„Sind die Badewannen in Nerifir immer voll?", fragte ich.

„Ich kann nicht für ganz Nerifir sprechen, aber in Lorsan hören die Wasserfälle nie auf zu fließen. Sie sind ein Teil der Feuchtgebiete, genau wie unsere Häuser." Er beugte sich vor, um seine Hand unter den Strahl zu halten.

„Ist es warm genug? Ich kann die Temperatur regulieren."

„Nein. Es ist perfekt." Er löste seinen Gürtel.

Mir fiel auf, dass daran eine leere Scheide befestigt war. Die beiden Gürtel über seiner Brust hatten auch jeweils eine Scheide auf seinem Rücken. Diese mussten vorher Waffen gehalten haben. Jetzt waren allerdings alle leer.

Er warf die Gürtel auf den Boden, streifte mit den Zehen seine Stiefel ab und zog seine Tunika aus der Hose.

„Kommst du mit rein?", fragte er mit einem neckischen Lächeln in seiner Stimme.

„Ich?" Ich blinzelte, als mir klar wurde, dass ich ihm beim Ausziehen zugeschaut hatte. „Gott, nein!"

Er lachte. „Ist es so eine abstoßende Vorstellung, mit mir zu baden?"

Ich war mir nicht sicher, was genau ich bei der Vorstellung, nackt mit ihm in die Wanne zu steigen, fühlte, aber es war definitiv keine Abscheu.

Mein Gesicht wurde heiß. Mein ganzer Körper fühlte sich unter meiner Kleidung zu warm an. Ich vergrub mein Kinn in meinem Schal und murmelte: „Nein ... Ich dusche nachher. Die Handtücher sind genau da." Ich zeigte auf das Regal mit einem Stapel sauberer Handtücher und stürzte zur Tür. „Ich muss gehen. Ruf mich, wenn du etwas brauchst ... oder nein, bitte tu das nicht."

Ich schloss die Tür und blockierte den Klang seines Lachens, dann lehnte ich mich mit dem Rücken dagegen.

Wir würden heute Nacht das Zimmer teilen. Seine Nähe gefiel mir und missfiel mir zugleich. Ich liebte das Gefühl, das in mir flatterte, meine Brust und meinen Bauch wärmte, aber es verunsicherte mich auch.

Einerseits war es mit Kyllen, als hätte ich einen Freund, den ich nie hatte. Ich konnte mit ihm scherzen und lachen und fühlte mich ihm näher, als ich mich je zu jemandem zuvor gefühlt hatte.

Andererseits erstickte mich in seiner Gegenwart oft die Unbeholfenheit und die Worte verließen mich. Ich hatte keine Ahnung, was ich sagen oder tun oder wohin ich überhaupt schauen sollte.

Ich beneidete seine selbstsichere Art. Es war nicht einmal *seine* Welt, aber er verhielt sich hier entspannter, als ich es je könnte.

Ich drückte meine Hände an meine Brust und ging zum großen Fenster im Sitzbereich. Lichter erhellten die dunkle Straße unten. Menschen eilten die Bürgersteige entlang. Autos hupten auf der Straße.

Ich sollte diesen Ausblick gar nicht sehen. Heute Abend hätte ich meine Aufgaben beenden und dann wieder einen Platz zum Schlafen finden sollen, nur um vor der Sonne am nächsten Morgen aufzustehen und wieder auf dem endlosen Rad dessen zu laufen, was früher mein Leben war – jeder Tag eine Spiegelkopie des vorherigen.

Es hatte etwas Tröstliches an sich, wie vorhersehbar die

Routine war. Das Unbekannte, dem ich jetzt gegenüberstand, war einschüchternd. Aber es war auch aufregend.

Ich wusste vielleicht nicht, was der morgige Tag bringen würde, aber zum ersten Mal in meinem Leben war ich frei, meine eigenen Entscheidungen zu treffen. Ich hatte heute etwas sehr Wichtiges vollbracht. Ich hatte die Menagerie gegen Madames Wünsche verlassen. Ich hatte auch ihren Gefangenen befreit. Ich hatte beide ihrer VIP-Acts befreit, Kyllen und Lero.

Ein langes Stöhnen kam aus dem Badezimmer mit einem Platschen von Wasser, als Kyllen sich in die Wanne getaucht haben musste. Ich lächelte und fragte mich, wie schön sich ein Bad für ihn anfühlen musste, nachdem er monatelang in dieser Kiste eingepfercht gewesen war.

Ich atmete tief ein, richtete meine Schultern auf und entfaltete meine Arme. Die Welt schien größer als je zuvor. Das Leben, das vor mir lag, war kein geschlossener Kreis mehr, sondern ein offener Weg, der im Nebel des Unbekannten verborgen war.

Es war beängstigend, sich auf diese neue Reise zu begeben, aber ich fühlte mich bereit. Und unglaublich, ich fühlte mich stark genug, um allem zu begegnen, was vor mir lag.

Neunzehn

AMIRA

Wir entschieden uns gegen den Zimmerservice. Kyllen traute dem Essen aus dem Hotel nicht. Stattdessen hatte ich den Stapel Papiermenüs durchgesehen, die wir in der Kommode unter dem Fernseher gefunden hatten. Ich fand heraus, wie man das Hoteltelefon benutzt, und bestellte unser Abendessen von einem nahegelegenen Restaurant.

Ich rief sogar an der Rezeption an und bat jemanden, für uns Zahnbürsten und andere Notwendigkeiten aus dem Hotelladen zu holen.

Während wir auf unsere Essensbestellung warteten, nahm ich schnell eine Dusche, putzte mir dann die Zähne und kämmte mein Haar.

Als das Essen kam, spürte ich einen Anflug von Stolz. Wir schafften es. Kyllen und ich konnten hier draußen in dieser seltsamen Außenwelt, von der keiner von uns viel wusste, für uns selbst sorgen. Noch heute Morgen waren wir ein Gefangener und eine Dienerin gewesen. Und jetzt waren wir frei und aßen Pasta und Obstsalat aus Pappbehältern.

Ich hatte die Pasta. Kyllen erklärte sie für zu trocken und

entschied sich stattdessen für das Obst. Zusätzlich zum Essen hatte ich für ihn einen ganzen Kasten Trinkwasser bestellt, und er hatte bereits einige Flaschen geleert.

Wir aßen auf dem Sofa sitzend. Ich faltete meine nackten Beine unter mich und verbarg sie unter dem Saum meines Sweatshirts. Es war lang wie ein Kleid an mir, und ich hatte mir nach der Dusche nicht die Mühe gemacht, die Hose anzuziehen.

Kyllen aß sein Obst, öffnete eine neue Wasserflasche und lehnte sich dann gegen die Armlehne des Sofas. „Erzähl mir mehr über den Ort, zu dem wir gehen."

Er hatte seine Gürtel, Stiefel und den einen verbliebenen Armschutz im Badezimmer gelassen. Er trug nur seine Hose, das lange, tunikaartige Hemd uneingesteckt und seine Kapuze. Barfuß sah er entspannt und erfrischt nach seinem Bad aus.

Als er seinen Kopf neigte, um einen Schluck zu trinken, lag der Rand seiner Kapuze flach an seinem Gesicht und verbarg den oberen Teil davon vor mir.

Ich jagte die letzten paar Nudeln in meinem Behälter mit einer Plastikgabel. „Paris. Es ist die Hauptstadt von Frankreich. Laut Lero gibt es einen Ort namens *Parc des Brouillards*, nicht weit von der Stadt entfernt. Das Portal befindet sich über dem Teich dort. Es öffnet sich nur für zwanzig Minuten früh am Morgen."

„Jeden Tag?"

„Ja."

„Vertraust du Lero?", fragte er. „Wer ist er?"

„Er ist ein Werwolf. Madame hielt ihn gefangen, ganz ähnlich wie dich."

Er stieß einen Atemzug aus und sah entsetzt aus. „Sie hat wirklich keine Scham."

„Nein, hat sie nicht", stimmte ich zu. „Ich bin froh, dass ich die Chance hatte, Lero zu befreien."

„Was, wenn er über das Portal gelogen hat? Damit du ihn freilässt?"

Ich nahm mir einen Moment, um das zu überdenken. Was

wusste ich wirklich über Lero? Nicht viel. Mein Vertrauen kam eher aus dem Herzen als aus Vernunft oder Logik.

„Er schien nett zu sein", sagte ich und war mir bewusst, wie naiv das klang. „Er gab mir die Adresse seines Hauses in Paris und bot mir an, von dort so viel Geld zu nehmen, wie wir brauchten."

„Also ist er in dieser Welt kein Fremder? Wie lange ist er schon hier und wie hat Madame ihre gierigen Hände an ihn bekommen?"

„Ich ... ich weiß es nicht." Ich wusste wirklich nichts über Lero, gar nichts. Das letzte Stück Pasta war schwer zu schlucken. Es blieb mir fast im Hals stecken.

Kyllen stellte seine Flasche auf den Tisch vor uns und lehnte sich zu mir. „Amira. Was, wenn alles eine Lüge ist? Oder noch schlimmer, eine Falle?"

Das war durchaus möglich. Nur ... ich *fühlte* einfach nicht, dass Lero so etwas tun würde.

„Ich habe keinen festen Beweis, dass er die Wahrheit gesagt hat, aber ich glaube, dass er es tat", sagte ich. „Die *Bracks* haben ihn nicht aus Nerifir entführt. Er kam aus eigenem Antrieb in diese Welt, also erinnerte er sich an den Ort des Portals. Er spricht mit französischem Akzent, was bedeutet, dass *Bracks* nicht die ersten Menschen waren, die er traf, als er hier ankam. Jeder *Brack*, den ich kenne, spricht Englisch. Und ..." Das war wahrscheinlich das albernste meiner Argumente, aber es fühlte sich für mich wie ein wichtiges an. „Er hat eine Frau, die er beschützt. Dorthin ging er, als ich ihn gehen ließ. Zu ihr."

Kyllen rieb sich die Stirn durch seine Kapuze. Zumindest lachte er nicht über meine Logik oder meine vertrauensvolle Natur.

„Nun, wir haben keine anderen Möglichkeiten. Wir können genauso gut nach Paris gehen und sehen, ob der Werwolf dir die Wahrheit gesagt hat. Wenn er Ghatas Gefangener war, stehen die Chancen gut, dass er auf unserer Seite ist, nicht auf ihrer." Er nahm einen Schluck aus seiner Flasche und leckte sich dann die

Lippen. Die Spitze seiner Zunge kam zum Vorschein. *Zwei* Spitzen.

Ich starrte, meine Hand mit der Gabel in der Luft erstarrt.

„Kann ich sehen?"

„Was sehen?", fragte er verwirrt.

„Deine Zunge."

War meine Forderung unangemessen? Unhöflich? Wahrscheinlich. Aber die Neugier überwältigte mich.

„Du willst, dass ich dir die Zunge rausstrecke?", fragte er trocken.

„Ja, bitte."

Er schüttelte den Kopf, offensichtlich nicht beeindruckt, streckte aber seine Zunge zwischen seinen Lippen heraus. Sie reichte über sein Kinn hinaus. Ein bisschen länger als die eines Menschen, ein bisschen schmaler, war sie dennoch von derselben rosa Farbe wie meine. Aber das Ende war gespalten, wie die Zunge einer Schlange. Die beiden zugespitzten Enden bewegten sich unabhängig voneinander.

„Wow." Ich ließ meine Hand mit der Gabel in meinen Schoß sinken. Von allen körperlichen Unterschieden zwischen uns schien die Zunge für mich am erstaunlichsten zu sein. Vielleicht weil ich sie tatsächlich sehen konnte, im Gegensatz zu seinen *Senties* zum Beispiel.

Er zog seine Zunge zurück und verbarg sie hinter seinen Lippen.

„Ich glaube, ich habe das seit meiner Kindheit nicht mehr getan", sagte er missbilligend und griff wieder nach seiner Wasserflasche. „Jemandem die Zunge rauszustrecken ist äußerst schlechtes Benehmen."

„Ich werde es niemandem erzählen", versicherte ich ihm mit einem Lächeln. „Hier. Ich zeige dir meine, wenn du dich dann besser fühlst."

Ich streckte meine Zunge heraus und wackelte mit der Spitze, obwohl sie sich im Vergleich zu seiner nicht annähernd so beweglich anfühlte.

Er neigte seinen Kopf zurück, um den unteren Teil meines Gesichts zu sehen, und erstickte plötzlich an seinem Wasser, hustend. Er schob die Flasche beiseite, lehnte sich vor und fasste mein Kinn zwischen seine Finger.

Ich zog schnell meine Zunge zurück und schloss meinen Mund.

Er fuhr mit seinem Daumen über meine Unterlippe. „Ich kann es kaum erwarten herauszufinden, was diese kleine Zunge alles kann.“

Seine Stimme war rau und tief, was seine Worte verboten klingen ließ. Ich spürte, dass er von Dingen sprach, die zu jener geheimnisvollen Welt des Sexes gehörten, von der ich so wenig wusste. Ich hatte keine Ahnung, welche Rolle eine Zunge dabei spielte.

„Was meinst du?“, fragte ich, den Atem anhaltend.

Er atmete aus, ließ mein Kinn los und rückte dann zurück, weg von mir.

„Eines Tages ...“, sagte er so leise, dass es unklar war, ob er überhaupt wollte, dass ich ihn höre, aber es klang fast wie ein Versprechen.

Zurückgelehnt an die Armlehne des Sofas, nahm er seine Wasserflasche und leerte sie. Dann öffnete er eine weitere und nahm einen langen Schluck.

Erst dann sprach er wieder. „Was hat dieser Werwolf noch über das Portal gesagt?“

„Das Portal?“ Ich bemühte mich, meine verstreuten Gedanken zu sammeln. „Oh ... Er sagte, dass man beim Reisen zwischen den Welten nie an derselben Zeit oder demselben Ort landet.“

„Was?“ Kyllen setzte sich gerader hin. „Was meinte er damit?“

„Wenn jemand eine Welt verlässt, entweder hier oder Nerifir, wird er nicht zur exakt gleichen Zeit oder an den gleichen Ort zurückkehren, wenn er zurückkommt. Außer den *Bracks* natürlich. Madame zieht sie immer zurück zu sich, egal was passiert. Wusstest du das nicht?“

Seine wohlgeformten Lippen pressten sich zu einer harten Linie zusammen. „Sollte ich das gewusst haben?"

„Nun, da Lero es wusste, dachte ich, vielleicht lehren sie solche Dinge in Nerifir?"

„Vielleicht tun sie das." Er biss sich auf die Lippe. Seine Eckzähne waren etwas länger und schienen schärfer als die von Menschen, die Spitzen schauten unter seiner Oberlippe hervor.

„Vielleicht haben deine Tutoren es in einer der vielen Lektionen behandelt, die du geschwänzt hast?", schlug ich vor. „Als du mit deinen Freunden weggelaufen bist, um auf Bäume zu klettern oder Wasserschlangen zu reiten?"

Er wirkte niedergeschlagen – ein fast achtzigjähriger Mann, der seine Lebensentscheidungen bereute.

„Du hättest in der Schule besser aufpassen sollen, Kyllen", sagte ich halb im Scherz.

Er stieß einen Atemzug aus und lehnte sich auf dem Sofa zurück. „Nun, das ... Das verändert die Dinge."

Das tat es, obwohl keiner von uns genau vorhersagen konnte, wie.

Er schob seine Hand unter seine Kapuze, um sich die Augen zu reiben. „Über einen anderen Ort mache ich mir nicht so große Sorgen. Es gibt Mittel, um Entfernungen zu überwinden. Aber eine andere Zeit ... Hat Lero dir gesagt, in welcher Zeit wir ankommen könnten?"

„Nein. Er sagte, es sei unmöglich, das vorherzusagen. Es könnten Jahrhunderte in der Vergangenheit sein, ein Monat in der Zukunft oder umgekehrt. Man kann es nicht wissen, bis man dort ankommt."

Er stützte seinen Ellbogen auf die Armlehne des Sofas und lehnte seine Stirn auf seine Hand. Seine Stille beunruhigte mich.

„Wie schlimm kann es sein?", fragte ich.

„Nerifir ist eine alte Welt", sagte er. „Das Leben verändert sich dort nicht schnell. Wir könnten Tausende von Jahren in der Vergangenheit landen, aber es wäre nicht sehr anders."

Das hatte ich mir aus den Geschichten gedacht, die er mir

erzählt hatte, aber seine offensichtliche Beunruhigung machte mir jetzt Sorgen.

Er nahm einen Schluck aus seiner Flasche. Ein Tropfen rollte von seinem Mundwinkel herab. Er streifte die harte Kante seines Kiefers, bevor er von dem weichen Material der Enden seiner Kapuze aufgesaugt wurde, die um seinen Hals gewickelt war, ähnlich wie mein Schal. Normalerweise war Kyllen außerordentlich vorsichtig, kein Wasser zu verschwenden. Er muss wirklich bestürzt sein, um den Tropfen entwischen zu lassen.

„Das Hauptproblem ist mein Titel." Er spannte seinen Kiefer an. „Das Zeitfenster, in dem der Thron des Hohen Lords mir durch Geburtsrecht gehört, ist kurz. Je weiter ich mich in beide Richtungen davon entferne, desto höher sind die Chancen, dass jemand ihn anfechtet. Zu weit in der Vergangenheit, und einer meiner Vorfahren wäre der Hohe Lord von Ellohi. Zu weit in der Zukunft, und jemand Neues würde auf meinem Thron sitzen. Ich mag das Recht haben, aber die Nachkommen einer anderen Blutlinie könnten bis dahin meine Position übernommen und zu ihrer eigenen gemacht haben."

„Ist es dir so wichtig, der Hohe Lord zu sein?"

Er lachte humorlos darüber. „Oh ja, das ist es, meine Freundin. Es ist mein rechtmäßiger Platz in meinem eigenen Zuhause. Es ist das Vermächtnis meines Vaters." Er ballte seine rechte Hand zur Faust und rieb nervös mit dem Daumen über seine Finger. „Der Hohe Lord zu sein, wird mir auch die Mittel geben, dich zu unterstützen und zu beschützen. Du wolltest vorher nicht mit mir kommen, aber du kannst nach allem, was heute passiert ist, nicht zu Ghata zurückkehren."

Ich hatte ihm nicht von meiner Entscheidung erzählt, mit ihm bis nach Nerifir zu kommen, aber er hatte richtig angenommen.

„Nein. Ich kann nicht zurück." Ich hatte diese Brücke niedergebrannt und noch keine Reue verspürt, außer wegen Radax ... Ein scharfer Schmerz durchbohrte meine Brust bei dem Gedanken an ihn. Ich atmete langsam aus und nahm mir einen

Moment, um mich zu fassen. „Du musst dir keine Sorgen um mich machen, Kyllen. Ich brauche nicht viel." Ich rückte näher und berührte sein Knie.

Er lächelte und bedeckte meine Hand mit seiner. „Oh, ich weiß, meine süße Erbse. Nur wünsche ich dir alles zu geben, was du verdienst, aber was dir im Leben verwehrt wurde. Du hast mich gerettet. Du hast meine Dankbarkeit verdient. Ich möchte dich in die schönsten Ballkleider kleiden, dich mit den feinsten Juwelen des Ellohi-Hofes schmücken und dir das köstlichste Essen geben, das Lorsan zu bieten hat."

Ich brauchte nichts davon, aber ich genoss jeden Tropfen Zuneigung, mit der er sprach.

„Als Hoher Lord", fuhr er fort, seine Stimme erfüllt von Stärke, „hätte ich auch die Macht, jeden zu vernichten, der auch nur *daran denkt*, dir zu schaden. Niemand würde es wagen, auch nur die Stimme gegen dich zu erheben."

Das war heftig.

„Wenn du sagst, dass ich sicher sein werde, meinst du das wirklich ernst, nicht wahr?"

Ein Mundwinkel hob sich höher zu einem selbstsicheren Lächeln. „Warum Dinge nur halb erledigen?"

Ich strich über seine Hand. Seine gemusterte Haut fühlte sich nach seinem Bad viel geschmeidiger an.

„Alles, was ich will, ist frei zu sein, Kyllen."

Sein Lächeln verdüsterte sich etwas. „Das ist ein weiterer Grund, warum ich der Hohe Lord sein muss. Freiheit ist in Nerifir nicht garantiert. Man muss die Macht haben, sie zu verteidigen."

Ich biss mir auf die Lippe und runzelte die Stirn. Sowohl Radax als auch Lero hatten von Nerifir als einem gefährlichen Ort gesprochen. Selbst aus Kyllens Geschichten hatte ich entnommen, dass Täuschung, Rivalität und Kriege dort ebenso zum Leben gehörten wie Schönheit und Magie. Aber ich war bereit, mit all dem umzugehen.

Er lehnte sich näher, drückte meine Hand in seiner. „Mehr als alles andere möchte ich, dass du eine Wahl hast, Amira. Hier ist die, die ich dir geben kann – du kannst hier bleiben –"

Ich konnte seinen Worten nicht glauben. Bleiben war nicht der Grund, warum ich aus der Menagerie geflohen war. Wofür ich Radax verletzt hatte ...

Ich sog scharf die Luft ein, bereit zu widersprechen, aber er hob seine Hand und stoppte mich.

„Du wirst nicht zu Ghata zurückgehen, Amira. Niemals. Aber du kannst hier bleiben, in dieser Welt. Ich werde bei dir sein, solange es dauert, bis du dich eingelebt hast. Wir haben etwas Geld, aber ich werde dir mehr besorgen – viel, viel mehr. Du wirst dir ein Haus aussuchen, das dir gefällt, überall in dieser Welt, wo auch immer du dich frei, sicher und glücklich fühlst. Ich werde dafür sorgen, dass du dir nie wieder Sorgen um Ghata machen musst."

„Und dann was?", fragte ich. „Dann wirst du gehen?"

Seine Brust hob sich, als er tief einatmete. „Ich kann nicht für immer hier bleiben. Lorsan ist meine Welt. Ich werde zurückkehren müssen und entweder meinen rechtmäßigen Platz einnehmen oder mir einen neuen schaffen."

Die Idee der Trennung schnitt wie ein Messer. Ich rückte näher zu ihm, passte meine Knie zwischen seine.

„Aber könntest du nicht stattdessen hier bleiben? Für immer? Wir könnten unser neues Zuhause zusammen auswählen. Ich habe gehört, Italien ist schön. Die Pasta mag für dich zu trocken sein, aber sie haben viel Obst. Und Wein. Trinkst du Wein?"

Er lächelte, schüttelte aber den Kopf. „Es geht nicht um den Wein –"

„Ich weiß, ich weiß", unterbrach ich ihn und versuchte verzweifelt, ihn zu überzeugen. „Wir können ein Haus finden, das groß genug für zwei ist. Du wirst mir Gute-Nacht-Geschichten erzählen. Und ich werde für dich die nassesten, feuchtesten Mahlzeiten kochen, die möglich sind. Suppen! Ich werde die besten Suppen aller Zeiten für dich machen."

Ich hatte Radax' Idee abgelehnt, mich außerhalb der Menagerie zu beschützen, weil ich wusste, dass er als *Brack* Madame nicht trotzen konnte. Sie hätte uns beide gefunden und getötet.

Aber mit Kyllen ... Sie hatte keine Kontrolle über ihn. Vielleicht hatten wir eine Chance? Nur mussten wir zusammenbleiben. Ich wollte nicht allein sein, egal wie wunderbar oder sicher ein Haus sein würde, das wir finden würden. Ich wollte mich nicht von ihm trennen.

Er fuhr mit seinen Händen an meinen Armen hoch. „Diese Welt ist nichts für mich, Amira. Ich werde hier nie glücklich sein. Ich kann mich nicht einmal genug darin wohlfühlen."

„Nun, das ist England. Manche sagen, es ist einer der düstersten Teile unserer Welt. Und es ist Ende Januar, die kälteste Zeit des Jahres. Aber es gibt andere Orte. Wärmere, sonnigere ... Wir können irgendwo am Ozean leben, wo es auch feuchter ist."

Er schüttelte den Kopf, und ich ballte meine Fäuste, kämpfte gegen Tränen, die drohten, mich zu überwältigen. Mit gesenktem Kopf starrte ich auf seine Brust und wünschte mir, ich könnte ihm direkt in die Augen schauen. Ich würde alles dafür geben, nur um sein Gesicht sehen zu können.

„In dieser Welt", sagte er düster, „könnte ich diese Kapuze niemals abnehmen, ohne zu riskieren, unschuldige Menschen zu töten. Verstehst du nicht, Amira? Ich mag nicht mehr in einer Kiste eingesperrt sein, aber ich kann hier nie wirklich frei sein."

Das Verlangen, frei zu sein, verstand ich nur zu gut. Er hatte Recht. Wenn er hier bliebe, wäre er gezwungen, seine Tage mit der Kapuze zu verbringen. Durchs Leben zu gehen, indem er von unter ihr auf die Welt spähte, ständig in Angst, versehentlich Menschen zu töten, sich als Folge davon vor ihnen zu verstecken – ich konnte ihm dieses Leben nicht aufzwingen.

„Dann nimm mich mit", hauchte ich. „So wie du gesagt hast, dass du es tun würdest."

Seine Schultern sackten nach unten.

„Das war, was ich fest vorhatte. Aber es wäre egoistisch von mir. Das sehe ich jetzt. Ich weiß nicht, wohin ich dich mitnehmen würde, Amira. Je nachdem, *wann* ich lande, habe ich vielleicht kein Zuhause, keinen Ort zum Bleiben und keine Mittel zum Leben."

„Wie würdest *du* dann überleben?"

„Ich bin ein Gorgone. Lorsan ist mein Zuhause. Ich bin auch jung, stark und habe einige nützliche Fähigkeiten. Wie auch immer, ich werde einen Weg finden, meinen Lebensunterhalt zu verdienen. Ich bin gut mit dem Schwert und kann ein Söldner werden. Mit den vierundzwanzig selbstbezogenen Hohen Lords im Königreich gibt es immer irgendwo einen Konflikt. Ich kann einer Armee beitreten und meinen Namen in Ruhm hüllen, wie ich es mir als kleiner Junge erträumt habe."

Ein Lächeln kehrte auf seine Lippen zurück. Seine Stimme floss sanft und beruhigend, genauso wie wenn er mir eine seiner Geschichten erzählt hatte. Nur dass diese eines Tages real sein könnte.

„Ich habe auch Fähigkeiten." Ich hob mein Kinn. Das stimmte. Ich hatte meine etwa zwanzig Jahre nicht umsonst verbracht. Ich hatte in meinem Leben einiges gelernt. „Ich kann kochen, putzen, mich um Tiere kümmern. Ich kann fahren ... Nun, ihr habt keine Autos in Nerifir."

Er kräuselte seine Lippe und deutete mit einer Handbewegung auf das Fenster, das zur Straße hinausging. „Diese stinkenden Dinger? Nein, Göttern sei Dank haben wir keine Autos. Warum sollten wir unsere wunderschönen Feuchtgebiete in den hässlichen grauen Albtraum verwandeln, der diese Welt ist?"

„Richtig. Nun, aber ich nähe auch ziemlich gut und kann Haare wunderschön stylen. Ich habe mein ganzes Leben lang einer Göttin gedient. Ich könnte mich sicherlich um eine Hohe Dame oder eine Prinzessin oder wen auch immer ihr in Lorsan habt kümmern. Und ..." Ich neigte meinen Kopf zur Betonung. „Weißt du, ich werde in der Lage sein, mit den launischsten, temperamentvollsten Frauen umzugehen, die deine Welt haben könnte."

„Daran zweifle ich nicht", sagte er mit einem schwachen Lächeln. Da war Stolz in seiner Stimme, der mich überall warm fühlen ließ. „Du hast genug Anmut und Geduld, um ein Königreich zu regieren. Aber was, wenn ich dich für Monate, vielleicht sogar Jahre verlassen muss, um in welchen Krieg auch immer zu ziehen, den der König zu führen beschließt?"

„Dann werde ich auf dich warten. Und ich werde sicherstellen, dass ich die beste Suppe aller Zeiten bereit habe, wenn du zurückkommst."

Er blieb stumm, ein Hauch eines Lächelns spielte auf seinen Lippen.

Ich zupfte am weichen Material seiner Tunika über seiner Brust und drehte es zwischen meinen Fingern, besorgt, dass ich ihn nicht überzeugt hatte, dass er vielleicht in seinem Geist nach dem besten Weg suchte, mich trotz allem zurückzulassen.

Ich musste es weiter versuchen.

„Du könntest in einer Zeit landen, in der dich noch niemand kennt, Kyllen, oder in der sich niemand mehr an dich erinnert. Du könntest völlig allein in deiner eigenen Welt gelassen werden. Aber wenn du mich mitnimmst, wirst du immer eine Freundin haben – jemanden, der deine Geschichte kennt und einen Teil deiner Geschichte teilt. Denn wir haben Dinge zusammen durchgemacht, Dinge, die uns näher gebracht haben, nicht wahr?"

„Oh, meine süße Amira." Er fuhr mit seinen Händen wieder an meinen Armen hoch. „Es ist der edle Teil von mir, der so sehr versucht, das Richtige zu tun und dich vor der Ungewissheit zu bewahren, der ich in Nerifir gegenüberstehen werde. Der selbstsüchtige und zugegebenermaßen viel größere Teil von mir hat längst beschlossen, dich zu behalten. Ich habe dich gerne um mich, und ich bin es nicht gewohnt, mir zu versagen, was ich genieße."

Ich richtete mich vor Erleichterung auf. „Also willst du, dass ich mitkomme?"

„Ist das, was *du* willst?", fragte er langsam und verlieh seiner Frage Gewicht.

Ich mag nicht immer sicher sein bei Dingen im Leben, aber bei diesem einen war ich mir sicher. „Ja."

„Wahrscheinlich wärst du der einzige Mensch in ganz Lorsan", warnte er.

Das störte mich nicht. Selbst mit anderen Menschen um mich herum hatte ich mich immer als Außenseiter gefühlt. „Nicht viel anders als in der Menagerie, oder? Ich war auch dort der einzige Mensch."

Er blieb ernst. „Hast du irgendwelche Fragen zur Welt von Lorsan? Gibt es etwas, das du wissen möchtest?"

Mein Kopf schwirrte noch vom Überzeugen. Ich konnte meine Gedanken noch nicht sammeln, um Fragen zu stellen.

„Du hast mir so viel über Lorsan erzählt. Manchmal habe ich das Gefühl, als wäre ich schon dort gewesen."

„Nun, es ist schön, warm und feucht, im Gegensatz zu dieser Welt." Er schnaubte mit einem Schaudern.

Das Wetter war meine geringste Sorge.

„Versprich mir nur eines, Kyllen."

„Alles, was du willst, meine Liebe."

„Versprich mir, dass wir, egal was passiert, immer Freunde bleiben werden. Versprich mir, dass ich dir immer vertrauen kann."

Seine Hände auf meinen Schultern, brachte er seinen Mund an mein Ohr.

„*Nur* Freunde zu bleiben ist nicht in meiner Absicht, süße Erbse." Seine Stimme gewann wieder diese gefährlich verführerische Note, die als Antwort einen Schwall von Hitze durch meinen Körper sandte. „Also kann ich dir das nicht versprechen. Aber ich werde dir ein Versprechen geben."

Er nahm mein Gesicht in seine Hände und lehnte sich so nah, dass der Rand seiner Kapuze die Spitze meiner Nase streifte. Sein warmer Atem fächerte über meine Haut und kitzelte meine Lippen.

„Ich verspreche, dass, egal wo ich bin oder was ich tue, es immer einen Platz für dich an meiner Seite geben wird. Solange ich lebe, werde ich alles in meiner Macht Stehende tun, damit du ein Dach über dem Kopf und Essen auf dem Tisch hast.

Und sollte ich vor dir sterben, wirst du das Recht auf alles haben, was mir gehört, für den Rest deines Lebens." Während er sprach, verhärtete sich seine Stimme und gewann eine Schwere, die mir Schauer über den Rücken jagte. „Möge ich den Rest meiner Tage aufgespießt auf einem Pfahl im Garten der Verfluchten verbringen, wenn ich dieses Versprechen breche."

Schwere Stille senkte sich über uns, nachdem der Klang seiner letzten Worte verklungen war. Ein Gefühl, dass wir nicht allein waren, kam mit ihr. Die Präsenz von etwas Großartigem, aber Gefährlichem wirbelte um uns herum. Gänsehaut kribbelte auf der Haut meiner Arme.

„Was ist passiert?", flüsterte ich halb. Laut zu sprechen fühlte sich plötzlich wie Gotteslästerung an. „Warum fühlt es sich so ... intensiv an?"

Noch immer mein Gesicht zwischen seinen Händen haltend, fuhr er mit seinen Daumen entlang meiner Wangenknochen. „Ein Fae kann ein Versprechen nicht brechen. Ich habe mich gerade lebenslang an dich gebunden. Das wäre *intensiv* in Bezug auf Verpflichtung, findest du nicht?"

Das unheilvolle Gefühl hatte sich endlich gehoben. Damit war auch was auch immer im Raum präsent gewesen war, verschwunden.

„Also", sagte ich in einem leichteren Ton und versuchte, die Reste des Unbehagens abzuschütteln. „Heißt das, du planst, in der Nähe zu bleiben?"

„Von jetzt an habe ich wirklich keine Wahl mehr." Ein Mundwinkel kräuselte sich zu einem halben Grinsen. „Niemand will als Versprechensbrecher sterben, glaube mir." Er schob seine Hände höher und vergrub seine Finger in meinem Haar. „Schließ deine Augen", forderte er plötzlich.

„Warum?"

„Ich will meine Kapuze abnehmen. Ich muss mehr von dir sehen, als ich mit ihr sehen kann."

Er legte eine Hand über meine Augen und zog mit der

anderen seine Kapuze herunter. Er sagte nichts, aber ich spürte, wie er mich anstarrte, und ich hielt still.

Die Stille wurde jedoch zu lang für mich, um sie zu ertragen. „Was siehst du, Kyllen?", fragte ich.

Er legte die andere Hand an die Seite meines Gesichts, dann schob er beide Handflächen nach oben, seine Daumen über meinen Augenlidern, um sie geschlossen zu halten.

„Kannst du für mich lächeln, Amira? Bitte?"

Er fragte so süß, dass das Lächeln, das auf meine Lippen sprang, echt war.

„Ich habe dich nie lachen gehört." Er klang nachdenklich. „Ich habe darauf gewartet, es zu hören, als ich in dieser Kiste eingesperrt war. Ich habe versucht, dich zum Lachen zu bringen, aber du hast es nie getan."

Ich konnte mich nicht an das letzte Mal erinnern, als ich gelacht hatte. „Ich ... ich tue das nicht wirklich."

„Ich denke, ich sollte meinem Versprechen noch einen Teil hinzufügen. Ich werde dich eines Tages zum Lachen bringen, selbst wenn das das Letzte wäre, was ich tun würde."

Breit lächelnd öffnete ich meine Lippen, um zu antworten, aber ich bekam keine Chance. Kyllens Duft kam näher. Die Luft um mich herum verschob sich, erwärmte sich mit der Wärme seines Körpers. Dann berührten seine Lippen meine.

Er küsste mich!

Ich erstarrte, unfähig zu atmen. Mein Körper versteifte sich, während meine Seele emporstieg.

Er neigte meinen Kopf ein wenig, seine Lippen bewegten sich schneller, begierig. Sicherlich würde er spüren, dass ich keine Ahnung hatte, wie ich ihn zurückküssen sollte. Ich musste das beenden, bevor ich mich blamierte. Aber ich wollte nicht, dass dieser Kuss endete. Ich dachte nicht, dass ich mich bewegen könnte. Doch irgendwie endeten meine Hände in seiner Tunika verkrallt, zogen ihn näher.

Etwas Heißes pulsierte in meiner Brust. Vielleicht war es mein explodierendes Herz? Denn es fühlte sich sicherlich an, als wäre ich gestorben und schwebte irgendwo, wo es keine Wände oder Decke gab, kein Oben oder Unten, nur Kyllens Hände, die mein Gesicht umfassten, und sein Mund, der meinen verschlang.

Seine Finger hielten mich fest an Ort und Stelle, seine Daumen über meinen Augen. Aber dann spürte ich eine andere Berührung. Viele Berührungen. Ein Dutzend ...*Finger* streichelten mein Haar, streiften die Haut meines Gesichts, glitten unter meinen Schal, um meinen Nacken zu liebkosen ...

Ich riss meinen Kopf zurück, nach Luft schnappend.

Kyllen lehnte sich mir nach, weigerte sich loszulassen.

Ich ließ sein Hemd los und stützte meine Hände hinter mir auf das Sofa.

„Kyllen ...“, keuchte ich. „Was war das? Ich muss sehen ...“

Seine Stirn gegen meine gepresst, zischte er: „Nur ... Gib mir einen Moment.“

Mit einem tiefen Atemzug bedeckte er meine Augen mit einer Hand und benutzte die andere, um seine Kapuze wieder aufzusetzen. „Du kannst nicht *sehen*, mein süßes Mädchen. Ich werde es nicht riskieren.“

Er ließ seine Hand von meinen Augen gleiten, dann strich er mit seinem Daumen entlang meiner Unterlippe. Sie fühlte sich heiß und geschwollen an nach seinem Kuss.

Ich drückte einen Finger auf meine Lippen. „So fühlt es sich also an, geküsst zu werden.“

Ich hatte mich so lange gefragt, und jetzt wusste ich es. Es stellte sich heraus, dass es alles war, was ich mir je vorgestellt hatte, und so viel mehr. Mein Herz raste immer noch und sandte Feuerwerke durch meinen Körper.

„Amira.“ Kyllen klang seltsam zurückhaltend. „War das dein erster Kuss?“

Oh nein. War es so offensichtlich gewesen, dass ich keine Ahnung hatte, was ich tat? Hitze schoss in meine Wangen.

Er ließ mich los, sank zurück gegen das Sofa und murmelte: „Große Schlange, hilf mir.“

Ich verdrehte eine Ecke meines Schals zu einem festen Seil in meinen Fingern. „Habe ich etwas falsch gemacht?"

„Du hast nicht ..." Kyllen zögerte, was ungewöhnlich für ihn war. Mit dem Daumen entlang seines Kiefers fahrend, neigte er seinen Kopf. „Du warst noch nie mit einem Mann zusammen, oder?"

„Nein. Es gibt keine Männer außer den *Bracks* in der Menagerie. Das weißt du."

Er stand vom Sofa auf. Seine Hände in seine Kapuze schiebend, rieb er seinen Nacken, während er ein paar ziellose Schritte hin und her machte. Er wirkte unruhig ... nein, regelrecht bestürzt.

„Kyllen. Was ist los?"

Er blieb abrupt stehen, sank dann vor mir auf die Knie. Seine Hände zusammenfaltend, ließ er sie in meinen Schoß fallen.

„Du hast Recht", sagte er und blickte nach unten, als spräche er mit seinen Händen. „Ich hätte es wissen müssen. Ich habe einfach nie wirklich innegehalten, um darüber nachzudenken. Es gibt Männer *außerhalb* der Menagerie. Einer oder zwei von ihnen könnten attraktiv genug für dich gewesen sein, um–"

„Kyllen, es tut mir leid, aber wovon redest du? Nein, es gab keine Männer für mich – attraktiv oder anderweitig. Du bist der Erste, der mich je geküsst hat. Und jetzt–" Ich lehnte mich vor und schloss ihn in eine Umarmung, dann ließ ich ihn schnell los. „Da, jetzt bist du der einzige Mann, den ich je umarmt habe, außer Radax. Was Männer betrifft, ist alles zum ersten Mal für mich." Ich legte meine Hände auf seine Schultern. „Denkst du, das ist ein Problem?"

Ich mochte ihn. Sehr sogar. Aber wenn meine Unerfahrenheit ihn störte, konnte ich nichts dagegen tun.

Er hob seinen Kopf, genug für mich, um seinen Mund zu sehen. „Ich sage dir, was es ist. Ich bin achtundsiebzig Jahre alt–"

„Du siehst gut aus für dein Alter", witzelte ich, was ihn zum Lächeln brachte, was der Sinn der Sache war.

„Ich hatte viele ... Begegnungen. Fae sind im Allgemeinen

Geschöpfe, die Vergnügen lieben. Wir laufen nicht davor weg. Ich sicher nicht.“

„Das hätte ich auch nicht erwartet.“ Ich machte mir keine Illusionen. Kyllen hatte dreimal so lange in dieser Welt gelebt wie ich, und er würde noch Jahrhunderte nach meinem Tod am Leben sein. Er hatte mir nicht sein Herz versprochen, nur seine Fürsorge und seinen Schutz. „Ich verlange nichts mehr von dir als das, was du mir bereits gegeben hast. Alles, was ich will, ist ein Freund, dem ich vertrauen kann.“

„Oh, aber siehst du, ich will definitiv mehr als nur einen Freund in dir. Früher oder später werde ich auch mehr als nur einen Kuss wollen.“

Meine Lippen kribbelten immer noch von seinem letzten Kuss, aber ich hätte nichts gegen einen weiteren. Ich war definitiv nicht abgeneigt gegenüber „mehr“, was auch immer er damit meinte.

„Warum ist das eine schlechte Sache?“, fragte ich leise und hoffte, dass er mit seiner Kapuze auf mein heftiges Erröten nicht bemerken würde.

„Schlecht? Nein ... Ich ...“ Kyllen kämpfte offensichtlich um Worte, was ich mich nicht erinnern konnte, dass er es je zuvor getan hatte. „Hör zu. Jungfräulichkeit ist nichts, was mein Volk lange behält. Es gibt keinen Grund, daran festzuhalten. Ich verlor meine an eine der Hofdamen meiner Mutter. Ich war in meinen Teenagerjahren, und sie war ... nun, älter als ich. Nach ihr gab es viele andere. Die Leute am Hof meines Vaters lieben es zu feiern und ... nun ja, zu ficken. Ich war noch nie mit einer Jungfrau zusammen. Ich glaube nicht, dass ich je eine in meinem Alter gesehen habe. Ich war sicherlich nie jemandes erster Kuss oder erste Berührung oder überhaupt das erste Irgendetwas. Es gab immer viele andere vor mir.“

„Und? Warum ist es so eine große Sache für dich, *mein* Erster zu sein?“

„Weil ich nicht weiß, was ich tun soll!“ Er warf seine Hände dramatisch in die Luft. „Es fühlt sich wie eine enorme Verantwortung an. Was, wenn ich es für dich vermassele?"

Ich lachte.

Das Problem war nicht ich, es war er. Kyllen war endlich auf etwas gestoßen, das ihn aus dem Gleichgewicht brachte und sein Selbstvertrauen erschütterte.

„Dann gibt es etwas Neues für uns beide", sagte ich.

Ehrlich gesagt war es eine Erleichterung, ihn so zu sehen. Er hatte seine eigenen Unsicherheiten, mit denen er umgehen musste, was uns in gewisser Weise gleich machte.

Ich umarmte seine breiten Schultern und gab ihm einen Kuss auf die Wange. Er legte seinen Kopf auf meine Schulter.

„Zumindest habe ich dich endlich zum Lachen gebracht", murmelte er.

Ich konnte einen weiteren Lachanfall nicht unterdrücken. „Das hast du."

Zwanzig

KYLLEN

Amira versteckte ein Gähnen, während sie den kleinen Tisch nach ihrem Abendessen abräumte. Sie hatten einen langen Tag gehabt, und sie war offensichtlich erschöpft.

Auch für ihn war es anstrengend gewesen. Diese neue Welt erwies sich als überwältigend mit ihrem unaufhörlichen Lärm, der kalten Luft und den fremden Gerüchen. Die Fahrzeuge hier, nicht durch Magie angetrieben, erzeugten Gestank und ohrenbetäubendes Rattern. Alles war generell laut und nervtötend, einschließlich der Menschen. Nur die Farben blieben langweilig und trist.

„Zeit, etwas Ruhe zu bekommen." Er ging in Richtung Schlafzimmer.

Offenbar schliefen Menschen in Betten – ein rechteckiges stand in der Mitte des Schlafbereichs. Das war ihm nicht völlig unbekannt. Hochgeborene Werwölfe in Sarnala lebten in Schlössern, erbaut aus Stein und Mörtel, ähnlich den menschlichen Behausungen in dieser Stadt, und sie schliefen in erhöhten rechteckigen Betten.

Das Bett war groß genug für sie beide, um eine erholsame Nacht zu haben. Amira blieb jedoch neben dem Sofa stehen.

„Ist etwas nicht in Ordnung?" Er hielt inne.

„Geh du nur vor." Sie winkte ab. „Ich bleibe hier, auf dem Boden ... oder dem Sofa."

Na, das ging aber gar nicht.

Er setzte sich ans Fußende des Bettes und starrte durch die offenen Türen zu ihr hinüber. Ohne ihr Gesicht zu sehen, war es manchmal schwierig, sie zu verstehen. „Ich fürchte, ich brauche eine Erklärung, Zuckerschote. Ist es das Bett oder die Vorstellung, es mit mir zu teilen, was dich abstößt?"

„Ich bin nicht abgestoßen ... ich bin nur ..." Sie rang mit den Händen, offensichtlich beunruhigt, was ihn sehr störte.

Er wünschte, sie in eine Umarmung zu ziehen und alles, was sie beunruhigte, verschwinden zu lassen. Nur wäre sie zu packen in dieser Situation vielleicht nicht der beste Weg. Er befürchtete, sie dadurch noch mehr zu beunruhigen.

„Ich schlafe nicht in Betten", sagte sie.

„Oh, ich weiß sehr gut, wie du schläfst, Liebste." Er stand auf und schlenderte zu ihr hinüber. „Du verbringst die Nacht neben mir, während ich dir eine Geschichte erzähle. Ab und zu pausiere ich, um sicherzugehen, dass du noch zuhörst, und du fragst mich: ‚Und dann?' Also erzähle ich weiter, bis ich schließlich nur noch dein tiefes Atmen höre, wenn du endlich einschläfst."

Er kam nahe genug, dass ihre Zehen auf dem Teppich sich berührten, dann hob er den Kopf, um sie ganz bis zu ihrer Nase zu sehen. Sie biss sich auf die Lippe. Als er jedoch ihre Hand berührte, zog sie sie nicht weg.

„Heute Nacht muss nicht anders sein als all die anderen Nächte, die wir Seite an Seite verbracht haben, Amira." Er neigte den Kopf. „Bitte sag mir nicht, dass du es vorziehst, wenn ich in einer Kiste wäre."

„Nein. Nein, ich will keine Kiste", protestierte sie leidenschaftlich. „Es ist nur das Bett ... und die Decken. Ich benutze keine Bettwäsche. Ich muss meine Kleidung anbehalten ..." Sie griff nach ihrer formlosen Hose auf dem Stuhl.

„Wer sagt denn, dass du sie nicht anbehalten kannst?" Er nahm die Hose und reichte sie ihr.

Er hätte sie gerne nackt gehabt. Die Vorstellung, dass sie neben ihm schlief, ohne die Holzwand der Kiste zwischen ihnen, kitzelte in seiner Brust mit Aufregung. Zu seiner Freude breitete sich das Gefühl diesmal auch tiefer als seine Brust aus.

Ein schwacher Funke der Lust war endlich tief in seinem Bauch aufgeflackert, als er sie geküsst hatte. Jetzt glühte er stärker und ließ seinen Schwanz zucken. Er fühlte sich endlich hydriert genug, um wieder vollständig ein Mann zu sein.

Aber heute Nacht ging es nicht um seine Lust. Er wünschte sich, dass sich Amira n seiner Nähe genauso wohl fühlte wie damals, als er in dieser dummen Kiste saß. Und er war bereit, so lange zu warten, wie es dauern würde.

Sie hatte ihm Geduld beigebracht, etwas, das vorher niemand geschafft hatte.

Amira drückte ihre Hose an ihre Brust.

„Komm." Er führte sie zum Bett. „Schlaf angezogen. Auf der Decke, wenn du willst. Ich werde definitiv darunter gehen. Sonst wäre es zu kalt für mich."

Sie plumpste aufs Bett. Mit gesenktem Kopf zog sie schnell ihre Hose und Socken an.

Er setzte sich neben sie und hüpfte ein paarmal auf der Matratze, um ihre Weichheit zu testen.

„Dieses Bett ist sowieso nicht so bequem", beschwerte er sich. „Ehrlich gesagt, ist es wahrscheinlich nicht viel anders als der Lumpenhaufen, auf dem du früher geschlafen hast."

Ein Lächeln umspielte ihre Lippen. Sie legte eine Hand auf die Matratze zwischen ihnen. „Es ist weicher als alles, worauf ich je zuvor geschlafen habe."

„Großartig." Er packte ihre Beine und drehte sie, sodass ihre Füße auf der Matratze lagen.

Sie quietschte und umarmte ihre Knie.

„Da hast du's." Er verschränkte die Arme vor der Brust und bewunderte ihren Anblick in seinem Bett. „Es ist nicht so schlimm, oder?"

Sie rutschte hin und her und zog ihre Knie näher an die Brust. „Es ist in Ordnung." Sie klang jetzt ruhiger, ihre Haltung entspannter, was ihn freute.

Ihm wurde klar, dass er sich genug um diese Frau sorgte, dass seine Feinde sie als Waffe gegen ihn benutzen könnten. Wenn Ghata ihre *Bracks* hinter ihnen herschickte, war seine größte Sorge, dass sie Amira erwischen würden. Denn es gab wenig, was er nicht für ihre Freiheit und ihr Glück tun würde.

Natürlich blieb er selbst die größte Bedrohung für sie.

„Kann ich bitte deinen Schal haben?", fragte er.

„Wozu brauchst du ihn?"

„Ich muss deine Augen verbinden, nur für den Fall."

Er wusste, dass sie häufig Alpträume hatte. Er hatte sie vorher schon im Schlaf schluchzen und wimmern gehört. Sie würde mit einem Keuchen aufwachen und sich danach hin und her wälzen, manchmal stundenlang. Dass sie vollständig bekleidet schlief, ging, wie er vermutete, nicht nur um Anstand. Sie hatte kein Zuhause, in dem sie sich sicher fühlen konnte, keinen Ort, an den sie gehörte. Ihre Kleidung war sowohl ihr Schutzschild als auch ihre Kuscheldecke geworden.

Wie eine Erbse ihre Schote hatte, hatte Amira ihre Schichten von weiten Hemden und ihren Schal, um sich vor allen realen und vorstellbaren Schrecken zu verstecken.

„Meine Kapuze bleibt vielleicht nicht auf, wenn ich schlafe", erklärte er. „Falls wir beide mitten in der Nacht aufwachen, möchte ich sichergehen, dass wir uns nicht versehentlich ansehen."

„Oh, okay." Sie wickelte ein Ende des Schals von ihrem Hals ab.

Er nahm ihn ihr ab und band ihn über ihre Augen, wobei der Rest des Schals um ihren Hals blieb, wie sie ihn gewöhnlich trug.

„Das ist besser." Er riss seine Kapuze ab und entfaltete und streckte seine *Senties*. Sie ständig zu einem Knoten gerollt zu halten, war unnatürlich und anstrengend gewesen.

Amira blieb in sitzender Position. Sie war ein Bild zum Festhalten – ihr Kopf nach hinten geneigt, ihre rosigen Lippen leicht geöffnet, ihre Augen verbunden. Mit der Augenbinde war sie völlig seiner Gnade ausgeliefert.

Ihr Vertrauen in ihn überwältigte ihn. In seiner Welt war Vertrauen oft eine Währung, nie freiwillig gegeben. Er hatte niemanden getroffen, der so leicht vertraute wie Amira.

Doch anstatt das auszunutzen, fühlte er sich ihr gegenüber unglaublich beschützend. Eine Frau wie sie würde an einem Ort wie Lorsan einen starken Beschützer brauchen. Mehr als alles andere wünschte er sich, ihres Vertrauens würdig zu sein.

Ihre Lippen bettelten praktisch um einen Kuss. Er überlegte, einen zu stehlen, und spürte, dass sie nichts dagegen hätte. Aber er hatte nicht gelogen, als er sagte, dass er keine Ahnung hatte, was er mit jemandem so Unerfahrenem wie ihr tun sollte.

Für ihn war Liebe machen so natürlich wie Atmen. Und bis jetzt war er mit seinen Partnerinnen immer auf Augenhöhe gewesen. Sex war wie ein Tanz. Jemand mochte führen, aber bei jedem seiner Begegnungen folgte die andere Seite selbstbewusst durch jeden Schritt.

Was passierte, wenn einer der Partner die Schritte nicht kannte? Beim Tanzen würde es Stolpern geben, auf die Füße treten, über Füße stolpern und schließlich in ein Durcheinander fallen.

Er wollte mit Amira nicht fallen. Mit ihr wollte er in die Höhe steigen. Aber wie konnte sie ihm sagen, was sie von einem Mann wollte, wenn sie noch nie mit einem zusammen gewesen war?

Also küsste er ihre Stirn und führte sie zum Kissen, vollständig angezogen, wie sie war. Er zwang ihr die Decken nicht auf. Vielleicht fand sie die Decken einschränkend. Vielleicht fühlte sie sich darunter wie gefangen. Was auch immer es war, er ließ sie in Ruhe.

„Kyllen", sagte sie. „Müsste ich in Lorsan ständig meine Augen geschlossen halten?"

„Am Anfang, ja. Aber nicht für immer." Er konnte sie nicht zwingen, ihr Leben mit verbundenen Augen zu verbringen. „Es gibt Mittel, damit du uns sehen kannst."

„Wie Spiegel?"

„Nein. Etwas Besseres. Ich werde es für dich besorgen, gleich nachdem ich sichergestellt habe, dass wir genug zu essen und eine zuverlässige Unterkunft haben." Er ging zu seiner Bettseite und setzte sich.

Egoistisch wünschte er sich, sie zu behalten, egal was passiert. Aber er musste ehrlich zu ihr sein. Sie musste vollständig informiert sein, um ihre eigenen Entscheidungen zu treffen. Sie musste wissen, was sie erwarten würde.

„Es wird ein Schleier sein, Amira", gestand er.

„Was meinst du?" Sie drehte sich zu ihm, obwohl sie ihn nicht sehen konnte.

„Ein Schleier aus Spinnenseide aus dem Himmelreich. Unsere besten Kunsthandwerker weben ihre Magie hinein, damit andere uns unbeschadet sehen können. Schleier werden hauptsächlich von Kaufleuten und ausländischen Würdenträgern benutzt." Er zog sich aus und kroch unter die Decke. „Es wird ein Schleier sein. Du wirst ihn Tag und Nacht tragen müssen, bis zu deinem Tod."

Er wollte sie behalten, aber er konnte sie nicht in ein Leben locken, das sie später bereuen könnte.

„Ich könnte ihn nie abnehmen?", fragte sie. „Nicht einmal, wenn ich allein bin?"

„Selbst wenn du denkst, du bist allein, bist du es vielleicht nicht. Jemand könnte dich durch eine Tür oder ein Fenster erblicken. Ein kleiner Fehler kann dich dein Leben kosten. Solange du in Lorsan bleibst, wird es für dich nie vollständig sicher sein, ihn abzunehmen."

Sie stützte sich auf ihren Ellbogen auf dem Kissen. „Nun, dann werde ich eben einen Schleier tragen."

Er rückte näher zu ihr, zu diesem Zeitpunkt mehr wegen der

Wärme als aus irgendeinem anderen Grund. Die Bettwäsche war kalt – trocken und kalt wie der Rest dieser Welt.

„Bist du sicher, dass du das kannst? Du wirst die Welt ständig durch das feine Netz aus Seide sehen.“

Ein Lächeln huschte über ihre Lippen, als sie sich zurück aufs Kissen legte. „Ich habe das Leben an mir vorbeiziehen sehen durch die staubige Leinwand von Madames Zelten. Ein Seidenschleier wäre eine Verbesserung, meinst du nicht? Ich kann damit leben, solange ich frei bin.“

Sie streckte ihre Hand über die Decken nach ihm aus, und er kam ihr auf halbem Weg entgegen, verschränkte seine Finger mit ihren. Sie blieben ein paar Minuten so liegen. Sie schien nicht zu schlafen, und er fragte sich, woran sie dachte.

„Kyllen?“ Ihre Stimme war leise, kaum hörbar und so voller Schmerz, dass es ihn alarmierte. „Wie lange dauert es normalerweise, bis ein *Brack* … aufwacht?“

Sie machte sich Sorgen um den *Brack*, auf den sie geschossen hatte. Sie sagte, er sei so etwas wie eine Familie für sie, als ob ein B*brack* ohne eigenen Verstand für irgendjemanden eine Familie sein könnte. Einsamkeit konnte anscheinend die seltsamsten Bindungen fördern.

„Es wird ihm gut gehen“, versicherte er ihr, dann fügte er hinzu, da er spürte, dass sie mehr brauchte, „Er wird sich an nichts aus der Zeit erinnern, in der er ‚tot‘ war. Es ist wie tiefer Schlaf. Er wird vielleicht eine Weile danach Kopfschmerzen haben. Aber das ist alles.“

Gorgonen konnten nicht ertrinken, aber sie erreichten einen beinahe toten Zustand, wenn sie längere Zeit unter Wasser blieben. Er war einmal am Boden eines Flusses gefangen gewesen und wusste genau, wie sich das anfühlte.

„Er wird mich vergessen.“ Ihre Stimme zitterte, und er drückte ihre Hand fester.

Der *Brack* würde sie mit Sicherheit vergessen. Es war ein Wunder, dass er überhaupt irgendwie Zuneigung für sie empfunden hatte. Aber Kyllen musste sie trösten.

„Ist es nicht besser so?", fragte er. „Ist es nicht besser für ihn, zu vergessen, als jemanden zu vermissen, den er nie wiedersehen wird?"

Sie stieß einen langen, schweren Seufzer aus. „Ich nehme an, es ist besser. Für ihn."

Er strich mit dem Daumen über ihre Knöchel, während sie wieder still wurde. Nach einer Weile wurde ihr Atem gleichmäßiger.

Auch seine Augenlider fielen zu.

„Bist du zu müde, um mir eine Geschichte zu erzählen, Kyllen?", fragte sie und ließ ihn die Augen wieder öffnen.

Er unterdrückte ein Gähnen. „Vielleicht eine kurze? Worüber möchtest du, dass ich dir erzähle?"

„Ich möchte mehr über diese Frau wissen. Die Hofdame, die dir deine Jungfräulichkeit genommen hat."

„Ähm ..." Diese Bitte machte ihn sprachlos. Diese Begegnung war zu lange her und offensichtlich nicht so beeindruckend gewesen, da er sich nicht viel daran erinnerte. „Warum? Was willst du über sie wissen?"

„Hast du sie geliebt?"

„Was? Nein." Er rutschte unbehaglich hin und her, wobei die steifen Laken unangenehm an seiner Haut rieben. „Hör zu, wie wäre es stattdessen mit einer netten, lustigen Geschichte darüber, wie ich gelernt habe, mit einem Bogen zu schießen?"

Sie gähnte und bedeckte ihren Mund mit der Hand.

„Okay", stimmte sie zu, glücklicherweise ohne auf einer „Liebesgeschichte" von ihm zu bestehen. „Kannst du mit einem Bogen schießen?"

„Ich kann es, wenn ich muss, aber es ist nicht meine bevorzugte Waffenwahl. Lass mich dir erzählen, warum."

Sie waren beide müde und brauchten etwas Ruhe. Es musste eine sehr kurze Geschichte sein. Glücklicherweise würde es nicht lange dauern, ihr zu erzählen, wie er versehentlich seine sehr hochnäsige Tante in ihren Hintern geschossen hatte. Die Frau hatte so viele Röcke an, dass die Pfeilspitze nie durch alle hindurchgedrungen war. Das hatte seinen Vater nicht davon abgehalten, Kyllen zu bestrafen, indem er ihn für zwei Tage in sein Zimmer einschloss, was eine echte Qual gewesen wäre, hätte er sich nicht in der Minute aus dem Fenster geklettert, in der die Tür abgeschlossen worden war.

„Unter einer Bedingung", warnte er.

„Welche Bedingung?" Sie klang so bezaubernd schläfrig.

„Du musst mit mir kuscheln", sagte er und fügte schnell hinzu, „Wegen der Wärme. Es ist eiskalt hier drin und, du weißt schon-"

Sie kicherte, ohne ihn ausreden zu lassen, und hob ihren Arm in einer einladenden Geste. „Komm her, Kyllen."

Er umarmte sie, und sie schmiegte sich an seine Brust, ihre Arme umeinander geschlungen. Er unter den Decken. Sie darauf. Er nackt. Sie vollständig bekleidet.

Und er wusste bereits, dass diese Nacht seinen alten Rekord für seine beste Nacht in dieser Welt schlagen würde.

Einundzwanzig

KYLLEN

Er wachte auf, hielt aber seine Augen geschlossen. Amira lag neben ihm, seine Arme um sie geschlungen.

Der pochende Druck zwischen seinen Beinen kündigte eine Morgenerregung an – etwas, das er eine Weile nicht mehr erlebt hatte. Offensichtlich hatte er letzte Nacht genug Wasser getrunken, damit das passieren konnte. Das Bad hatte sicherlich auch geholfen. Er bewegte seine Hüften, aber das Reiben an der Decke machte es nur schlimmer.

Vorsichtig streckte er einen *Sentie* bis zum Kopfende des Bettes aus und ließ ihn seine Augen öffnen.

Das Blickfeld eines *Senties* war klein. Nur einen von ihnen zu benutzen, war, als würde man den Raum mit einer Taschenlampe beleuchten, anstatt das Deckenlicht einzuschalten. Aber es reichte aus, um zu sehen, dass Amiras Schal noch fest um ihren Kopf gebunden war und ihre Augen bedeckte. Er stützte sich auf seinen Ellenbogen und betrachtete sie.

Selbst mit diesem grauen Schal, der einen großen Teil ihres Gesichts verdeckte, war sie wunderschön. Sie hatte keine Ahnung, wie hinreißend sie war, und das könnte ein großer Teil ihrer

Anziehungskraft sein. Sie war aufrichtig, jemand, dem er am Hof seines Vaters nie begegnet wäre.

Sie bewegte sich. „Kyllen?“

„Hm“, summte er leise.

„Du starrst mich an, oder? Ich kann deinen Atem direkt über meinem Gesicht spüren.“ Sie grinste, und er konnte sich nicht beherrschen.

Er beugte sich näher und küsste ihre Lippen. Selbstbeherrschung war nie eine seiner stärksten Eigenschaften gewesen. Und in ihrer Nähe wurde sie stark auf die Probe gestellt.

Sie erwiderte seinen Kuss mit einem leisen Keuchen, ohrfeigte ihn aber nicht und zog sich auch nicht zurück.

Seine *Senties* zitterten vor Eifer, sie zu berühren, aber er hielt sich zurück und erinnerte sich daran, wie sie reagiert hatte, als er sie zuvor mit ihnen berührt hatte.

Amira fuhr mit ihren Händen seine Arme hinauf zu seinen Schultern. Sie umfasste seinen Nacken und ließ dann ihre Finger zum Hinterkopf wandern. Ihre Hände streiften die Basis mehrerer *Senties* und sandten einen Schub der Erregung in seinen Schritt. Und er konnte sich nicht mehr zurückhalten. Er ließ seinen *Senties* freien Lauf.

Sie versanken in ihrem Haar und füllten seine Sinne mit ihrem Duft und der Empfindung ihrer seidigen Textur. Er wickelte die *Senties* um ihre Finger und Hände und kostete ihre Haut. Er glitt mit einem entlang ihrer Wange und in ihren Schal, ließ die Spitze über die warme, zarte Haut ihres Halses gleiten. Dort war ihr Duft am stärksten, und er genoss jeden Hauch davon.

Sie ließ seinen Kopf los, und er brach den Kuss ab, aus Angst, er hätte sie erschreckt.

Aber sie bewegte sich nicht weg. Mit noch immer geöffneten und nach seinem Kuss glänzenden Lippen fuhr sie mit den Fingern einen seiner *Senties* entlang und verbreitete angenehme Schauer über seine Haut. Er unterdrückte ein Stöhnen.

„Ist es das, was du unter deiner Kapuze versteckst?“ Ihre

Stimme enthielt keine Angst oder Abscheu, nur Neugier. Sie war ein neugieriges kleines Ding.

„*Senties*", erklärte er. „Das ist einer von vierundzwanzig, die ich habe."

Sie wickelte ihn um ihr Handgelenk, während ihre Finger einen anderen streichelten. Es war das sinnlichste, Amira dabei zuzusehen, wie sie mit seinen *Senties* spielte. Er stöhnte erneut, diesmal offen.

„Fühlt sich das gut an?", fragte sie.

„Sehr gut." Er stieß mit seinen Hüften in ihre Richtung. Er war so hart, dass es sicherlich durch die Decken zu spüren war.

„Oh." Sie ließ seine *Senties* los und befreite ihr Handgelenk. „Entschuldige … ich wusste nicht."

Große Schlange, er wollte nicht, dass sie loslässt. Er wollte, dass sie weiter mit seinen *Senties* spielt, dass er ihren Körper damit erforschen kann, innen und außen. Aber sie hatte sich bereits wegbewegt und stieg nun aus dem Bett, wobei sie sich an der Wand festhielt, um sich in ihrer Blindheit zu orientieren.

„Warte." Er sprang ebenfalls aus dem Bett, zog sich dann seine Tunika über den Kopf und setzte seine Kapuze auf. „Du kannst deine Augen jetzt öffnen. Es ist sicher." Er wickelte seine *Senties* ordentlich in der Kapuze zusammen und zwang sie, sich zu beruhigen.

„Okay." Sie nahm den Schal von ihrem Kopf und stand auf der anderen Seite des Bettes, ihm zugewandt. „Oh." Sie räusperte sich, und ihm wurde klar, dass sie wahrscheinlich auf seinen Schritt starrte.

Das Zelt, das er dort aufgebaut hatte, war wahrscheinlich groß genug, um Ghatas gesamte Menagerie zu beherbergen. Es gab nichts, was er dagegen tun konnte, außer es in seine Hose zu stopfen, was er tat, seine Erektion, die Tunika und alles.

Amira beschäftigte sich damit, das Bett zu machen. „Wir sollten gehen. Es ist keine gute Idee, zu lange am selben Ort zu bleiben, wenn die *Bracks* sicher hinter uns her sind."

Sie hatte einen guten Punkt. Nicht, dass er vorhatte, in diesem Hotel zu verweilen.

„Wir können in der Stadt frühstücken", sagte sie. „Dann überlegen wir uns den besten Weg nach Frankreich."

Er schaute sehnsüchtig zur Badezimmertür. Es hatte sich göttlich angefühlt, gestern Abend seinen ganzen Körper in eine Wanne mit Wasser zu tauchen. Er wünschte, er könnte es wieder tun, anstatt sich den beißenden Winden draußen zu stellen. Aber Amira hatte recht. Je früher sie sich auf den Weg machten, desto schneller würden sie ihr Ziel erreichen. Die Bäder in Lorsan waren sowieso den Angeboten dieser Welt weit überlegen.

„Du hast nicht vor, heute zu spielen, oder?" fragte Amira leise, als sie ihr Zimmer verließen.

„Nein. Wir haben genug Geld. Richtig?" Er hatte in jedem seiner Stiefel einen Stapel Papiergeld versteckt. Amira versteckte den Rest in den Taschen ihres Sweatshirts, die scheinbar bodenlos waren. „Außerdem glaube ich nicht, dass sie mich noch einmal Roulette spielen lassen würden, und ich kann Kartenspiele nicht für einen sicheren Gewinn manipulieren."

„Dann sollten wir wahrscheinlich die Treppe hinunterschleichen, anstatt den Aufzug zu nehmen."

Er hörte Besorgnis in ihrer Stimme, und Angst. Sie hatte Angst vor den erbärmlichen menschlichen Männern, die gestern Abend versucht hatten, ihn zu betrügen. Natürlich wären sie enttäuscht, dass er ihnen die Chance genommen hatte, ihm sein Geld abzuluchsen. Es bestand die Möglichkeit, dass sie versuchen würden, ihn daran zu hindern, das Gebäude zu verlassen.

Nicht dass es ihn interessierte. Aber Amira war besorgt.

„In Ordnung. Nehmen wir die Treppe." Er ließ sich von ihr zu einer Treppe führen, dann hinunter zu derselben Tür, durch die sie gestern Abend mit Rourke eingetreten waren.

Als er seine Hand auf den Griff der Tür zur Gasse legte, öffnete sich am Ende des Flurs eine andere Tür.

„Hey, Kumpel, gehst du schon?" Rourke eilte in ihre Richtung. Er war nicht allein. Drei ebenso zwielichtige Gestalten flankierten ihn auf beiden Seiten. „Hast du nicht versprochen, heute mit uns Karten zu spielen?"

Versprechen war ein starkes Wort. Er gab nicht leichtfertig Versprechen, weil für einen Fae die Strafe für deren Bruch zu groß war. Er hatte Rourke nie wirklich etwas versprochen. Er hatte ihn vielleicht in dem Glauben gelassen, dass er ihm eine Chance geben würde, seine Gewinne zurückzubekommen, aber er hatte sicherlich nicht die Absicht, das zu tun.

„Ich habe gelogen", sagte er einfach.

Rourke spuckte auf den Boden. „Nun, das war nicht sehr nett von dir, oder?"

Kyllen zuckte mit den Schultern und würdigte den Mann keiner verbalen Antwort.

„Dann müssen wir unser Geld eben auf andere Weise zurückholen." Rourke nickte seinen Komplizen zu, und sie bewegten sich auf Kyllen und Amira zu. „Zusätzlich zum Bargeld nehme ich deine andere Manschette." Rourke grinste. „Als Entschädigung für meine Enttäuschung." Er lachte laut.

Kyllen zuckte bei dem Geräusch zusammen, dann schlug er dem ersten Mann, der auf ihn zustürmte.

Der Mann flog ein paar Schritte zurück und traf mit Wucht auf die Wand. Kyllen hatte seine Kraft nicht zurückgehalten. Warum sollte er? Er war zu gereizt, um nett zu sein. Es war ihre Schuld – ihn zu verärgern, bevor er überhaupt gefrühstückt hatte.

„Scheiße." Rourke starrte seinen Freund an, der auf dem Boden lag. Während er seine Lederjacke zurechtzupfte, zog der Mann ein Messer aus seiner Tasche.

Ein anderer schlich sich hinter Amira.

„Tut, was Rourke gesagt hat!", schrie er und packte sie. „Oder sie wird dafür bezahlen."

Amira keuchte entsetzt auf. Der Mann umfasste ihre Kehle und erstickte jeden Laut von ihr. Sein anderer Arm packte sie um die Mitte und drückte beide Arme an ihren Oberkörper.

Kyllens Ärger verwandelte sich in glühend heißen Zorn.

Dieses niedere Leben wagte es, Hand an das zu legen, was ihm gehörte.

Dieser Mensch verdiente es zu sterben.

„Schließ deine Augen, Amira", knirschte er zwischen den Zähnen. „Halte sie geschlossen, egal was du hörst."

Sie gab ein ersticktes, zustimmendes Geräusch von sich und schloss ihre Augen.

Er riss seine Kapuze herunter.

Aber er wollte den Abschaum nicht einfach nur töten. Er wollte ihnen das Leben aus dem Leib erschrecken.

Er breitete seine *Senties* in einem weiten Heiligenschein um seinen Kopf aus – wild und wellenförmig. Er senkte seinen Kopf und starrte den an, der Amira festhielt. Mit einem Ruck seiner *Senties* richtete er ihre Augen, alle achtundvierzig, ebenfalls auf den Angreifer.

Fünfzig tödliche, goldene Gorgonenaugen starrten direkt in die zwei menschlichen. Die Farbe wich aus den Iris des Mannes, blasses Blau wurde durch Granitgrau ersetzt. Das Grau breitete sich aus, sickerte in seine Haut, Haare und Kleidung. Ein lebender, atmender Mensch verwandelte sich vollständig in toten Stein, weniger als eine Sekunde nachdem er in Kyllens Augen blickte.

Langsam bewegte er seinen tödlichen Blick weiter zu Rourke.

„Was zum –" Die Worte erstarrten auf Rourkes Lippen, als seine Zunge zu Stein wurde.

„Hey –" Ein weiterer.

„Ugh –" Und noch einer.

Einer nach dem anderen waren alle vier tot. Keiner war weggelaufen. Menschen fliehen normalerweise vor Gefahr, *nachdem* sie zumindest einen Blick auf die Gefahr geworfen haben. Und ein Blick war alles, was Kyllen brauchte.

Wut durchströmte ihn immer noch. Schläge auszuteilen hätte vielleicht etwas davon abgebaut. Mit einem Blick zu töten war bei weitem nicht so befriedigend. Aber sie hatten es gewagt, Amira zu bedrohen. Er musste schnell mit ihnen fertig werden.

„Amira?" Er wickelte seine *Senties* schnell zusammen und zog seine Kapuze wieder auf.

Sie war in den unbeugsamen Armen der Statue gefangen. Ihre Augen waren so fest geschlossen, dass die Haut um sie herum zerknitterte und vor Anstrengung blass wurde.

„Braves Mädchen, " dachte er liebevoll.

„Halte deine Augen geschlossen, meine Süße." Er ließ seine Stimme weich und beruhigend klingen, während er näher kam.

Die kalten, grauen Finger der Statue umklammerten fest ihren Hals. Sie konnte kaum dagegen schlucken.

Er brach sie einen nach dem anderen ab und wünschte, der Mensch wäre noch am Leben und könnte spüren, wie jeder seiner Finger brach.

„Wie kann er es wagen?" kochte Kyllen innerlich. *„Wie kann diese erbärmliche Entschuldigung für einen Mann es wagen, ihren zarten Hals zu berühren?"*

„Danke ..." Sie schnappte nach Luft, sobald er ihren Hals befreit hatte.

Er riss die ganze Hand ab, dann brach er den Arm, der sie um die Mitte hielt.

„Amira ..." Er riss sie an sich.

In einem Wutanfall trat er nach dem, was vom Menschen übrig geblieben war, der sie gefangen hatte. Die Statue krachte zu Boden und explodierte beim Aufprall zu Staub und Stücken. Der Stein mochte wie Granit aussehen, aber er war brüchiger als die meisten in der Natur vorkommenden Felsen. Fleisch war kein solides Material, selbst wenn es zu Stein verhärtete.

Amira atmete schnell, sog die Luft in kurzen, flachen Atemzügen ein. Ihr Herz hämmerte gegen seine Brust, die an ihre gepresst war.

„Sind sie ... weg?", keuchte sie.

Er küsste ihr Haar über der Schläfe. „Ja. Du kannst deine Augen jetzt öffnen."

Mit einem Arm um ihre Schultern führte er sie zwischen den

im Tod erstarrten Körpern hindurch. Sie klammerte sich an ihn und verbarg ihr Gesicht in seinem Ärmel.

Brutal kalter Wind begrüßte sie draußen und rauschte durch den dünnen Stoff seiner Tunika. Ein heftiger Schauer durchlief seinen Körper.

„Es muss einen Ort in dieser Stadt geben, wo sie Mäntel verkaufen", murmelte er unter seinem Atem.

„Willst du shoppen gehen?", zitterte Amiras Stimme leicht.

„Wozu ist Geld gut, wenn man es nicht ausgeben kann?" Er zog sie enger an sich.

Zum einen hielt sie beide ein wenig wärmer, wenn er sie festhielt.

Und zum anderen hatte er ihr einen Platz an seiner Seite versprochen, und er begann zu denken, dass genau dort ihr Platz war.

Zweiundzwanzig

AMIRA

Ich fragte den Taxifahrer nach einem Ort zum Frühstücken und nach einem Kleidungsgeschäft. Er brachte uns zur Oxford Street und gab uns beides. Unterwegs fragte ich ihn nach der besten Möglichkeit, nach Paris zu kommen, und er zählte hilfsbereit die Optionen auf – vom Flugzeug über den Zug bis zur Fähre.

Die Kleidungsgeschäfte waren noch geschlossen. Also beschlossen wir, in einem kleinen Café zu frühstücken und zu warten, bis sie öffneten.

Die Kellnerin warf Kyllen einen neugierigen Blick zu und verweilte bei seiner Kapuze.

„Er kann nicht ... ähm, schauen, wissen Sie", murmelte ich als Entschuldigung für ihn. Das war keine Lüge. Kyllen konnte sie nicht anschauen. Wenn er es täte, wäre sie tot.

Mitgefühl erwärmte ihr freundliches Gesicht. „Oh, ich verstehe." Sie nickte und führte uns zu unserem Tisch. „Hätten Sie gerne eine Speisekarte in Brailleschrift?" Sie nahm offensichtlich an, dass er blind sei.

„Oh nein. Danke. Ich bestelle einfach für ihn."

Als sie uns kurz darauf unsere Getränke brachte – einen Kaffee für mich und eine Teekanne mit einer Tasse für Kyllen – stellte ich ihr auch ein paar Fragen zum Transport. Da ich kein Handy oder Internetzugang hatte, nutzte ich hilfsbereite Fremde, um Informationen zu bekommen. Glücklicherweise war die Welt voller freundlicher Menschen, die bereit waren zu helfen. Das Café war nicht übermäßig voll, und die Frau schien gerne zu plaudern.

Als sie ging, lehnte ich mich über den Tisch zu Kyllen, „Ich glaube, ein Zug oder eine Fähre wäre besser als ein Flugzeug, aber es gibt bei beidem Komplikationen.“

„Wie zum Beispiel? Welche Komplikationen?“

„Nun, wir überqueren die Grenze zu einem anderen Land. Sie werden uns nach Ausweisen, Pässen, irgendwelchen Reisepapieren fragen.“ Ich hatte keine. Madame hatte nie Probleme, ihre Einrichtung in jedes gewünschte Land zu transportieren, mich eingeschlossen. Ich vermutete, dass sie dafür Magie benutzte.

„Ein Flugzeug ist eine fliegende Maschine?“, fragte er.

Ich nickte.

„Dann schlage ich vor, wir nehmen einen Zug.“ Kyllen klang nicht übermäßig besorgt. Er nippte an seinem Tee, beide Hände zur Wärme um die Tasse gelegt. Wir mussten ihm winterliche Kleidung besorgen, sobald die Geschäfte öffneten. Der arme Kerl fror offensichtlich.

„Warum den Zug?“

„Weil ich, wenn ich den Motor eines Zuges manipuliere, nicht riskiere, dass er vom Himmel stürzt wie ein Flugzeug oder wie eine Fähre sinkt.“ Das war ein sehr überzeugendes Argument für den Zug.

„Ich befürchte, wir kommen vielleicht gar nicht erst an Bord, damit du überhaupt etwas manipulieren kannst.“

„Warum denn? Wir haben genug Geld, um die Tickets zu kaufen, oder?“

Das hatten wir auf jeden Fall. Das Problem war nicht das Geld, sondern das Fehlen von Dokumenten.

„Sie kontrollieren die Reisepapiere der Passagiere, glaube ich. Pässe und so. Das machen sie, wenn Leute die Grenze zu einem anderen Land überqueren."

„Wie überprüfen sie das?"

„Ich bin mir nicht sicher, aber ich glaube nicht, dass du bei diesem Prozess irgendetwas manipulieren kannst. Es ist nicht so einfach wie beim Roulette-Rad."

„Warum nicht?" Er hob herausfordernd das Kinn. „Solange irgendeine Art von Mechanismus beteiligt ist, kann ich ihn so funktionieren lassen, wie es mir passt."

„Die meisten Geräte, die heutzutage verwendet werden, sind elektronisch, nicht mechanisch. Sie funktionieren durch das Senden elektrischer Signale, nicht durch Federn und Hebel."

Er stellte seine Tasse ab und lehnte sich langsam zurück, die Schultern breit auseinander. Er sah aus, als hätte ich ihn gerade persönlich beleidigt und er würde gleich eine Verteidigung starten.

„Schau, ich wollte nicht-", begann ich zu erklären, aber er ließ mich nicht ausreden.

„Gib mir ein Beispiel für ein elektronisches Gerät."

„Nun ..." Ich schaute mich im Raum um. „Die zwei Mädchen am Tisch dort am Fenster." Er drehte sich in die Richtung und folgte meiner Geste zu den beiden Teenagern mit Handys. „Sie benutzen Smartphones, die elektronisch sind." Ich wusste sehr wenig über die tatsächliche Funktionsweise eines Smartphones. Ich hatte selbst nie eines besessen. Ich wusste auch nicht viel über die Unterschiede zwischen Mechanik und Elektronik. Aber ich wusste, dass es nicht dasselbe war.

Kyllen drehte den Kopf und ließ seinen Blick unter der Kapuze über das Café schweifen.

„Was ist mit diesem Ding?" Er deutete mit dem Kinn auf das Gerät, das die Kellnerin einem Kunden gab, um eine Kreditkartenzahlung abzuwickeln. „Ist das elektronisch?"

„Sicher", sagte ich, nicht sehr überzeugend. Ich hatte nie eine

Kreditkarte benutzt. Madame fand Bargeld einfacher zu verfolgen und zu kontrollieren.

Als die Kellnerin mit unserer Bestellung zurückkam – ein Eiersandwich für mich und eine Schale mit Obst und Joghurt für Kyllen – zeigte er auf das Zahlungsgerät in der Tasche ihrer Schürze.

„Darf ich mir dieses Gerät ansehen?", fragte er höflich.

Sie blinzelte ihn mit einem schockierten Gesichtsausdruck an, und ich fühlte mich als Lügnerin entlarvt, weil ich sie glauben ließ, er sei blind. Schweigend überreichte sie ihm das Gerät, behielt es aber im Auge.

„Hm." Er drehte es zwischen seinen Fingern. Der Bildschirm des Geräts leuchtete kurz auf und erlosch dann wieder. „Interessant." Er gab der Frau das Gerät zurück, die sich prompt entfernte. „Ein merkwürdiges Ding."

Ich ließ meine Schultern sinken und fühlte mich niedergeschlagen. Madames *Bracks* könnten hinter uns her sein. Inzwischen müssten die „versteinerten" Körper von Rourke und seinen Kumpanen entdeckt worden sein. Was, wenn jemand ihre Tode mit Kyllen in Verbindung brachte? Vielleicht hatten wir auch Rourkes Leute auf den Fersen. Vielleicht sogar die Polizei.

Wir mussten aus dieser Stadt raus, aber wie?

„Siehst du", sagte ich zu Kyllen. „Elektronische Geräte sind anders."

„Das sind sie." Er nippte an seinem Tee und lehnte sich in seinem Sitz zurück. „Sie sind viel einfacher."

„Einfacher?", starrte ich ihn an. „Wie das?"

„Es gibt keine Teile zum Manipulieren. Alles, was ich tun muss, ist Signale zu senden. Kein Wunder, dass es in Nerifir keine elektronischen Zahlungsmaschinen gibt. Sie wären nutzlos, da sie so leicht von jedem manipuliert werden könnten."

„Aber woher weißt du, welche Signale du senden musst?"

„Das weiß ich nicht. Ich weiß nur, was es tun soll, und ich lasse es geschehen. Unsere Rechnung ist übrigens bezahlt." Er grinste.

„Welche Rechnung? Die Café-Rechnung? Fürs Frühstück?"

Er nickte, pflückte eine Erdbeere aus seiner Schale und warf sie sich in den Mund.

„Aber mit welchem Geld?", fragte ich mich.

„Kein Geld." Er zuckte mit den Schultern. „Ich habe es einfach als bezahlt markiert. Siehst du jetzt, wie dumm diese Elektronik ist?"

„Aber das Café-Management wird es herausfinden."

„Vielleicht. Irgendwann. Wenn wir längst weg sind."

Ich kaute auf meiner Lippe. „Das ist falsch."

Er schnaubte. „Gut." Er holte zwei Fünfzig-Pfund-Noten aus seinem Stiefel und warf sie auf den Tisch. „Ist es jetzt richtig?"

Es war besser, als Essen zu stehlen.

„Okay." Ich nickte und biss von meinem Sandwich ab, besänftigt.

Er aß seinen Joghurt schnell auf und bestellte dann eine zweite Kanne Tee. Obwohl seine Augen unter der Kapuze verborgen blieben, spürte ich seine Aufmerksamkeit an mir durch die Art, wie sein Kopf erhoben war, als ob er versuchte, so viel wie möglich von mir zu sehen, unterhalb der Augenhöhe.

„Warum versteckst du dein Haar?", fragte er unerwartet.

„Warum ist das wichtig?", murmelte ich, von seiner Frage überrumpelt.

„Ich bin neugierig."

Niemand hatte mir diese Frage je zuvor gestellt, aber ich kannte die Antwort. Es war, weil ich alles von mir versteckte, was ich konnte, einschließlich meines Haares. Die meiste Zeit wünschte ich, ich könnte auch den Rest von mir verstecken.

Natürlich konnte ich ihm das nicht sagen, ohne zu riskieren, dass er mich für einen Freak hielt, wie so viele Leute es taten.

„Es ist lang", sagte ich stattdessen und trank meinen Kaffee. „Es stört. Besonders wenn ich arbeite."

„Wie lang ist es?" Da war etwas in seiner Stimme, das meine Wangen warm werden ließ, und ich senkte meinen Blick auf meine Kaffeetasse.

„Lang." Ich schluckte.

Er würde nicht aufgeben. „Kann ich alles davon sehen?"

„Jetzt? Hier?"

„Ich habe Haar nie aus der Nähe gesehen, bevor ich dich traf. Nie welches berührt."

„Wirklich?" Das sollte nicht überraschend sein. Gorgonen hatten kein Haar. Nur *Senties*, was auch immer das genau war. „Also ..."

Ich schaute mich um, um sicherzustellen, dass niemand uns beobachtete. Die wenigen Leute an den Tischen im Café waren entweder mit ihren Handys oder mit ihren eigenen Gesprächen beschäftigt.

„In Ordnung." Ich zupfte an meinem Zopf und zog ihn hinter meinem Schal und meinem Kapuzenpullover hervor. Geflochten reichte er ein wenig unter meine Taille. Ungeflochten ... nun, ich trug mein Haar nie offen.

„Darf ich?" Er lehnte sich über den Tisch und nahm das Ende des Zopfes von mir.

Er zog das Gummiband ab und löste gut ein Drittel des Zopfes auf. Von Natur aus wellig, behielt mein dunkles Haar die gekräuselte Form des Zopfes bei, den ich gemacht hatte, als es nach der Dusche letzte Nacht noch feucht war.

Er fuhr mit seinen langen Fingern durch die Strähnen. „Es ist viel weicher als die Mähne eines Pferdes."

Das brachte mich zum Lächeln. „Das hoffe ich doch. Fühlt es sich komisch an?" Es war schließlich völlig neu für ihn.

„Es kitzelt ... auf eine ziemlich aufregende Weise." Er packte die Enden in einer Faust und drehte sein Handgelenk, den Zopf um seinen Unterarm wickelnd. Er zog daran und brachte mein Gesicht näher an seines.

„Kyllen", hauchte ich gegen seine Lippen.

„Ich liebe es", krächzte er in einem rauen Flüstern.

Ich neigte meinen Kopf, was den Zug an meinen Haarwurzeln verstärkte. Meine Kopfhaut prickelte und brannte leicht. Es fühlte sich seltsam ... aufregend an, genau wie er gesagt hatte.

„Magst du es?", murmelte er, als wären wir ganz allein im Raum. „Magst du es, wenn ich mit deinem Haar spiele?" Er bewegte seinen Arm und ließ mich meinen Kopf so drehen, wie es ihm gefiel.

Es war bizarr, so völlig seiner Gnade ausgeliefert zu sein, wie eine Marionette an einer Schnur. Gleichzeitig fühlte ich mich kontrollierter als je zuvor. Ich hatte mein Leben lang nach dem Willen anderer gelebt, ohne ein Mitspracherecht bei dem, was mit mir geschah. Mit Kyllen war es anders. Ich wusste, egal was er tat, er sorgte sich darum, was ich dachte und fühlte.

„Lass mich los", sagte ich leise, nur um zu testen, ob er es tun würde.

Er lockerte seine Faust und ließ mein Haar los. Mein durcheinandergebrachter Zopf löste sich von seinem Arm und fiel auf den Tisch.

„Hab ich dir Angst gemacht?" Er blitzte mir ein selbstsicheres Grinsen zu. „Auf eine gute Weise, hoffe ich."

Gab es eine gute Art, Angst zu haben?

Ich nehme an, die gab es, aber nur, weil ich ihm vertraute. Das Echo der kleinen Stiche an meiner Kopfhaut breitete sich in Wellen der Freude über meinen Hals und meine Arme aus.

Er spielte mit den Enden meines Haares auf dem Tisch zwischen uns. Ich beobachtete, wie seine geschickten Finger es schnell wieder zu einem ordentlichen Zopf flochten.

„Für jemanden, der vorher nie Haare gesehen oder berührt hat, bist du ziemlich gut darin, sie zu flechten."

„Ich bin gut in vielen Dingen", prahlte er schamlos. „Das ist nur eine der Möglichkeiten, ein Seil zu machen." Er schnappte das Gummiband an, um die Enden zu fixieren, dann wedelte er mit dem Zopf in der Luft zwischen uns, um seine Arbeit zu demonstrieren. „Siehst du?"

„Danke." Ich glitt mit dem Finger über seine Knöchel. Das dunkle Netzmuster darauf war fast verschwunden. Nur Spuren davon waren noch sichtbar, wenn er seine Hand auf eine bestimmte Weise ins Licht drehte.

„Deine Haut fühlt sich weicher an", stellte ich fest.

„Hm", stimmte er zu. „Das Bad gestern Abend hat geholfen. Egal wie viel ich trinke, die Luft in dieser Welt ist zu trocken, um mich richtig mit Feuchtigkeit zu versorgen. Das Eintauchen in die Wanne hat es mir ermöglicht, endlich genug zu trinken."

„Zu *trinken*? Meinst du, du hast das Badewasser getrunken?"

Er lachte über meine Verblüffung. „Ja, durch meine Haut, die Feuchtigkeit aus der Luft aufnimmt. Sie saugt sie wie ein Schwamm auf, was unsere Haut geschmeidig und weich macht." Er streichelte mit seinen Fingern über meine. „Es ermöglicht auch eine viel bessere Wahrnehmung durch Berührung."

„Tatsächlich?" Ich atmete aus, fasziniert von seiner Liebkosung.

„Für uns ist Berührung sogar wichtiger als Sicht." Er schloss seine Finger um meine Hand und drückte sie sanft. „Meine Hände können mir oft mehr sagen als meine Augen."

„Wie? Was kannst du durch das Berühren meiner Hand erkennen?"

„Im Moment? Dass dir kalt ist." Er brachte meine Hand für einen schnellen Kuss an seine Lippen. „Was überhaupt nicht überraschend ist. Es ist eisig hier, sogar drinnen."

„In Ordnung." Ich nahm meine Hand von ihm, um meinen Zopf wieder in meinen Kapuzenpullover zu stecken. „Lass uns gehen und dir ein paar warme Kleider besorgen. Ich kann es nicht ertragen, dich so elend zu sehen."

Dreiundzwanzig

AMIRA

Wir verbrachten einige Zeit in einem Herrenbeklei-
dungsgeschäft, auf der Suche nach genau dem richtigen
Kaschmirpullover und Wollmantel für Kyllen. Nachdem wir
gefunden und gekauft hatten, was ihm gefiel – einen wolkenwei-
chen, olivgrünen Pullover und einen hellbraunen, langen Mantel
– schleifte er mich in eine nahegelegene Damenboutique.

Ich schnappte mir den ersten schlichten schwarzen Mantel
und war bereit zu gehen, aber Kyllen ließ mich nicht.

„Ich brauche nichts anderes“, argumentierte ich. „Mir wird es
darin warm genug sein.“

„Du brauchst vielleicht nichts anderes, aber gibt es etwas, was
du *willst*?“

„Will?“ Ich blickte zögernd im Laden umher. Weiche Stoffe,
schimmernde Besätze, sanfte Pastellfarben – so viele begehrens-
werte Dinge. „Was bringt das, Kyllen? Ich kann nichts davon
mitnehmen.“

Er stützte die Hände in die Hüften.

„Wenn du nicht planst, den Fluss der Nebel nackt zu überqueren – wogegen ich übrigens nichts einzuwenden hätte – wirst

du irgendetwas tragen müssen. Warum nicht Kleidung, die dir gefällt und die du selbst ausgesucht hast?" Er deutete diskret auf meine schlabbrige Kleidung. „Etwas, das besser zu dir passt als das hier."

Ich betrachtete mein Spiegelbild zwischen zwei Gängen kritisch. Eine dürre Person, bei der nicht klar war, ob männlich oder weiblich, steckte in einem formlosen Haufen schwarzer und grauer Baumwolle und starrte zurück.

„Na gut. Ich könnte mich wohl umziehen", gab ich zu.

„Wunderbar." Kyllens Lippen verzogen sich zu einem zufriedenen Lächeln. Dann beugte er sich näher, um mir ins Ohr zu flüstern, nur für mich hörbar. „Denk daran, wir haben jede Menge Papiergeld, das nirgendwo sonst als hier etwas wert sein wird. Geh, Süße, und finde etwas, das dir gefällt." Er winkte mir zu und überließ mich der überaus enthusiastischen Verkäuferin.

Für mich einzukaufen erwies sich als nicht einfach. Abgesehen vom Kauf von BHs und Slips von der Stange hatte ich noch nie Kleidung gekauft. Ich hatte keine Ahnung, welcher „Figurtyp" ich war, welchen „Stil" ich trug, was meine bevorzugte „Farbpalette" war oder andere ebenso verwirrende Dinge, nach denen die Verkäuferin mich ständig fragte. Ich wusste nicht einmal, welche Größe ich hatte. Das mussten wir durch Ausprobieren herausfinden.

Als wir endlich ein Outfit für mich zusammengestellt hatten, fühlte ich mich atemlos und erschöpft.

Meine neue Kleidung bestand aus einer schwarzen Samthose und einem Pullover. Die Hose wirkte elegant, für besondere Anlässe, aber sie war so weich und bequem, dass ich sie jeden Tag tragen könnte. Der Pullover war aus Kaschmir und hatte dieselbe olivgrüne Farbe wie der von Kyllen.

Ich verließ die Umkleidekabine und drehte mich vor Kyllen, der in einem Sessel saß. „Was meinst du?"

Er hob den Kopf und betrachtete mich von meinen alten, bequemen Laufschuhen, die ich nicht wechseln wollte, bis zu meiner Brust. Der Rand seiner Kapuze verdeckte seine Augen, sodass er nicht höher als bis zu meinem Kinn sehen konnte.

„Wie wäre es damit?" Er hob einen breiten Streifen zartrosa Stoff, der über seinem Knie lag.

Die Verkäuferin nickte anerkennend. „Oh, das ist ein Pashmina-Schal. So wunderschön."

„Du willst, dass ich meinen Schal wechsle?" Ich ballte meine Hände in den vertrauten grauen Stoff, der um meinen Hals gewickelt war.

Er war ziemlich neu. Ich trug ihn erst seit ein paar Monaten, und nur weil der schwarze Schal, den ich vorher hatte, so alt und schäbig wurde, dass er einem Seil ähnelte, wenn er um meinen Hals gewickelt war.

Kyllen legte den rosa Pashmina über eine Schulter, stand vom Sessel auf und schlenderte zu mir herüber.

„Ich möchte nur, dass du ihn ausprobierst und siehst, wie er *dir* gefällt." Er legte seine Hände auf meine Schultern und ging mit mir rückwärts in die Umkleidekabine, dann drehte er mich zum Spiegel. „Darf ich?" Er nahm das Ende meines grauen Schals zwischen die Finger, mit der klaren Absicht, ihn zu entfernen und meinen Hals freizulegen.

Ich zog meine Schultern hoch und versteifte meinen Rücken.

Er bewegte sich nicht, wartete geduldig auf meine Erlaubnis.

Das letzte Mal, als jemand meine Kleidung entfernt hatte, waren es die *Bracks* gewesen, kurz bevor sie Radax und mich ausgepeitscht hatten. Die Hilflosigkeit, Scham und Angst, die ich damals empfunden hatte, überfluteten mich erneut. Mein Herz raste, und meine Hände wurden klamm.

„Ich ..." Ich atmete schwer Luft.

„Schh ..." Seine Stimme klang wie das Rauschen des Windes in hohem Gras, beruhigend und tröstend. Seine Lippen streiften sanft meine Ohrmuschel. „Ich bin es nur, Amira. Ich werde dir nicht wehtun. Ich werde nie etwas tun, es sei denn, du erlaubst es mir."

Kyllen würde lieber mit halb verdeckten Augen unter seiner

Kapuze durch diese Welt gehen, als zu riskieren, mir zu schaden. Er war kein *Brack*.

„Okay, Kyllen", gab ich ihm meine Erlaubnis.

Langsam, als ob er mir die Möglichkeit gäbe, ihn jederzeit zu stoppen, wickelte er meinen alten grauen Schal von meinem Hals und warf ihn auf den Boden. Anstatt ihn jedoch durch den rosa zu ersetzen, fuhr er sanft mit seinen Fingern an den Seiten meines Halses entlang.

Die Luft fühlte sich kühl auf meiner freiliegenden Haut an, seine Berührung leicht wie der Flügelschlag einer Libelle.

„Mmm", stöhnte er halb, vergrub seine Nase an der Stelle, wo mein Hals auf meine Schulter traf. „Ich liebe diese Stelle", murmelte er gegen meine Haut und atmete tief ein. „Hier ist dein Duft am stärksten. Ich habe das Gefühl, ich könnte ihn schmecken."

Der Stoff seiner Kapuze bewegte sich, als zuckte etwas darunter.

Ein wilder Gedanke traf mich, platzte mit Erwartung und Aufregung durch meine Brust. Madame hatte einen Spiegel benutzt, um ihn anzusehen. Ich stand gerade vor einem bodenhohen Spiegel, mit ihm direkt hinter mir.

„Kyllen, kann ich deine Augen sehen?" Ich hatte von ihm geträumt. In meinen Träumen waren seine Augen manchmal schwarz und leer, wie Löcher in den Abgrund. Andere Male waren sie unmöglich hell wie zwei Sterne. „Es ist sicher für mich, dich im Spiegel anzusehen, oder?"

Ich wollte sein Gesicht sehen, wenn auch nur dieses eine Mal.

Er riss seinen Kopf hoch. Ein Lächeln zitterte auf seinen Lippen, als hätte er gerade auch daran gedacht.

„Ja, es ist sicher."

„Bitte." Ich hielt den Atem an.

Er hob seine Hand zu seiner Kapuze, dann zog er sie ein wenig zurück, gerade bis zur Mitte seiner Stirn.

Seine Augen trafen meine im Spiegel, und mein Herz blieb fast stehen.

Sie waren nicht schwarz wie der Abgrund oder weiß-hell wie die Sterne. Sie waren golden, aber ihre Tiefe und ihr Glanz könnten leicht mit den Sternen verglichen werden. Eine schmale vertikale Pupille teilte die Iris in der Mitte. Er hatte keine Wimpern oder Augenbrauen, aber die braune Farbe seiner Haut wurde entlang seiner Augenbrauen zu Grün-Schwarz dicker, mit dem kaum erkennbaren Rautenmuster wie auf seinen Händen.

Schwarze Farbe säumte auch seine Augenlider und erstreckte sich über den Augenwinkel hinaus wie ein geflügelter Eyeliner. Es wirkte zugleich elegant und männlich. So schön, dass es mich an die alten ägyptischen Gemälde erinnerte.

Seine Haut schien an seinen scharfen Wangenknochen, auf dem geraden Rücken seiner Nase und auf der stolzen Erhebung seines starken Kinns zu leuchten.

Ich erinnerte mich an das Leuchten, das Zeph, die Sirene, umgeben hatte, als er noch in Madames Wassertank war. Oder das schwache Schimmern, das von Lero, dem Werwolf, ausging, als er sich von seiner Tiergestalt verwandelte. Die Magie der Fae ließ sie überirdisch schön aussehen.

„Deine Augen haben dieselbe Farbe wie deine Haare", sagte er sanft, und mir wurde klar, dass Kyllen mich auch studiert hatte.

Ich versuchte, mich durch seine Augen zu betrachten. Es gab nichts Magisches in meinem müden Ausdruck. Meine Haut wirkte im Vergleich stumpf. Statt eines Schimmers hatte ich dunkle Ringe unter den Augen.

„Ja", ich atmete aus. „Nicht viel Abwechslung da."

„Du bist wunderschön. So ... ungewöhnlich." Er strich mit einer Hand an meinem Gesicht entlang und beugte sich dann vor, um meine Schläfe zu küssen.

Eine dicke Locke fiel unter seiner Kapuze hervor. Sie hing vor seinem Gesicht und reichte bis unter sein Kinn. Dann entrollte sie sich und streckte sich bis zu seiner Brust.

Ich starrte sie mit weit aufgerissenen Augen an, als die rautenförmige Spitze der „Locke" sich hob. Ich atmete zitternd ein und begegnete einem Paar goldener, perlenartiger Augen, die mich im Spiegel anstarrten.

Eine Schlange!

Bräunlich am Bauch, hatte sie das dunkelgrüne Netzmuster auf dem Rücken, mit einem goldenen Schimmer entlang ihrer Wirbelsäule. Sie streckte ihre gespaltene Zunge aus ihrem Mund und wandte sich meinem entblößten Hals zu.

Ich versteifte mich und hob eine Schulter, um meinen Hals zu schützen.

„Entschuldige." Kyllen bemerkte meinen entsetzten Gesichtsausdruck im Spiegel. „Ich verliere in deiner Nähe leicht die Kontrolle."

Die Schlange verschwand prompt unter seiner Kapuze, als hätte sie jemand an ihrem Schwanz zurückgezogen.

„War das-"

„Eine meiner *Senties*. Hat sie dich erschreckt? Schockiert? Vielleicht angewidert?" fragte er vorsichtig. „Nicht alle Fae mögen das Aussehen von Gorgonen."

Ich kam gut mit den Vogelschlangen aus Nerifir in der Menagerie aus. Sie waren einen bis eineinhalb Meter lang, mit Federn bedeckt und konnten fliegen. Irdische Schlangen waren jedoch nicht meine Lieblingstiere. Ich hatte einmal mehrere Nächte auf einem Frachtanhänger verbracht, weil die *Bracks* eine Klapperschlange in einem der Zelte gefangen hatten.

Aber dies war keine Schlange, oder? Es war irgendwie ein Teil von Kyllen ...

Ich schluckte schwer und schaffte ein Lächeln. „Es hat mich überrascht. Das ist alles."

Ich streckte meine Hand nach hinten und umfasste seine Wange. Seine Augenlider senkten sich. Ein zärtliches Lächeln spielte auf seinen Lippen, als er sich in meine Berührung lehnte.

„Kann ich sie noch einmal sehen, bitte?" Ich ließ sein Gesicht los und spreizte meine Finger. „Du kannst mich damit berühren."

„Bist du sicher?"

„Ja. Wenn es ein Teil von dir ist, wird es mir nicht schaden."
Das glaubte ich wirklich.

„Solange du nicht direkt darauf schaust", erinnerte er mich.

„Werde ich nicht." Ich hielt meine Augen auf sein Spiegelbild gerichtet.

Der kleine rautenförmige Kopf lugte vorsichtig unter seiner Kapuze hervor.

„Komm schon, Kleines", lockte ich und wackelte mit den Fingern. „Hab keine Angst."

Kyllen schnaubte ein Lachen. „Dir ist klar, dass du mit einem Teil meines Körpers sprichst, oder? Das ist, als würde ich mit deinem Finger reden."

„Hat sie kein eigenes Gehirn?"

„Natürlich nicht. Wozu brauche ich einen Kopf voller empfindungsfähiger Anhängsel?" Er kicherte.

„Aber sie haben Augen." Ich zeigte auf das Paar schimmernder goldener Perlen auf jeder Seite des „Kopfes".

„Die mit *meinem* Gehirn verbunden sind. Ich bin derjenige mit den fünfzig Augen, erinnerst du dich?"

„Haben sie nicht auch eine Zunge? Ich glaube, ich habe etwas gesehen."

„Ja, haben sie." Ein schmales Band gegabelter Zunge zuckte aus dem offenen Mund am Ende des „Kopfes" hervor. „Sie haben auch Münder. Aber ich lasse sie sich öffnen. Siehst du?"

Der kleine Mund öffnete sich weit.

„Es gibt keine Zähne", bemerkte ich.

„Nein. Sie essen nicht."

Ich bemerkte, dass es im Inneren des Mundes auch keinen Rachen gab. Stattdessen verschmolzen der obere und untere Teil innen wie der Mund einer Sockenpuppe, wobei die Zunge aus der Mitte herausragte.

„Wozu brauchen sie die Zungen?" fragte ich, fasziniert von diesem Teil seiner Anatomie.

„*Senties* sind Sensoren. Wie Finger können sie berühren."

Der kleine Kopf bewegte sich näher an meine Wange, streifte meine Haut und glitt dann sanft zu meinem Hals hinunter.

„Die Zungen sind noch empfindlicher. Mit ihnen kann ich riechen." Die Zunge zuckte heraus und ringelte sich wie eine Feder neben meiner Haut. „Ich kann schmecken." Die Gabel der Zunge berührte meinen Hals.

Kyllens Brust dehnte sich an meinem Rücken aus. Ein

gedämpftes Stöhnen vibrierte tief in ihm. Er legte seinen Kopf zurück, die Augen halb geschlossen, als würde er einen Schluck feinen Weins genießen.

„Ich habe davon geträumt, dich zu schmecken." Er lehnte seine Stirn an meine Schläfe.

Mehr kleine Berührungen kamen von überall. Die *Senties* schlüpften unter seiner Kapuze hervor, wanden sich um meinen Hals, schlängelten sich unter den Ausschnitt meines Pullovers und gruben sich in mein Haar, um sich an meiner Kopfhaut zu reiben.

Es war, als würde ich von vierundzwanzig sanften, aber dreisten Fingern berührt. Ich spürte, wie einer von ihnen in meinen BH schlüpfte, und hob meine Hand, um ihn wegzuschlagen, zögerte aber. Ich könnte es immer später stoppen. Aber was würde passieren, wenn ich es nur ein bisschen länger gewähren ließe?

Wie weit könnte diese kribbelnde Empfindung entlang meiner Haut wachsen?

Wie heiß konnte die Wärme in meinem Unterleib werden?

Was würde passieren, wenn ich die Neckerei nicht mehr ertragen könnte?

Was, wenn ich mehr bräuchte?

Eine Frau räusperte sich hinter uns. „Verzeihen Sie, aber kaufen Sie irgendwelche der Kleidungsstücke?"

Die Stimme der Verkäuferin riss mich aus dem warmen, schimmernden Traum, in den Kyllens Berührung mich gestürzt hatte.

Er taumelte halb, als käme auch er aus einer Trance. Er zog seine Kapuze herunter und drehte sich zu der Frau. „Wir nehmen alles."

„Und den Pashmina?" wollte sie wissen.

Er nahm den rosa Schal von seiner Schulter und legte ihn sanft um meinen Hals. „Was meinst du?"

Es fühlte sich wie ein Kuss auf meiner Haut an. Ich vergrub

meine Hände in dem Schal und schmiegte mich an das Material, das so weich war, wie ich mir eine Wolke vorstellte. Ich schloss die Augen und stöhnte.

„Ja", sagte Kyllen zu der Frau. „Wir nehmen auch den Schal."

Ich ließ meine alte Kleidung im Geschäft, überließ es der Verkäuferin, sie nach Belieben zu entsorgen. Das Einzige, was ich aus meinem alten Leben behalten wollte, war die Libellenspange, die Kyllen für mich gemacht hatte. Ich steckte sie in mein Haar, direkt über meinem rechten Ohr.

Als wir schließlich den Laden verließen, vergrub ich meine Nase in meinem neuen Schal und warf einen verstohlenen Blick auf Kyllen.

In seinem Mantel sah er jetzt fast wie jeder normale Typ aus. Größer als die meisten und breiter in den Schultern, ging er mit einem selbstbewussten Schwung, den nur wenige beherrschten, aber er stach nicht mehr wie ein Besucher aus einem magischen Königreich heraus.

Ich bemerkte, dass die Leute auch mir keine neugierigen Blicke mehr zuwarfen. Jetzt passten wir beide viel besser hinein. Selbst Kyllens Kapuze fiel nicht mehr so auf zwischen den vielen anderen Kapuzen von Sweatshirts und Jacken, die gegen den Wind über die Köpfe der Menschen gezogen waren.

Kyllen schob seine Hände in die Taschen, und ich hakte meinen Arm in seinen ein.

„Du hast nie gesagt, ob dir mein neues Outfit gefällt." Ich stupste ihn mit meinem Ellbogen an.

„Gefällt es *dir*?" fragte er.

Ich kuschelte mich mit dem Kinn in meinen neuen Schal. „Ich liebe es."

„Dann gefällt es mir auch." Er lächelte.

„Das ist alles? Es gefällt dir, wenn es mir gefällt?"

Er verlangsamte seine Schritte. „Liebling, ich mochte dich in diesen schrecklichen Sachen, die du vorher getragen hast, und ich würde dich auch nehmen, wenn du in einem Jutesack gekleidet wärst. Es ist mir egal, was du trägst, solange du glücklich bist." Er neigte den Kopf. „Hat es dich glücklich gemacht, die Kleidung der *Bracks* zu tragen?"

Ich runzelte die Stirn. So viele Erinnerungen waren mit dieser alten Kleidung verbunden, kaum eine davon war es wert, sich daran zu erinnern.

Er nickte. „Dachte ich mir."

Vierundzwanzig

AMIRA

Den Zug zu besteigen erwies sich als einfacher als gedacht. Nach dem Mittagessen kauften wir die Tickets und schlichen uns am frühen Abend auf den Zug, wobei wir den Zoll umgingen. Kyllen zauberte ein wenig, und es brauchte nur ein paar Türen, die sich genau im richtigen Moment öffneten, obwohl sie verschlossen sein sollten, und ein paar Drehkreuze, die sich entgegen ihrer vorgesehenen Richtung bewegten.

Einmal im Zug, ließ ich mich erschöpft auf meinen Sitz neben seinem fallen.

„Müde?", bemerkte Kyllen meinen Zustand. „Komm her." Er legte seinen Arm um mich und zog meinen Kopf an seine Schulter. „Wir haben zwei Stunden, in denen wir in dieser röhrenförmigen Maschine eingesperrt sind. Du könntest genauso gut ein Nickerchen machen."

Oberflächlich betrachtet war es ein ziemlich entspannter Tag gewesen. Wir hatten gefrühstückt, waren einkaufen gegangen, hatten dann zu Mittag gegessen und waren am Abend in den Zug gestiegen.

In Wirklichkeit kuschelte ich mit dem Mann, der an diesem

Morgen vier Menschen getötet hatte, und das nur durch einen Blick.

In gewisser Weise war Kyllen sogar gefährlicher als Madame.

Er hatte Schlangen, die auf seinem Kopf wuchsen. Ich sollte vor ihm davonlaufen. Stattdessen schmiegte ich mich näher an ihn. In Kyllens Nähe zu sein entspannte mich. Es gab mir ein Gefühl von Sicherheit. Seine Stimme tröstete mich. Und die „Schlangen ...“ Ihre Berührung regte mich an, anstatt mich abzustoßen oder zu erschrecken.

Ich hatte noch nie so viel Zeit mit jemandem verbracht. Ich hatte noch nie einen Freund gehabt, mit dem ich frühstücken oder Kleidung einkaufen gehen konnte. Dinge, die andere Menschen ständig taten und als selbstverständlich ansahen, waren für mich neu und aufregend. Und sie alle auf einmal zu erleben, wie heute, erschöpfte mich.

„Aber wir werden unter Wasser reisen“, murmelte ich und kämpfte darum, meine Augen offen zu halten. „Das möchte ich nicht verpassen.“

„Soweit ich das verstanden habe“, sagte er, „wird es ein dunkler Tunnel sein. Du wirst nicht viel verpassen.“

Ich habe nie herausgefunden, ob er recht hatte. Ich schlief innerhalb von Minuten ein und wachte erst am Ende unserer Reise wieder auf.

Als wir aus dem Zug stiegen, war es bereits dunkel.

„Wir sollten uns ein Hotel suchen, uns ein wenig ausruhen und übermorgen nach dem Portal suchen“, schlug Kyllen vor. „Oder willst du stattdessen Leros Haus finden? Hätte er etwas dagegen, wenn wir die Nacht bei ihm verbringen?“

Wir hatten den Bahnhof verlassen, und ich befand mich auf der Straße einer weiteren unbekannten Stadt. Nur diesmal war ich auch von Menschen umgeben, deren Sprache ich nicht verstand.

Ich fühlte mich rastlos, in der Schwebe, wobei das endgültige Ziel bereits fast in Sichtweite war. Ich dachte nicht, dass Lero etwas dagegen hätte, wenn wir für die Nacht bei ihm blieben, aber ich war unruhig, weiterzumachen.

„Wir müssen in den Park", antwortete ich. „Lero sagte, das Portal öffnet sich jeden Morgen gegen drei Uhr. Es ist erst halb elf. Wir können überqueren, wenn es sich als nächstes öffnet, in viereinhalb Stunden."

Wenn die Sonne aufgeht, könnte ich bereits an dem Ort sein, der für den Rest meines Lebens mein Zuhause werden würde. Vielleicht könnte ich endlich irgendwo dazugehören.

„Ist das, was du willst?", fragte Kyllen. „Heute Nacht überqueren?"

Ich nickte. Es war eine schwere Entscheidung gewesen zu gehen. Aber nachdem ich sie getroffen hatte, wollte ich nicht länger warten.

Er wandte sich mir zu und legte seine Hände auf meine Schultern. „Ich möchte, dass du noch einmal sehr gründlich darüber nachdenkst, Amira, ein letztes Mal." Ich konnte seine Augen nicht sehen, aber die Intensität in seiner Stimme war unverkennbar. „Danach gibt es kein Zurück mehr. Du wirst nie wieder zurückkehren können."

„Ich weiß."

„Du wirst Radax nie wiedersehen." Seine Stimme wurde sanfter. „Er wird nie erfahren, was mit dir geschehen ist."

Daraufhin zog sich mein Herz schmerzhaft zusammen.

Radax zu verlassen war nicht einfach gewesen. Indem er mich in die Menagerie brachte, hatte er die Rolle übernommen, die ein *Brack* nie spielen sollte – sich um ein Kind zu kümmern. Und er hatte es gut gemeistert. Er hatte mir alles beigebracht, was ich wusste. Er war jahrelang meine Stütze, mein Trost, mein sicherer Hafen gewesen.

Aber es hatte einen Preis. Sein Leben wäre ohne mich so viel einfacher gewesen.

Als ich ihn das letzte Mal umarmte, fühlte es sich an, als wäre ein Stück meines Herzens abgebrochen. Ich wusste, dass ich es nie zurückbekommen würde, aber es tröstete mich zu wissen, dass auch Radax etwas Freiheit gewann. Er war jetzt frei von jeglicher Verantwortung für mich. Madame konnte mich nicht mehr gegen ihn ausspielen, um einen von uns zu manipulieren.

Sie hatte keinen Grund, ihn zu verdächtigen, mir bei der Flucht geholfen zu haben. Er hatte sich geweigert, mir irgendetwas über das Portal zu erzählen. Selbst wenn sie in seinem Gehirn suchen würde, wäre das alles, was sie finden würde. Er wusste nichts von meinen Plänen. Und falls das nicht ausreichen sollte, hatte ich ihn angeschossen …

Der Schmerz in meinem Herzen wurde unerträglich und brannte in meinen Augen mit Tränen.

Ich unterdrückte ein Schluchzen und beruhigte meine Atmung, bevor ich antwortete. „Radax geht es ohne mich viel besser. Er ist unsterblich. Ich bin nur ein winziger Punkt auf dem endlosen Weg seiner Existenz. Er wird mich bald vergessen haben.“

Kyllen stand schweigend da, seine Hände auf meinen Schultern, seine Daumen massierten meine Muskeln durch den Mantel. Vielleicht wollte er mir nur etwas Zeit geben, auf mein Herz zu hören, bevor ich die endgültige Entscheidung traf – ich war noch so neu darin, die Kontrolle über mein Leben zu haben. Oder vielleicht dachte er darüber nach, was es auch für ihn bedeutete.

Egal was passierte, das Leben, wie wir beide es kannten, war vorbei. Niemand konnte uns sagen, was uns auf der anderen Seite des Fluss der Nebel erwartete.

Kyllen nahm seine Hände von meinen Schultern. „Dann lass es uns tun. Wir haben Zeit für ein Abendessen, dann werde ich jemanden finden, der uns zum *Parc des Brouillards* bringt.“

Wir standen auf einer belebten Straße. Trotz der späten Stunde eilte ein stetiger Strom von Fußgängern an uns vorbei. Überall pulsierte das Leben, und es war schwer sich vorzustellen, dass wir in wenigen Stunden nicht mehr ein Teil davon sein würden.

Als wir einen Ort zum Essen gefunden und zu Abend gegessen hatten, war es bereits nach Mitternacht. Als wir jedoch in ein Taxi stiegen, weigerte sich der Fahrer, den ganzen Weg zum *Parc des Brouillards* zu fahren.

„Es ist zu weit", sagte er in stark akzentuiertem Englisch. „Am besten nehmen Sie morgen den Zug."

„Aber wir müssen jetzt fahren", flehte ich.

„Wie viel?", erkundigte sich Kyllen ruhig. „Was würde es kosten, damit Sie uns jetzt fahren?"

Der Mann blickte durch den Rückspiegel auf Kyllen und nannte eine Summe, die mir den Atem stocken ließ.

„In Ordnung." Kyllen nahm einen Stapel Scheine aus dem Bündel, das er in seinem Stiefel aufbewahrte. „Hier." Er reichte dem Fahrer den gesamten Stapel. „Fahren Sie los. Jetzt."

Der Fahrer starrte das Geld an, offensichtlich verblüfft. „Das sind britische Pfund, keine Euro."

„Ist ein Pfund nicht mehr wert als ein Euro?", war ich mir selbst nicht ganz sicher. Ich hatte bisher noch keine Gelegenheit gehabt, mich damit zu befassen, und würde es wahrscheinlich auch nie tun.

„Hier." Kyllen warf ihm noch ein paar Scheine zu.

Ich warf ihm einen warnenden Blick zu. Sicher, wir würden dieses Geld dort, wo wir hingingen, nicht mehr brauchen, aber ich befürchtete, der Fahrer könnte misstrauisch werden, wenn Kyllen mit Scheinen um sich warf wie mit Bonbonpapier.

Glücklicherweise überzeugte dieser Geldregen den Fahrer, uns mitzunehmen. Nach einer langen, aber wunderschönen Fahrt durch das nächtliche Paris und dann durch seine Vororte kamen wir im Park an.

„Um diese Uhrzeit ist er für Besucher geschlossen", warnte der Fahrer, als wir aus seinem Fahrzeug stiegen. Er wartete eine Minute, vielleicht um zu sehen, ob wir unsere Meinung ändern würden, nachdem wir den geschlossenen Ort mit eigenen Augen gesehen hatten. Kyllen winkte ihm zu, dass er gehen sollte, und das Taxi fuhr davon.

Wir beide blieben vor dem schmiedeeisernen Tor stehen, das zwischen zwei Steinsäulen errichtet war. Soweit ich in der

Dunkelheit sehen konnte, verlief der Eisenzaun in beide Richtungen vom Tor aus. Lero hatte erwähnt, dass *Parc des Brouillards* in Privatbesitz sei. Die Eigentümer schätzten offensichtlich ihre Privatsphäre, auch wenn sie den Ort tagsüber für Besucher geöffnet hatten.

Ich erinnerte mich an die Uhrzeit, als ich zuletzt auf die Uhr auf dem Armaturenbrett im Taxi geschaut hatte. „Wir haben weniger als zwanzig Minuten, bevor sich das Portal öffnet."

„Das ist nicht viel." Kyllen ging zum Zaun rechts vom Tor. „Wir müssen den Teich finden. Kannst du hier hochklettern? Komm, ich gebe dir Schwung."

Er stellte seinen Fuß auf das steinerne Fundament. Ich kletterte auf sein Knie und dann über den Zaun, wobei ich vorsichtig versuchte, mich nicht an den spitzen Enden der Metallpfosten aufzuspießen. Als ich auf der anderen Seite war, erklomm Kyllen den Zaun mit Leichtigkeit, um sich mir anzuschließen.

Wir gingen zügig einen Steinpfad entlang zwischen ordentlich gestutzten Hecken, die mit Schnee gepudert waren. Die frische Winterluft roch frisch. Ich versuchte, mir die Gerüche meiner Heimatwelt einzuprägen, aber diese Gerüche waren mir fremd.

Die Gerüche, die für mich für immer mit dieser Welt verbunden sein würden, waren die von staubigen Zeltwänden, Tiergehegen und der abgestandenen Luft in Lastwagen und Zugwaggons, die entweder zu kalt oder zu heiß zum Reisen waren.

„Da." Kyllen zeigte nach einer Weile nach vorne.

Das Licht des untergehenden Mondes spiegelte sich in der Wasseroberfläche in der Ferne.

„Das ist ein sehr großer Teich." Ich hatte mir etwas viel Kleineres und weit weniger Eisiges vorgestellt als das große Gewässer vor uns. Das sah aus wie ein See.

Ein hölzerner Steg trug ein bemaltes Schild auf Französisch und Englisch, das die Vermietung von Tret- und Paddelbooten anpries, obwohl nirgends Boote zu sehen waren. Sie mussten für den Winter weggeräumt worden sein. Es war nicht kalt genug gewesen, damit das Wasser gefror. Nur eine dünne Eisspitze hatte sich über Nacht am Ufer gebildet. Sie würde sicher am Morgen schmelzen.

Ein plötzlicher schriller Pfiff durchschnitt die Luft. Jemand rief auf Französisch.

Zwei Personen rannten vom kleinen Gebäude an der Seite des Sees zu uns. Ein Mann und eine Frau, beide in schwarzen Uniformen.

Kyllen drehte sich zu mir um.

„Das müssen Wachleute sein", war die einzige Erklärung, die ich hatte.

Ich scannte schnell die Oberfläche des Teiches. Es gab kein Anzeichen eines Portals. Vielleicht hatte Kyllen mit seinen Verdächtigungen recht, und Lero hatte gelogen. Aber ich war noch nicht bereit aufzugeben.

„Kannst du sie aufhalten?", fragte ich Kyllen und deutete auf die sich schnell nähernden Wächter.

Er hob seine Hand zu seiner Kapuze.

„Nein!", griff ich nach seinem Arm. „Nicht so."

Horror hallte durch mich. Meine Hände zitterten. Ich konnte ihn das nicht tun lassen. Ich konnte nicht zusehen, wie noch mehr Menschen sterben. Rourke und seine Bande hatten vielleicht verdient, was er ihnen angetan hatte, aber die Sicherheitsbeamten waren nur normale Menschen, die ihre Arbeit machten.

„Könntest du sie nicht einfach ... schlagen oder so?", fragte ich. Das würde wehtun, aber zumindest würden sie am Leben bleiben.

Er wich scheinbar entsetzt vor mir zurück. „Verlangst du von mir, eine Frau zu schlagen? Für wen hältst du mich?"

„Du warst gerade dabei, sie zu töten", wies ich auf das Offensichtliche hin.

Er schüttelte den Kopf. „Das ist etwas anderes."

„Wie kann es schlimmer sein, sie zu schlagen, als sie in Stein zu verwandeln?", in mir stieg Frust auf.

Das Schreien wurde lauter. Die Wachen kamen näher.

„Nun." Ich streifte meinen Mantel ab. „Wenn du darauf bestehst, ein Gentleman zu sein, dann sollten wir besser rennen."

Ich drehte mich auf dem Absatz um und rannte weg von den Wächtern. Kyllen holte mich leicht ein und zog unterwegs auch seinen Mantel aus. Wir sprinteten am Ufer entlang. Aber das Kreischen der Pfeife und das Schreien der Wächter klangen näher. Die Wachen holten uns ein.

Ich rannte schneller und pumpte mit den Armen.

„Amira, schau!", zeigte Kyllen auf den Teich.

Eine kleine Nebelwolke erhob sich über dem Pfad des Mondlichts, das sich auf der Oberfläche spiegelte. Es würde nicht viel mehr als Verdunstung über dem Wasser aussehen – Dampf, der in der kühlen Luft aufsteigt – wenn da nicht der Hauch von rosa Schimmer im innersten Kern wäre.

„Oh mein Gott, es ist wahr!", stolperte ich fast über meine eigenen Füße. „Das Portal ist wahr, Kyllen!"

Es gab keinen anderen Grund für das Auftreten der rosa Farbe. Die Nacht war noch schwarz mit bläulich-silbernem Mondlicht und noch kein Anzeichen von Sonnenaufgang.

Dies musste der Nebel des magischen Flusses sein, der die Welten verband. Das musste er sein.

Die weibliche Wächterin griff nach dem Ende meines Schals. Sie zerrte mich zurück und schrie auf Französisch.

„Nein!", ich wand mich aus meinem Schal heraus und ließ ihn in ihren Händen.

Ich war so nah. Nichts würde mich jetzt aufhalten.

„Lauf!", schwenkte Kyllen vom Weg in Richtung des Teiches ab und zog mich mit.

Eis knirschte unter unseren Füßen. Das eisige Wasser strömte in meine Schuhe. Mein Atem stockte, meine Haut wurde taub. Ich keuchte, die kalte Luft drang in meine Lungen ein.

Kälte. Sie war überall. Und das Portal war immer noch ein Stück entfernt.

„Kannst du schwimmen?", riss Kyllen an meinem Arm.

Ich schüttelte den Kopf und nahm kurze, flache Atemzüge,

während das eiskalte Wasser mit jedem Schritt, den wir machten, höher und höher an meinen Beinen hinaufstieg.

Die verblüfften Wächter blieben auf dem trockenen Land, schrien noch lauter und bliesen in ihre Pfeifen. Sie hatten offensichtlich keine Ahnung, was passierte, und würden wahrscheinlich am nächsten Morgen berichten, dass zwei Menschen im Teich ertrunken seien.

Nichts davon betraf mich mehr. Es gab nur die dunkle Nacht und das tintenähnliche, eisige Wasser.

Die Knochen in meinen Beinen schmerzten, als würden sie zu Eis werden.

„Halt dich an meinen Schultern fest", befahl Kyllen. „Was auch immer passiert, lass nicht los."

Ich konnte seine Stimme kaum über das Klappern meiner Zähne hören. Aber ich nickte. Er drehte mir den Rücken zu. Ich schlang meine Arme um seine Schultern. Er tauchte nach vorne. Und das Wasser umschloss uns.

Eine Kälte, wie ich sie noch nie gekannt hatte, sickerte durch meine Kleidung, meine Haut und mein Fleisch bis in meine Knochen. Sie beraubte mich der Fähigkeit, mich zu bewegen. Sogar das Atmen wurde zu einer nahezu unmöglichen Aufgabe.

Ich verschränkte meine Arme von hinten um Kyllens Hals und stützte mein Kinn auf seinen Hinterkopf, bemüht, mein Gesicht über Wasser zu halten.

Irgendwie schaffte er es zu schwimmen. Seine starken Arme durchschnitten die Wellen des Mondlichts auf der Oberfläche, Zug um Zug.

Der silberne Nebel umgab uns, nahm einen sanften rosa Farbton an, und ... wir sanken hinein. Das Wasser schloss sich über unseren Köpfen wie ein eisiger Sarkophag. Aber es war nicht mehr dunkel.

Licht filterte durch meine geschlossenen Augenlider. Es schimmerte und tanzte, als würde es in den Blättern eines Baumes oder den Wellen eines Teiches spielen.

Etwas Gefühl kehrte in meine Muskeln zurück. Meine Haut kribbelte, als würde sie mit tausend Nadeln gestochen werden.

Die Strömung zog an mir vorbei und streichelte mein Gesicht. Aber es fühlte sich nicht mehr wie das Wasser des Teiches an. Es war viel weicher, sanfter, wärmer.

Und ich konnte darin atmen.

Ich öffnete meine Augen.

Kyllen und ich schwebten in dem seidigen rosa Schimmer. Er strömte um uns herum, aber seine Bewegung hatte eine Richtung. Und wir trieben darin, wurden von ihm getragen.

„Schließ deine Augen." Kyllens Stimme driftete durch die Nebel zu mir. Er drehte sich in meinen Armen und nahm mich in eine Umarmung. „Was auch immer passiert, lass mich nicht los."

Ich schlang meine Arme fester um seinen Hals.

Er küsste meine Wange und drückte dann sanft mein Gesicht an seine Schulter. „Halt dich an mir fest, Amira. Lass nicht los."

Ich öffnete meinen Mund, um zu antworten, aber der Nebel um uns herum wurde plötzlich dichter. Er stürzte in meinen Mund und in meine Lungen. Ich hustete, würgend. Meine Brust brannte. Meine Kehle verschloss sich.

Kyllens Arme hielten mich fest wie in einem Schraubstock.

Ich zappelte gegen ihn, verzweifelt bemüht, an die Oberfläche zu gelangen, wo auch immer sie war. Ich brauchte Luft. Ich konnte nicht atmen.

Nur gab es keine Oberfläche. Kein oben. Kein unten. Nur erstickendes Wasser.

Mein Bewusstsein schwand, das Leben trieb mit der Strömung aus mir heraus.

Fünfundzwanzig

KYLLEN

Der Fluss der Nebel gab sie frei.

Und die Gewässer von Lorsan nahmen sie auf.

Gefangen in ihrer Strömung hatte er keine Ahnung, wo die Oberfläche oder der Grund waren. Amira fest in seinen Armen haltend, trat er mit den Füßen. Seine Stiefel trafen auf etwas Festes. Er stieß sich dagegen ab und schoss in die entgegengesetzte Richtung, die zufällig das *Oben* war, nach dem er gesucht hatte.

Als er die Oberfläche durchbrach, schnappte er nach Luft. Seine Kapuze war ihm von der Strömung vom Kopf geschoben worden. Von Panik ergriffen, drückte er Amiras Kopf an seine Schulter, um ihre Augen geschlossen zu halten.

Sie hatte vor einem Moment aufgehört, gegen seinen Griff anzukämpfen. Ihr Körper erschlaffte in seinen Armen.

Er spürte Panik. Hatte er seine Retterin getötet, indem er sie durch die Welten schickte?

Ein Landstreifen erstreckte sich vor ihm, die vertraute Weite von gelbgrün. Er steuerte in diese Richtung. Als das Wasser flach genug zum Gehen wurde, warf er Amira über seine Schulter und watete zum trockenen Land.

Jeder Schritt erschütterte sie. Seine Schulter drückte gegen ihre Brust. Als er am sandigen Ufer auf die Knie fiel, spuckte und hustete sie – würgend, aber noch am Leben. Dafür dankte er jeder Gottheit, die er kannte.

Er streifte seinen neuen Pullover ab, zog sein Hemd aus dem Gürtel und riss einen langen Stoffstreifen vom Saum ab.

„Behalte das auf. Die ganze Zeit." Er band ihr den Streifen über die Augen. „Hier musst du dich nicht nur vor mir in Acht nehmen."

Sie umklammerte seine Hand.

„Sind wir in Lorsan? Kyllen, haben wir es geschafft?"

Er holte tief Luft. Die Luft war warm und feucht, füllte seine Lungen mit den vertrauten Düften von goldenem Wasserlinsen und flauschigen Weiden, feuchtem Moos und Pilzfäden. Er musste den Ort, an dem sie gelandet waren, nicht genau untersuchen, um sicher zu sein, dass dies seine Heimat war.

„Ja, meine Süße. Wir haben es geschafft."

Sie hatten es wirklich geschafft.

Er breitete seine *Senties* weit aus und ließ seinen Körper in der reichen, nährenden Luft seiner Heimat baden. Begeisterung durchströmte ihn. Er war zu Hause, und das alles dank ihr.

Amira saß am Flussufer, mit verbundenen Augen und wirkte verloren. Er sprang auf die Füße und hob sie in seine Arme.

„Wir sind in Lorsan, meine kleine menschliche Freundin!" Er wirbelte sie durch die Luft, weil er ihr Lachen hören musste. „Wir sind frei!"

Endlich lächelte sie und schlang ihre Arme um seinen Nacken. Er konnte dem Bedürfnis, sie zu küssen, nicht widerstehen und nahm ihren Mund mit seinem. Sie erwiderte seinen Kuss, schüchtern.

„Kyllen." Sie neigte ihr Gesicht zu ihm, als er ihre Lippen freigab. „Sag mir, wo wir sind."

„In Lorsan, meine Liebste."

„Ja. Aber *erzähl* mir, wie es aussieht. Bitte."

Ein Hauch von Bedauern zuckte in seinem Herzen. Er

wünschte sich, sie könnte seine Heimat sehen. Für einen Moment überlegte er, ihr die Augenbinde abzunehmen, damit sie selbst einen kurzen Blick werfen könnte. Aber er verwarf diesen Gedanken sofort wieder.

Es war verlockend. Wie es immer sein würde. Nur ein schneller Blick, das Flüchtigste aller Blicke. Was könnte in ein oder zwei Sekunden schon passieren?

Aber ein Blick könnte sie ihr Leben kosten. Hier im Land der Gorgonen mussten sie sich nicht nur vor ihm in Acht nehmen. Jemand könnte unerwartet auftauchen. Und dann ...

Nein. Ein Blick war ihr Leben nicht wert. Nichts war das.

Sie zog ihre Schultern zurück und zupfte am Ausschnitt ihres Pullovers. „Es fühlt sich warm an.“

Er zügelte seine Aufregung und den Drang, weiterzugehen. Sie brauchte etwas Zeit, um sich anzupassen, und er wollte ihr diese Zeit geben.

Er setzte sich auf den Boden und zog sie dann in seinen Schoß. „Es ist jetzt die grüne Jahreszeit. Sommer.“

„Gibt es auch einen Winter?“

Von hinten umarmte er sie und legte sein Kinn auf ihre Schulter. „So ähnlich. Wir nennen es die goldene Jahreszeit. Dann färben sich die Bäume gelb. Einige Blätter fallen. Andere verwelken und lösen sich im Wind auf, nur um wiedergeboren zu werden, wenn die grüne Jahreszeit zurückkehrt.“

„Also gibt es jetzt Blätter an den Bäumen? Gras auf dem Boden?“

„Ja. Das Gras hat den wärmsten Grünton. Es ist hoch. Es würde dir bis zur Taille reichen, wenn du aufstehst und zwei Schritte entweder nach rechts oder links von hier zum Flussufer gehst.“

„Es bedeckt nicht den ganzen Boden, oder?“ Sie neigte sich ein wenig, um den Sand neben ihnen zu betasten.

„Fast den ganzen, wirklich. Es gibt nur ein paar sandige Stellen, die frei bleiben. Das hier, wo wir sitzen, ist eine davon. Das hohe

Gras reicht entlang des meisten Flussufers bis ans Wasser. Es wächst auch im Strom, wo es flach ist. Die breiten Halme durchbohren die Schichten goldener Wasserlinsen, die den Wasserrand säumen. Wie die meisten Flüsse in Lorsan ist dieser breiter als tief. Er schlängelt sich durch den Wald, fließt oft zwischen den Bäumen hindurch. Das sandig-goldene Wasser ist träge und warm."

Sie umklammerte seine Hand. „Es hat mir solche Angst gemacht, als wir darin waren."

Er küsste ihre Schläfe. „Es hat mir auch Angst gemacht. Weil es unerwartet war. Aber das Wasser selbst ist in Lorsan keine große Bedrohung."

„Was ist es dann?"

„Zum einen die Dinge, die darin leben. Am gefährlichsten sind jedoch die Wesen, die in diesen Ländern leben."

„Die Gorgonen?"

„Hmm." Er nickte. „Fae sind trügerische Wesen, Amira. Du kannst niemandem vertrauen. Ich weiß, dass ein Werwolf dir auf der Erde etwas Freundlichkeit gezeigt hat, aber das bedeutet nicht, dass andere Fae dir nicht schaden wollen, wenn sie dich treffen. Du musst vor allen auf der Hut sein."

Er musste ehrlich zu ihr sein. Sie musste jetzt in dieser Welt leben, und das praktisch blind. Das Mindeste, was er tun konnte, war, sie mit Wissen zu wappnen.

„Na ja, du warst auch freundlich zu mir, nicht nur Lero", bemerkte sie.

„Meine Freundlichkeit war eigennützig. Was auch immer ich für dich getan habe, hat letztendlich auch mir genützt."

Sie blieb für ein paar Herzschläge still, dann stieg sie von seinem Schoß. „Danke für die Warnung."

„Amira." Er sprang ebenfalls auf die Füße.

Er liebte es, sie nahe bei sich zu haben. Er mochte die Art, wie ihr weicher, biegsamer Körper in seine Arme passte, wie ordentlich sie sich in seinen Schoß falten konnte, wenn sie saß, oder sich an seine Brust kuscheln konnte, wenn sie schlief. Und trotz seiner eigenen Warnungen liebte er, wie vertrauensvoll sie mit ihm umging.

Er wollte, dass sie bewaffnet und vor der Welt geschützt war. Aber er verabscheute es, wenn sie sich von ihm distanzierte.

Er fing sie von hinten ab und zog sie zurück an seine Brust. „Wenn es jemanden gibt, dem du hier vertrauen kannst, dann mir."

Sie presste ihren Mund zu einer unbeeindruckten Grimasse zusammen. „Du hast mir gerade gesagt-"

„Ich weiß." Er schmiegte sich an ihren Hals. Sie hatte ihren Schal verloren, und er liebte es, ihre zarte Haut so für ihn freigelegt zu haben. „Aber ich habe dir auch ein Versprechen gegeben, erinnerst du dich?"

„Versprechen bedeuten nicht immer viel." Sie zuckte mit der Schulter, als wolle sie seine Liebkosungen abschütteln.

Er würde das jedoch nicht zulassen und drückte seine Lippen auf die Stelle, wo ihr Hals und ihre Schulter aufeinandertrafen. Oh, wie er diese Stelle liebte. Der süße Duft von ihr vermischte sich mit dem frischen Geruch des Flusswassers.

„Nicht für die Fae", murmelte er gegen ihre Haut. „Wenn wir ein Versprechen brechen, verlieren wir unseren Verstand und kurz darauf unser Leben. Deshalb gebe ich grundsätzlich nie Versprechen."

„Tust du nicht?"

„Nein, meine süße kleine Erbse. Das Versprechen, das ich dir gegeben habe, war mein allererstes. Ich hoffe wirklich, dass es auch das letzte sein wird, das ich je geben werde. Versprechen bringen eine große Verpflichtung mit sich, sie einzuhalten. Und ich finde jede Verpflichtung ärgerlich einschränkend."

Sie machte keinen weiteren Versuch, ihn wegzustoßen. Stattdessen breitete sie ihre Arme vor sich aus und tastete den Raum ab. Ihre Finger berührten einen Zweig eines nahe stehenden Baumes.

„Flauschige Weide", nannte er ihr den Namen des Baumes.

Sie nahm eines der langen Blätter zwischen ihre schlanken

Finger. Das Blatt war dunkelgrün und glänzend auf der Oberseite und weich silbergrün auf der Unterseite.

„Sein Stamm ist etwa fünfzehn Schritte rechts von uns.“ Er versuchte, den Verlust ihres Augenlichts mit seinen Beschreibungen auszugleichen. „Wir beide zusammen müssten ihn umarmen, so dick ist er. Und die Äste sind lang genug, um ins Wasser zu hängen.“

Sie seufzte schwer. „Danke. Es hilft zu wissen, wo ich bin.“

„Komm.“ Er küsste ihre Wange und ließ sie aus seinen Armen, nahm stattdessen ihre Hand. „Ich glaube, wir hatten das Glück, in der Domäne meines Vaters zu landen. Das hier ist eines seiner Jagdgebiete. Jetzt müssen wir nur noch herausfinden, in welcher *Zeit* wir sind.“

Sechsundzwanzig

KYLLEN

Durch die Feuchtgebiete zu wandern war knifflig. Der Fluss teilte sich und verzweigte sich in kleinere Arme, die sich flussabwärts wieder vereinigten, nur um sich erneut zu teilen. Zusätzlich durchzogen unabhängige Bäche und Teiche das Land. Durch einige konnte man waten. Andere erforderten echte Anstrengung, um sie zu überqueren.

Kyllen kannte diesen Teil des Anwesens seines Vaters nicht besonders gut, aber er hatte genügend allgemeine Fähigkeiten und Kenntnisse über das Navigieren durch Feuchtgebiete zu Fuß, um ohne große Schwierigkeiten einen gangbaren Pfad zu finden. Selbst mit der praktisch blinden Amira im Schlepptau bewegte er sich in einem anständigen Tempo.

Amira hielt ohne Klagen mit, aber er wusste, dass sie müde werden musste. Sie beide brauchten bald Nahrung und Ruhe.

Er hatte sich entschieden, flussabwärts zu gehen, denn wenn der Fluss der Elgrall war, wie er glaubte, dann würde der Palast des Hohen Lords in Richtung der Strömung liegen. Er lag an der Stelle, wo der Elgrall-Fluss in die Layahi-Bucht mündete, was nicht allzu weit entfernt sein sollte.

Die Chancen standen natürlich gut, dass niemand im Palast wissen würde, wer er war. Er erwartete nicht, mit offenen Armen „zu Hause" begrüßt zu werden, aber er hoffte, dort zumindest für kurze Zeit etwas Nahrung und Unterkunft zu finden. Er hatte nicht viel, womit er handeln konnte, aber es bestand immer die Möglichkeit, einen Deal zu machen.

Ein schwacher Klang von Musik driftete über das Wasser.

Er strengte sein Gehör an.

Es war eine Flöte. Ein Saiteninstrument begleitete sie, möglicherweise eine Laute. Die Feuchtgebiete waren nicht der beste Ort für eine Gruppe von Musikern, um ihr Handwerk zu üben. Es sei denn, sie waren Teil einer Reisegruppe und spielten zur Unterhaltung von jemandem, der wohlhabend genug war, um für ihr Talent und Können zu bezahlen.

Er eilte entlang des Flussufers, versteckt hinter den Bäumen.

Die Musik wurde lauter, als sie näher kamen.

Durch die Bäume spähend sah er, wie sie aus einem breiten Nebenarm in den Fluss einfuhren. Eine ganze Flottille von Paddelbrettern umgab mehrere größere Schiffe. Das letzte trug den Kadaver eines Flusselchs, der bereits ausgeweidet, aber noch nicht gehäutet war.

Das größte Boot hatte einen Sitz, der mit jägergrünem, mit dem Ellohi-Wappen besticktem Samt drapiert war. Der Mann, der darin saß, sah unheimlich vertraut aus.

Kyllen wollte es näher betrachten.

„Amira, Liebes, du musst für eine Weile hier bleiben." Er führte sie zu einer großen Weide am Wasser und half ihr, sich auf eine der knorrigen Wurzeln zu setzen, die sich über den feuchten Boden wölbten.

„Was ist passiert, Kyllen?", fragte sie leise und passte sich seinem gedämpften Ton an.

„Ich muss mit dieser feinen Jagdgesellschaft da drüben reden. Aber ich will nicht, dass sie dich sehen. Noch nicht." Nicht, bis er genau wusste, wer diese Leute waren. „Bleib einfach hier und sei so leise, wie ich weiß, dass du sein kannst. Ich komme bald zurück."

„Okay." Sie faltete gehorsam ihre Hände in ihrem Schoß, und er küsste ihre Wange.

„Ich werde nicht lange weg sein."

Ohne Amira im Schlepptau holte er die Jagdgesellschaft leicht ein und überholte sie, während er von ihnen unbemerkt blieb. Er kletterte auf einen umgefallenen Baum, der über den Bach gekippt war, und schlenderte entlang des Stammes, um der Flottille direkt entgegenzutreten.

„Seid gegrüßt!", rief er, spreizte die Füße weit für das Gleichgewicht und stemmte die Hände in die Hüften.

Als sie ihn entdeckten, paddelten die Wachen gegen die Strömung, die sie langsam auf ihn zutrieb. Das verlangsamte die Flottille. Mit einem Paddelstoß rückte ein Wachmann auf einem Stehpaddelbrett vor. Er trug die Palastuniform in den Farben Salbei und Gold.

„Nennt Euren Namen und Euer Anliegen", forderte die Wache.

Der Mann war niemand, den Kyllen erkannte, und er war kein Narr, um seinen Namen einfach jedem preiszugeben.

„Ich bin ein Reisender. Kehre nach langer Abwesenheit nach Lorsan zurück. Ich möchte dem Hohen Lord von Ellohi meine Dienste anbieten."

„Euer Name", beharrte der Wächter.

Hinter der Gruppe von Wachen auf den Brettern verursachte eine Bewegung auf dem Hauptboot Aufregung. Der Mann auf dem Sitz des Hohen Lords erhob sich. Die Leute in seinem Boot eilten zu ihm und griffen nach seinen Armen, um ihn zu stützen.

„Kyllen." Der Name raschelte in der Luft wie trockenes Laub.

Die Wachen glitten mit ihren Brettern zur Seite, um dem Hauptboot den Durchgang zu ermöglichen.

Kyllen starrte eindringlich auf den Mann, der aufrecht im Boot stand, von seinen Leuten zu beiden Seiten gestützt.

Konnte es sein? Konnte er so viel Glück haben, nicht nur auf die Ländereien seines Vaters zurückzukehren, sondern auch in eine Zeit, als sein Vater noch am Leben war?

Das Boot kam näher.

Das Gesicht des Hohen Lords trug deutliche Zeichen des Alterns. Das dunkelgrüne Muster der Dehydration war scharf und prominent sowohl auf seinen *Senties* als auch auf seinen Händen zu sehen und sickerte auch in sein Gesicht ein. Die tödliche Dürre des Alterns hatte eingesetzt.

Das Gesicht des Mannes trug Kyllens Familienzüge, aber es war nicht sein Vater.

„Kyllen. Bruder." Der Hohe Lord breitete seine Arme aus. „Du bist zurückgekehrt."

„Udren?" Sein kleiner Bruder, der erst sechzehn Jahre alt gewesen war, als Kyllen verschleppt wurde, war jetzt ein alter Mann, der deutlich schon an der Schwelle des Todes stand.

Ein viel jüngerer Mann an der Seite des Hohen Lords starrte Kyllen an. „Bruder?"

Udren wedelte mit der Hand zwischen den beiden hin und her. „Bherlon. Das ist Kyllen. Dein Onkel."

Onkel? Er hatte jetzt einen Neffen?

Der Hohe Lord wandte sich an seine Wachen. „Lasst ihn herkommen."

Mit einem weiteren Paddelstoß glitt das Boot nah genug heran, damit Kyllen vom Baumstamm hineinspringen konnte. Er landete direkt vor seinem Bruder.

„Du hast dich kein bisschen verändert." Der alte Mann lächelte. „Genauso schnell und wendig wie eh und je."

„Udren ..." Er starrte seinen Bruder an, sprachlos.

Jahrhunderte waren in Lorsan vergangen und hatten ihren Tribut von Udren gefordert. Er war jetzt ein alter, zerbrechlicher Mann. Sein ganzes Leben war vergangen, während Kyllen fort war.

„Vater und Mutter?", fragte er, ohne viel Hoffnung zu hegen.

„Beide sind längst tot", antwortete Udren.

Er hatte diese Antwort erwartet. Dennoch ergriff der

Schmerz des Verlustes sein Herz. Er hatte seine Mutter aufrichtig geliebt und seinen Vater respektiert. Er hatte davon geträumt, ihrem Vermächtnis gerecht zu werden und hoffte, sie eines Tages stolz zu machen. Nun würde dieser Tag nie kommen.

Er musste sich trotzdem glücklich schätzen, zeitlich nah genug gelandet zu sein, um jemanden aus seiner Familie noch lebend anzutreffen, jemanden, der sich noch an seinen Namen erinnerte.

Emotionen überwältigten ihn, und er streckte die Hand nach seinem Bruder aus.

„Udren." Er nahm den alten Mann in die Arme.

„Bruder." Die gebrechlichen Arme umschlangen ihn. „Willkommen zurück."

Als der Hohe Lord ihn losließ, nickte Bherlon, der Neffe, ihm kurz zur Begrüßung zu. Udren ließ seinen Blick über Kyllens Gestalt gleiten, zweifellos den bedauernswerten Zustand seiner Kleidung wahrnehmend.

„Ich kann es kaum erwarten zu hören, wo du gewesen bist, Bruder." Dann wandte er sich an sein Gefolge und erhob die Stimme: „Ein großes Fest ist angebracht. Mein Bruder ist aus dem fernen Land der Menschen zurückgekehrt."

Kyllen hob eine Augenbraue. „Woher wusstest du, dass es die Menschenwelt war, in die sie mich gebracht haben?"

Udren wandte sich ihm wieder zu. „Ich habe die Männer gesehen, die dich gefangen haben, Kyllen. Kahlköpfig, mit Ghatas Tätowierungen auf ihren Armen. Es waren ihre Mönche, die Werwölfe, die sie zu *Bracks* konvertiert hat, um ihr zu dienen. Sie ist vor langer Zeit aus dieser Welt geflohen, wie du weißt, aber ihre *Bracks* tauchen ab und zu in Nerifir auf, um für sie zu handeln. Wir wussten, wohin sie dich gebracht haben, aber wir haben nie gehofft, dich wiederzusehen. Dies ist ein glorreicher Tag." Er winkte den Wachen zu. „Lasst uns gehen. Lasst den Palast wissen, dass Lord Kyllen zurückgekehrt ist."

„Warte!", hielt Kyllen sie auf. „Ich bin nicht allein."

„Mit wem bist du?", warf Bherlon einen misstrauischen Blick entlang des Ufers, als erwarte er einen Hinterhalt.

„Eine menschliche Frau hat mir bei der Flucht geholfen. Sie ist mit mir gekommen."

„Ein Mensch?", riefen Udren und Bherlon gleichzeitig.

Udren schüttelte den Kopf. „Aber warum? Sie wird hier nicht lange überleben."

„Ich beabsichtige, dass sie so lange *überlebt*, wie ihre natürliche Lebensspanne es erlaubt, was ungefähr hundert Jahre sind", sagte Kyllen laut und deutlich, damit jeder es hören konnte. Er würde nicht zulassen, dass sie Amiras Leben als etwas weniger Wertvolles behandelten als das eines Gorgonen.

Udren wandte sich zum Ufer und kniff die Augen zusammen. „Wo ist sie?"

„Ich werde sie holen." Kyllen sprang auf das Brett des nächsten Wächters.

„Darf ich?" Er nahm das Paddel aus den Händen des Mannes, der etwas verblüfft über seine Dreistigkeit wirkte.

„Lass ihn", winkte Udren und ließ sich schwer zurück in den Stuhl sinken. „Ich kenne meinen Bruder. Wenn ihr ihm das Brett nicht gebt, wird er schwimmen. Und in diesem Teil des Flusses gibt es purpurne Blutegel."

Nach dem Blick in Bherlons blassgelben Augen zu urteilen, hätte sein Neffe nichts dagegen gehabt, wenn die purpurnen Blutegel seinen Onkel ausgesaugt hätten. Kyllen machte sich eine geistige Notiz, ein Auge auf seinen Neffen zu haben, während er das Paddel ins Wasser tauchte. Der Wächter sprang in das Boot des Hohen Lords und überließ Kyllen die volle Kontrolle über das Brett.

Er verschob sich ganz ans hintere Ende des Brettes, hob die Vorderseite aus dem Wasser und drehte das gesamte Brett mit einem kräftigen Paddelstoß scharf um.

Der Hohe Lord kicherte zustimmend vom Boot aus. „Er hat mir beigebracht, wie man das macht."

Mit langen Zügen überwand Kyllen mühelos die träge Strömung und steuerte zu der Stelle zurück, wo er Amira zurückgelassen hatte. Er verlangsamte, pflügte durch das hohe Gras und strandete die Nase des Bretts auf dem feuchten Boden.

„Amira", rief er und stützte das Paddel in den Flussboden, um das Brett zu stabilisieren.

„Kyllen?" Ihre leise Stimme kam von hinter dem Baum, wo er ihr gesagt hatte, sie solle auf ihn warten.

„Komm her, mein Zuckerschnäuzchen", lockte er. „Es ist sicher rauszukommen, aber behalte deine Augenbinde an."

Sie tastete sich um den Baumstamm herum.

„Folge einfach meiner Stimme", leitete er. „Ich bin im Wasser auf einem Paddelbrett. Du musst durch einen Flecken hohes Gras gehen. Es ist hier nass. In deine Schuhe könnte Wasser eindringen. Hab keine Angst."

„Hab ich nicht." Mit den Händen vor sich ging sie mit kleinen, zögerlichen Schritten auf ihn zu.

Sie vertraute ihm, vollständig und buchstäblich blind. Es würde ihn immer wieder erstaunen, ihre grenzenlose Fähigkeit zu vertrauen. Die Leichtigkeit, mit der sie getäuscht werden konnte, veranlasste ihn, das Gegenteil zu tun – sie um jeden Preis zu beschützen.

„Das ist ein braves Mädchen", murmelte er, als ihre Schuhspitze den Rand des Bretts berührte.

Er könnte ihr das Paddel hinhalten, damit sie sich daran festhalten kann. Aber er wollte sie nicht mit dem unbekannten Gegenstand erschrecken. Stattdessen rückte er näher entlang des Bretts und bot ihr seine Hand an.

Sie fand sie durch Tasten und klammerte sich an seine Finger wie an eine Rettungsleine.

„Da bist du ja." Er führte sie auf das Brett. „Setz dich jetzt genau hierhin. Nein, hier ist kein Stuhl. Du musst dich ganz nach unten begeben und dich auf deinen hübschen Hintern setzen. Richtig. Genau so. Und versuch, keine plötzlichen Bewegungen zu machen. Ich bin etwas eingerostet auf dem Brett nach all den langen Monaten in der Kiste. Du willst nicht, dass wir umkippen.“

„Wohin fahren wir?“, fragte sie, während sie sich setzte.

„Zum Palast des Hohen Lords von Ellohi. Udren, mein jüngerer Bruder, hat den Thron bestiegen.“

Sie keuchte leise auf, sagte aber nichts weiter.

Er glitt mit dem Brett über die trüben Gewässer des Flusses, holte schnell die Flottille ein und stellte sein Brett neben das Boot des Hohen Lords.

„Ihr beide seid eingeladen, zu mir herüberzukommen“, bot Udren an und warf einen neugierigen Blick auf Amira.

Der Wächter, den Kyllen verdrängt hatte, indem er das Brett nahm, erhob sich, bereit, die Plätze zu tauschen, aber Kyllen bewegte sich nicht. Im Boot hätte er zu Füßen seines Bruders sitzen müssen, zu ihm aufschauend, wenn sie reden wollten. Während er auf dem Brett stand, war sein Kopf höher als der des Hohen Lords. Er bevorzugte diese Position.

Außerdem fühlte es sich gut an, wieder auf dem Brett zu sein. Es hatte Zeiten gegeben, während er in dieser verfluchten Kiste gesessen hatte, als er dachte, er würde das nie wieder tun können.

Amira neigte den Kopf zurück und atmete tief ein. Ihres Augenlichts beraubt schien sie ihre anderen Sinne zu nutzen, um diese neue Welt zu erkunden, einschließlich des Geruchssinns.

„Das ist mein Bruder, Amira“, sagte er. „Udren, der Hohe Lord von Ellohi.“

Sie straffte ihren Rücken und drehte sich zum Boot.

„Schön, Sie kennenzulernen“, sagte sie süß, ihre Stimme höflich, aber zurückhaltend.

Mit einer Geste auf sie stellte er sie laut für die gesamte Flottille vor: „Das ist meine Amira.“

Das war öffentlich beanspruchtes Eigentum. Das Wort „meine“ war eine Warnung an alle, ihre Hände von ihr fernzuhalten. Und nach den interessierten Blicken zu urteilen, die ihr von allen Richtungen zugeworfen wurden, war die Warnung dringend nötig.

„Willkommen in Ellohi, Amira." Udren neigte seinen Kopf. „Ich hoffe, es wird dir hier gefallen."

Sie lächelte und senkte ihren Kopf – eine Geste voller Anmut. Sie saß näher am Bug seines Bretts mit überkreuzten Beinen, sichtlich ruhig. Aber an ihrer kerzengerade Haltung und an der Weiße ihrer Haut über den Knöcheln, während sie den Rand des Bretts zu beiden Seiten umklammerte, konnte er erkennen, dass sie nervös, außerhalb ihres Elements und wahrscheinlich regelrecht gestresst war.

Er wünschte, er könnte das Brett an das Flussufer ziehen, sie wieder in seinen Schoß nehmen und sie mit Umarmungen und Küssen beruhigen. Aber der Palast des Hohen Lords war bereits voraus zu sehen. Und die Küsse mussten warten.

Siebenundzwanzig

AMIRA

Ich musste den Palast fast nicht einmal *sehen*, um zu wissen, wo wir waren, als wir ankamen. Kyllen hatte mir sein Zuhause in seinen Geschichten so perfekt beschrieben, dass ich es mir gut in meinem Kopf vorstellen konnte.

Ein riesiger königlicher Sumpfbaum beherbergte den zentralen Teil des Palastes, mit Räumen, die gleichmäßig zwischen den breiten Ästen verteilt waren. Er war von sieben jüngeren Bäumen umgeben. Alle waren durch hängende Brücken auf jeder Ebene miteinander verbunden.

Dicke Wurzeln wuchsen tief in den Boden und hoben die Baumstämme aus dem Wasser der Layahi-Bucht. Hoch in der Mitte des zentralen Baumes befand sich der große Hof des Palastes, wo alle wichtigen Versammlungen stattfanden.

Ich fragte mich, ob es das war, wohin sie uns bei unserer Ankunft brachten. Der Lärm einer großen Menschenmenge legte sich wie eine erstickende Decke über mich, sobald wir vom Paddelbrett abgestiegen waren. Es wurde noch lauter, als wir einige Stufen erklommen und geneigte Wege hinaufstiegen. Aus

Angst, auf dem Weg zu stolpern, klammerte ich mich weiterhin an Kyllens Arm.

„Ahhh", seufzte er an meiner Seite. „Das ist genau wie in meiner Erinnerung." Ich war mir nicht sicher, ob er sich auf den Ort oder die uns umgebende Menge bezog. Wahrscheinlich beides. „Es hat sich nicht viel verändert. Wie lange ist es her? Vier? Fünfhundert Jahre?"

Das war das „Wann", in dem wir gelandet waren. Diese vielen Jahrhunderte würden auf der Erde einige drastische Veränderungen bedeuten. Aber in Nerifir, hatte Kyllen früher gesagt, floss das Leben langsam, mit wenigen sichtbaren Veränderungen von Generation zu Generation.

Seine Worte ertranken im Ozean der Stimmen – dem Ozean, der mich zu verschlingen drohte.

Wie viele Menschen waren um uns herum? Hunderte? Tausende?

Sie umringten uns. Ich konnte ihre Blicke auf meiner Haut spüren, die vor Unbehagen kribbelte. Ab und zu sprang ein Satz aus der Kakophonie der Geräusche hervor, peitschend wie ein Schlag.

„Ein Mensch? Wie merkwürdig ..."

„Was wird der Lord mit ihr machen?"

„Sie ficken. Oder verkaufen. Menschen sind selten. Sie würde einen guten Preis erzielen."

„Ist sie eine Trophäe oder eine Gefangene?"

„Wenn sie eine Gefangene wäre, warum hat er sie nicht einfach hingerichtet?"

„Das wäre eine Gnade gewesen. Sie wird sowieso nicht lange durchhalten ..."

Ihre Kommentare machten mir keine Angst. Ich vertraute darauf, dass Kyllen mir nicht wehtun würde, zumindest nicht absichtlich. Die unsichtbare Menge, die lässig über meine Hinrichtung plauderte, wirkte viel bedrohlicher. Ich umklammerte Kyllens Ärmel noch fester und drückte mich an ihn.

Weitere Stimmen ertönten um mich herum. Jetzt sprachen sie über ihn.

„Wird der Lord seine Position zurückfordern, was meint ihr?"

„Nun, er ist der älteste Sohn. Es ist sein Geburtsrecht."

„Aber Udren ist seit Jahrhunderten unser Hoher Lord. Er hat kein Verbrechen begangen, indem er den Platz seines Vaters eingenommen hat."

„Das Abendessen ist serviert!", verkündete jemand über den Lärm der Menge hinweg.

„Hungrig?", flüsterte Kyllen in mein Ohr.

„Nein", antwortete ich schnell. Ich hatte meinen Appetit verloren.

An einem Tisch mit all diesen Menschen zu sitzen, mit dem Gefühl, dass ihre Blicke durch meine Augenbinde brannten ... das konnte ich nicht, nicht wenn ich erschöpft war vom Schlafmangel und dem langen Marsch durch die Feuchtgebiete von Lorsan. Ich fühlte mich zu überwältigt von der neuen Welt, die so plötzlich und so ... intensiv über mich hereingebrochen war.

„Mein Lord", sagte Kyllen laut. „Bitte gestattet uns ein paar Minuten, um unsere Kleidung zu wechseln. Wir möchten deine feine Gesellschaft nicht mit unserem zerlumpten Aussehen beleidigen."

„Bleibt nicht zu lange, Bruder", forderte Udren. „Wir alle sind gespannt, von deinen Abenteuern im Land der Menschen zu hören."

Als Kyllen mich beiseitezog, gesellte sich jemand zu uns. „Ich werde euch zu euren Räumen führen."

„Ich weiß, wie ich *meine* Räume finde", schnappte Kyllen.

Der Mann räusperte sich und fuhr unsicher fort: „Nun, Lord Bherlon bewohnt derzeit Ihre früheren Räume, mein Lord, und die angrenzenden Gemächer werden von seiner Frau, Lady Igaed, genutzt."

„Natürlich sind sie besetzt." Kyllen klang nicht überrascht. „Von meinem *Neffen*", fügte er betont hinzu.

Es würde nicht einfach für ihn sein, wieder in sein Leben im

Palast zurückzukehren. Es hatte so lange ohne ihn seinen Lauf genommen.

„Wir haben andere schöne Räume, die wir Ihnen und Ihrer ... äh, menschlichen Freundin anbieten können“, schlug der Mann vor.

„Tatsächlich?“, erwiderte Kyllen tonlos. „Nun, zeig uns den Weg, guter Mann.“

Der Gorgone führte uns zu einem Zimmer, das, wie er sagte, für mich bestimmt war. Dann wollte er Kyllen ein paar Etagen höher zu einem Zimmer bringen, das sie für ihn vorbereitet hatten, aber Kyllen lehnte ab.

„Findet mir eines direkt hier, neben ihrem“, verlangte er. „Ich helfe ihr inzwischen beim Einrichten, während du es vorbereitest.“

Sobald wir in meinem neuen Zimmer allein waren, wandte ich mich an Kyllen. „Ich will nicht zum Abendessen gehen. Bitte. Nicht einmal, wenn wir uns umgezogen haben. Ich kann nicht ...“

Er tätschelte meinen Arm. „Das habe ich mir gedacht. Es ist zu viel, nicht wahr?“

„Ja“, atmete ich erleichtert aus, dass er es verstand.

„Ich muss aber gehen. Es ist wichtig, dass ich teilnehme.“ Er klang ziemlich grimmig.

Ich drückte seine Hand. „Ich weiß. Es ist in Ordnung. Ich warte hier.“

„Ich lasse dir etwas zu essen bringen.“

Ich schüttelte den Kopf. „Mach dir keine Mühe. Ich bin so müde, dass ich wahrscheinlich einschlafe, bevor es ankommt.“

Wie lange war es her, seit ich das letzte Mal geschlafen hatte? Oder gegessen? Zählte die Zeit im Fluss der Nebel? Oder stand sie still?

Ich wusste nur, dass ich zu müde zum Essen war.

„Lass mich dir helfen, dich ein wenig mit diesem Ort vertraut zu machen, bevor ich gehe.“ Kyllen nahm meinen Arm.

Er führte mich langsam durch den Raum und legte meine Hand auf jeden Gegenstand, wobei er dessen Zweck erklärte.

„Tisch und zwei Stühle. Ich schiebe sie näher zusammen, damit du mehr Platz hast und weniger Gefahr läufst, über sie zu stolpern. Fenster. Bleib davon weg. Es ist groß genug, um hinauszugehen, mit nur einigen Zweigen, die als Geländer darüber gewachsen sind. Das Wasser ist tief genug, um den Fall möglicherweise zu überleben, aber der Aufprall wäre hart – wir sind ziemlich hoch über der Oberfläche. Badebecken. Es ist in Lorsan immer voll." Ich hörte ein Lächeln in seiner Stimme. Dies war eine klare Anspielung auf die leere Badewanne, die er im Hotelzimmer in London vorgefunden hatte.

Das Plätschern von Wasser drang an mein Ohr.

„Ein Wasserfall?", fragte ich.

„Genau. Berühr ihn." Er nahm mein Handgelenk und streckte meine Hand für mich aus.

Ein warmer Strom rollte angenehm über meine Finger.

„Gut zum Trinken und Baden, wenn du möchtest. Die Toilettenartikel sind hier auf dem Sims rechts." Dann öffnete er eine andere Tür. „Abfallraum. Er ist ziemlich klein."

Der Lärm eines weiteren Wasserfalls strömte aus dem kleinen Raum.

„Werden die Abfälle direkt in die Bucht gespült?"

„Natürlich nicht." Ekel färbte seine Stimme. „Sie werden zuerst verarbeitet und desinfiziert."

„Wie?"

„Ich bin nicht sicher." Er schloss die Tür, und das Geräusch des Wasserfalls verschwand dahinter. „Ich hatte nie das Interesse, die Einzelheiten der Abfallverarbeitung zu studieren, aber wenn du unbedingt wissen musst –"

„Nein", unterbrach ich ihn. „Definitiv nicht heute Abend."

„In Ordnung. Dein Nest ist hier." Er führte mich zur anderen Seite des Wasserfalls mit dem Badebecken.

„Das Nest?"

„Das Bett", erklärte er. „Du nennst es 'das Bett'. Werwölfe

sagen oft 'das Lager' oder 'die Höhle', je nach der Region Sarnalas, aus der sie stammen. Und Gargoyles bezeichnen es manchmal als 'die Sitzstange'. Aber es ist alles dasselbe mit kleinen Unterschieden – der Ort, an dem du schläfst. Es ist genau hier, hinter dem Wandschirm."

Mit einer Hand an der Wand aus poliertem Holz folgte ich seiner Führung zu einer Nische in der Wand. Ein Bildschirm aus seidigem Material, gespannt über einen Holzrahmen, verbarg eine weiche Matratze, die direkt auf dem Boden zu liegen schien.

„Das Nest ist rund, nicht quadratisch wie deine Betten." Kyllen diente weiterhin als meine Augen und beschrieb die Dinge, die ich nicht sehen konnte. „Es ist nicht erhöht, aber es ist so dick, dass du den Boden niemals spüren würdest."

Ich beugte mich vor, um es durch Berührung zu untersuchen. Der Rand der Matratze war etwa einen Meter hoch. Eine dicke, weiche Kissenrolle umgab den Rand, was es, wie ich mir vorstellte, sehr nach einem Nest aussehen ließ.

Ein Klopfen an der Tür ertönte. Der Mann, der uns hergebracht hatte, kam, um anzukündigen, dass Kyllens Zimmer nun bereit sei.

„Es liegt auf demselben Ast wie dieses. Ich habe eine Magd geschickt, um ein Kleid für ... äh ..." Er wusste offensichtlich nicht, wie er mich ansprechen sollte.

„Amira", stellte Kyllen klar. „*Lady* Amira für dich."

„Ich bin keine Lady", murmelte ich leise.

„Jetzt bist du es." Er zog mich an seine Seite. „So ist es einfacher. Sie müssen wissen, wo sie dich einordnen sollen." Dann sprach er wieder zu dem Mann: „Das Kleid wird heute Abend nicht nötig sein. Lady Amira wird nicht zum Abendessen kommen. Sie möchte sich stattdessen ausruhen."

„Wie Ihr wünscht, meine Lady", sagte der Mann. „Eure Abendkleidung liegt in Eurem Zimmer bereit, mein Lord."

„Ich sollte besser gehen." Kyllen gab mir einen Kuss auf die Stirn.

Mein Herz sank, als ich ihn gehen ließ, aber ich zwang meine

Finger, sich von seiner Hand zu lösen. Er war nicht hier, um auf mich aufzupassen. Sein ganzes Leben war gerade neu geordnet worden, und er musste es sortieren.

„Süße Träume", wünschte er mir, bevor er ging.

Einige Momente später klopfte jemand erneut an meine Tür.

„Ja!", horchte ich auf und hoffte gegen alle Wahrscheinlichkeit, dass Kyllen zurückgekehrt war, dass er meine erste Nacht in der neuen Welt bei mir verbringen würde.

Die Tür öffnete sich.

„Meine Lady", erklang eine weibliche Stimme statt Kyllens. „Mein Name ist Geltar. Ich wurde geschickt, um Euch zu helfen, Euch für die Nacht fertig zu machen."

„Helfen? Aber wie?" Und warum? Was sollte ich tun, um schlafen zu gehen? Außer mich hinzulegen und meine Augen zu schließen? Nicht einmal das, erkannte ich mit einem Lächeln. Meine Augen waren durch die Augenbinde bereits geschlossen.

„Ähm ... nun." Die arme Frau klang verlegen. „Ich muss Euer Haar bürsten und flechten, Eure Kleidung ausziehen und Euer Nachthemd anziehen."

War sie besorgt, dass ich das alles nicht selbst schaffen würde?

„Oh. Danke. Aber ich kann das selbst erledigen." Ich war nicht völlig handlungsunfähig, auch nicht mit der Augenbinde.

„Aber ...", zögerte die Frau, was mir leid für sie tat.

„Gibt es ein Problem?"

„Eine Lady braucht eine Zofe, um sich für den Schlaf vorzubereiten", sagte sie sanft, aber mit Überzeugung.

Mir wurde klar, dass das gemeint war, als Kyllen sagte, dass die Leute wissen müssten, wo sie mich einordnen sollten. Es schien hier am Hof des Hohen Lords eine Hierarchie zu geben. Jede Rolle kam mit einem Regelwerk, mit Rechten, Pflichten und Privilegien. Eine Lady brauchte offenbar eine Zofe, und da Kyllen ihnen gesagt hatte, ich sei eine Lady ...

„Nun gut. Wie wäre es, wenn du morgen früh kommst und mir stattdessen beim Ankleiden hilfst? Ich bin zu müde, um jetzt ... äh, *Hilfe* zu bekommen. Wäre das in Ordnung?" Ich hielt meine Stimme so sanft wie möglich. Das Letzte, was ich wollte, war, jemanden zu beleidigen, nachdem ich gerade erst hier angekommen war. Es war unmöglich, die Reaktionen der Menschen genau einzuschätzen, ohne ihre Gesichter zu sehen.

„Oh, in Ordnung. Wie Ihr wünscht. Ich lasse das Nachthemd dann hier, auf dem Rahmen des Wandschirms."

„Danke, Geltar."

Sie ging und schloss die Tür hinter sich. Ich ging zur Tür und untersuchte sie durch Berührung, auf der Suche nach einem Schloss. Da ich keines fand, stellte ich einen Stuhl gegen die Tür und nahm mir vor, Kyllen morgen nach dem Schloss zu fragen. Er war derjenige, der mir gesagt hatte, niemandem zu vertrauen.

Ich überlegte kurz, wie gewöhnlich in meiner Kleidung zu schlafen. Aber sie waren vom Eintauchen in den Fluss noch feucht. Die lange Hose und der Pullover waren auch zu warm für das milde, feuchte Klima von Lorsan. Ich konnte es kaum erwarten, sie auszuziehen.

Mit vor mir ausgestreckten Armen fand ich den Wandschirm und das Nachthemd, das Geltar für mich hinterlassen hatte. Das Material fühlte sich papierdünn und leicht an, wie ein Spinnennetz zwischen meinen Fingern. Ich zog schnell meine nasse Kleidung aus, einschließlich BH und Unterhose, und wechselte in das lange, ärmellose Nachthemd. Das leichte, luftige Kleidungsstück fühlte sich angenehm auf meiner Haut an.

Als Nächstes benutzte ich den Abfallraum, wusch mir dann das Gesicht und putzte mir die Zähne im Hauptwasserfall im Schlafzimmer.

All das hätte leichter erledigt werden können, wenn ich die Augenbinde abgenommen hätte. Ich hatte darüber nachgedacht. Es war niemand sonst im Raum. Ich hätte zumindest ein wenig darunter hervorspähen können, um einen visuellen Eindruck meiner Umgebung zu bekommen.

Aber das wäre dann das Problem, nicht wahr? Ich würde immer versuchen, einen „Blick" zu erhaschen, wann immer ich dachte, eine Chance zu haben. Aber was, wenn ich nicht allein wäre? Was, wenn, wie Kyllen einmal gesagt hatte, jemand unerwartet durch das Fenster schaute oder hereinkam?

Ich wäre tot, und es gäbe keine zweite Chance.

Wenn ich niemanden ansehen konnte, war es am besten, mich zu trainieren, überhaupt nicht zu sehen. Vielleicht wäre es am besten, nicht zu wissen, was ich verpasste? Außerdem gab es genug neue Gerüche, Geräusche und Texturen, die ich jetzt verarbeiten musste.

Erschöpft stolperte ich zum „Nest" und kletterte hinein. Es war unglaublich bequem – weich und warm mit kühlen, seidigen Laken. Zuerst lag ich auf ihnen. Aber ohne meinen Schal und nur mit dem dünnen Nachthemd bekleidet, fühlte ich mich zu exponiert und unangenehm nackt.

Ich zog das obere Laken weg und schlüpfte darunter.

Kyllen hatte meine Augenbinde aus einem Stück seines Hemdes gemacht, und sie roch immer noch nach ihm. Sein tröstlicher Duft von Moos und Regen wiegte mich in den Schlaf.

Achtundzwanzig

AMIRA

Das Geräusch der Stuhlbeine, die über den Boden kratzten, ließ mich erschrocken aufwachen.

Es war dunkel. Kein Licht drang durch meine Augenbinde. Dem Kratzen des Stuhls folgte ein Fluchen, das mit gedämpfter, aber vertrauter Stimme ausgesprochen wurde.

„Kyllen?", setzte ich mich auf.

„Schließ die Augen, Amira."

„Sie sind geschlossen." Mein Herz beruhigte sich langsam von dem wilden Galopp, in den das plötzliche Erwachen es versetzt hatte.

Er kletterte in mein „Nest". Mit seinen Händen an beiden Seiten meines Kopfes fand er die Augenbinde.

„Braves Mädchen", murmelte er. „Hast du diesen Stuhl dort hingestellt?"

„Ja. Es gibt kein Schloss."

„Clever." Er küsste meine Nasenspitze.

„Was ist passiert, Kyllen? Warum bist du hier?"

„Oh. Das ist eine sehr gute Frage." Er fand das Ende des Lakens und kroch unter die Decke zu mir. „Weißt du, nach dem

Abendessen bin ich in das Zimmer gegangen, das sie mir gegeben haben. Habe gebadet, mich ausgezogen. Dann lag ich im Nest und fragte mich: ‚Was beim Garten der Verdammten mache ich hier? Allein? Wenn meine kleine Menschenfrau gleich nebenan ist und es keine Ketten oder Käfige gibt, die mich von ihr fernhalten?‘ Also stand ich auf, schickte den Wächter, den ich vor deine Tür gestellt hatte, weg, und kam hierher.“ Er rückte näher und rutschte ein bisschen herum, um es sich bequem zu machen. „Und ich bin froh, dass ich es getan habe. Sie scheinen dir ein viel gemütlicheres Nest gegeben zu haben als mir. Hier fühle ich mich viel wohler.“

Ich lächelte. „Ich mag es, wenn du hier bist.“

„Das trifft sich gut, meine Liebe, denn ich glaube, ich werde von nun an hier bleiben.“

Das machte mir überhaupt nichts aus, und ich lehnte mich in die mittlerweile vertraute Wärme seines Körpers.

„Wie war das Abendessen?“

Er nahm sich einen Moment Zeit, bevor er antwortete. „Interessant.“

„Erzähl mir davon.“

„Nein“, sagte er. „Ich muss erst darüber *nachdenken*, bevor ich darüber *sprechen* kann.“

Auch er konnte überfordert sein, vielleicht nicht so sehr wie ich, aber es konnte nicht einfach sein, Jahrhunderte auf einer Zeitlinie zu überspringen.

„Du musst müde sein“, sagte ich.

Er hatte weniger geschlafen als ich. Seit wir im Hotel in London aufgewacht waren, hatte er nicht einmal ein Nickerchen gemacht.

„Ich bin einfach erschöpft“, gab er zu.

„Dann lass uns schlafen gehen.“ Ich kuschelte mich an seine Brust, nur um gleich wieder zurückzuschrecken. „Oh, du bist nackt.“ Diesmal war keine dicke Bettdecke zwischen uns.

„Und? Ich schlafe immer so.“ Er strich mit seiner Hand über meine Hüfte. „Du hingegen ...“ Er richtete sich auf seinen

Ellbogen auf. „Bei der Macht der Großen Schlange ... Amira, was *trägst* du da?“

Er riss das Laken von mir. Ich rollte mich auf den Rücken, um es zu greifen, aber es war zu spät. Er hatte mich bereits bis zu den Knien entblößt.

Ich hatte keine Ahnung, wie viel der Stoff des Nachthemds bedeckte. Nach der angespannten Stille von ihm zu urteilen, war es nicht viel. Die Nacht musste nicht so dunkel sein, wie sie mir mit der Augenbinde erschien. Er sah ... etwas.

„Götter, holt mich ...“, stöhnte er. „Was ist das für ein Kleidungsstück? Es ist *kaum* vorhanden und lässt dich so herrlich *entblößt*.“

„Ein Dienstmädchen hat es gebracht.“ Ich gab es auf, nach dem Laken zu angeln, und versuchte stattdessen, mich mit meinen Armen und Händen zu bedecken. „Sie sagte, es sei ein Nachthemd.“

„Große Schlange, segne das Dienstmädchen.“ Er beugte sich hinunter und küsste die Hand, die ich auf meine linke Brust gelegt hatte.

Erstaunlicherweise ließ mich das Gefühl, so vor ihm entblößt zu sein, nicht hilflos oder beschämt fühlen. Im Gegenteil, die Wertschätzung in seiner Stimme und die Ehrfurcht in seiner Berührung ließen mich stark fühlen.

„Oh, lass mich dich berühren, Amira. Bitte. Ich brauche dich heute Abend.“ Er küsste mein Schlüsselbein, dann meinen Hals, und bahnte sich seinen Weg zu meinen Lippen. Seine *Senties* zitterten um meinen Kopf und meine Schultern herum, ihre Berührung zart wie ein Hauch von Rosenblättern auf meiner Haut.

Ein neckisches Aufflackern von Hitze entfachte sich tief in meinem Bauch, bedürftig und verlockend.

„Kyllen ...“, hauchte ich gegen seine Lippen, als er meinen Mund mit leichten, zärtlichen Küssen bedeckte.

„Jaaa? Mein süßes, süßes Mädchen“, zischte er leise und schob seine Hüften näher an meine.

Einer seiner *Senties* strich über mein Schlüsselbein und glitt zwischen meine Brüste. Der andere schob seinen diamantförmigen Kopf unter meine Hand auf meiner Brust. Als ich meine Hand wegnahm, glitt der *Sentie* sofort tiefer, unter mein Hemd. Die dünne, schlangenartige Zunge leckte über meine Brustwarze, dann schloss sich der kleine Mund über der gehärteten Knospe. Seine festen, winzigen Knabbereien schickten einen Schauer der Lust durch meinen Körper. Hitze kribbelte zwischen meinen Beinen.

„Was ist das?", stellte ich die Frage, die jahrelang unbeantwortet geblieben war. „Was passiert mit mir? Was fühle ich?"

„Oh, Schatz." Kyllen umfasste meinen Kopf mit seinen Händen und vergrub seine Finger in meinem Haar. „Es ist Lust, Amira. Nenn es ‚Sex' oder ‚Liebe machen', es ist alles in Ordnung, solange es sich gut anfühlt." Er küsste mich wieder, dann schob er meine rechte Hand von meiner anderen Brust. Er umfasste sie durch mein Hemd und rieb mit seinem Daumen über die Brustwarze. „Fühlt sich das gut an, meine Süße?"

Die Spitze meiner Brust kribbelte und spannte sich an. Wellen von Hitze breiteten sich nach unten aus und machten mich unruhig. Ich brauchte … etwas.

„Ja, Kyllen", stöhnte ich und bog meinen Rücken durch. „So … so gut."

„Was für ein braves Mädchen du bist." Er streifte das Hemd von meiner Schulter und entblößte meine Brust.

Seine vertraute Stimme beruhigte mich. Seine Berührung erregte jeden Nerv in meinem Körper. Seine *Senties* liebkosten meinen Hals, während er meine Brust umfasste und die harte Spitze zwischen seinen Fingern kniff.

„Oh Gott, Kyllen, ja." Ich sog scharf die Luft ein und ergab mich den Wellen der Lust, die durch meinen ganzen Körper rollten.

„Lass mich dir heute Nacht ein gutes Gefühl geben …" Seine Stimme schwebte über mir, musikalisch und fesselnd, während seine Hände den Rock meines Nachthemds hochschoben. Er strich mit seinen Fingern an meinem Oberschenkel entlang und entfachte eine neue Welle von Schauern. „Hier willst du mich, nicht wahr?“ Er drückte einen Finger auf etwas direkt zwischen meinen Schenkeln und meine Beine zuckten, während Lust wie ein Feuerwerk durch mich hindurchbrach.

„Oh …“, war alles, was ich herausbringen konnte, geblendet von dem Gefühl und nach mehr davon verlangend.

„Lass mich dir geben, was du willst, meine Liebste.“ Er rieb leicht und kreiste mit der Fingerspitze.

Ich wimmerte und hob meine Hüften. „Mehr … Oh, bitte Kyllen, ein bisschen mehr …“

Er beugte sich über mich und flüsterte in mein Ohr: „So?“ Er drückte fester und rieb schneller. „Wie fühlt sich das an?“

Ich hatte keinen Namen für dieses Gefühl. Selbst wenn ich einen gehabt hätte, hätte ich nichts mehr sagen können. Die Worte verließen mich. Mein ganzes Wesen schien sich auf die Spitze dieses einen Fingers von Kyllen und den Punkt zu verengen, an dem er ihn auf mich drückte.

„Fühlt es sich an, als könntest du nicht mehr ertragen?“, sprach er für mich, sein Flüstern heiß und drängend, während er seine Hand immer schneller bewegte. „Als würdest du in Stücke explodieren, wenn ich weitermache? Und doch würdest du lieber sterben, als mich zum Aufhören zu bringen?“

Ich stöhnte etwas Unverständliches zur Antwort und wand meine Hüften unter seiner Hand. Ich rollte meinen Kopf auf dem Kissen, und er fing meinen Mund in einem Kuss ein. Seine *Senties* spielten mit meinen Brüsten und umschlangen sie. Zwei kleine Münder schlossen sich über beiden meiner Brustwarzen, knabberten und rieben.

Scharfe Ladungen der Lust rollten in Schüben durch meine Brust hinunter zu meinem Unterleib. Er spannte sich an und wand sich genau an der Stelle unter Kyllens Finger.

„Lass es explodieren, meine Süßeste“, murmelte er. „Lass los.“
Und das tat ich.
Ich konnte es nicht länger zurückhalten. Ich ließ es gesche-

hen. Schleusen öffneten sich irgendwo in mir und reine Glückseligkeit strömte durch mich. Unbändig.

Das unbekannte Bedürfnis, das all die Jahre in mir gefunkelt hatte, fand endlich seine Erfüllung. Das war es, was ich gewollt hatte. Dieser eine Körper und Geist erschütternde Moment, in dem ich auseinanderfiel und es mir völlig egal war, ob ich je wieder ganz sein würde.

„Genau so." Kyllen begleitete mich durch alles. Er wurde langsamer, dann nahm er seinen Finger von mir weg. Stattdessen umfasste er mich mit seiner Hand zwischen meinen Beinen. Der leichte Druck, den er ausübte, entlockte mir noch ein paar Schauer, jeder sanfter als der vorherige, bis meine Muskeln zur Ruhe kamen. In mir zitterte noch etwas leicht, wie Nachbeben eines Erdbebens der Lust.

„Was ...", keuchte ich, kämpfte darum, meinen Atem zu fangen und meine Worte wiederzufinden. „Was war das?"

„Ein Orgasmus." Kyllen schmiegte sich an meine Wange und lächelte gegen meine Haut. „War es dein erster?"

„Du weißt, dass es der erste war."

Er erhob sich über mir. „Ich weiß, dass dich noch nie ein Mann berührt hat. Aber hast du es nicht selbst getan?"

„Ich ..."

Was konnte ich dazu sagen?

Dass ich nie Zeit für mich selbst hatte? Dass ich in ständiger Alarmbereitschaft gelebt hatte, darauf wartend, dass jemand jeden Moment nach mir rufen würde? Dass ich trotz meiner lebenslangen Einsamkeit nie allein gelassen wurde. Ich hatte keine Privatsphäre. Ich hatte mich nie sicher oder entspannt genug gefühlt, um meinen Körper zu erforschen, ohne die Bedrohung einer Invasion oder Unterbrechung und möglicherweise Bestrafung.

Ich atmete aus und sagte etwas, das in gewisser Weise all das umfasste.

„Ich hatte nie zuvor ein eigenes Nest."

Ich hielt meine Stimme leicht und erwartete, dass Kyllen

darüber lachen würde. Er lachte immer so leicht, selbst als er ein Gefangener in einem Käfig war. Aber diesmal lachte er nicht. Stattdessen drückte er mich sanft an seine Brust.

Etwas Hartes, Langes, das sehr nach der Gurke geformt war, die ich einmal nach ihm geworfen hatte, drückte sich an meine Seite. Ich machte eine Bewegung, um mich zurückzulehnen und zu erkunden, was es war.

Aber er hielt mich weiter fest an sich gedrückt und ließ nicht los. „Schh. Schlaf jetzt."

„Aber-"

„Du bist müde. Mach dir keine Sorgen darum. Es kann warten. Wir werden viel Zeit zusammen haben."

Oh, wie sehr ich wünschte, dass es wahr wäre. Und vielleicht war es das?

Madame war nicht hier, um mir oder den Menschen, die ich liebte, zu drohen. Es gab keinen Grund zur Angst. Ich entspannte mich an seiner Brust.

Eine Handvoll seiner *Senties* streichelte meine Wange und ruhte dann friedlich an der Seite meines Halses.

Ich hatte mich nie gefühlt, als würde ich in die Welt gehören, die ich verlassen hatte. Ich konnte auch noch nicht sicher sein, dass Lorsan mich jemals als sein Eigen akzeptieren würde.

Aber genau hier, in Kyllens Armen, war ich mehr zu Hause als je zuvor. Ich fühlte, dass ich endlich dazugehörte.

Vielen Dank fürs Lesen von „Die Berührung der Schlange".
Teil 2 der Geschichte von Kyllen und Amira
„Die Eroberung der Schlange"
kann jetzt vorbestellt werden.

Mehr in der Welt des Fluss der Nebel

Das freudlose Königreich

Trilogie:

Ein düsterer Prinz

Ein Freudenwächter

Ein Händler der Vergnügung

Der Rabe ohne Flügel

Der König ohne Krone

Feuer in Stein

Herzen in Flammen

Die Berührung der Schlange

Die Eroberung der Schlange

Madame Tans Freakshow

Trilogie:

Ruf des Wassers

Wahnsinn des Mondes

Macht der Wut

Bücher von Marina Simcoe

EIN ALIEN FÜR JEDEN FEIERTAG

Verheiratet mit dem Krampus

Mein kleiner Riese

Mein Geburtstagsausflug

Neues Jahr, neuer Planet

Mailorder-Mama

Mein Halloween

Was macht einen Alien zum Vater?

Über die Autorin

Marina Simcoe schreibt gerne Liebesgeschichten mit monströsen Helden. Sie ist fest davon überzeugt, dass unsere moderne Welt immer etwas Außergewöhnliches gebrauchen kann.

Sie liebt es, zu erforschen, wie ihre Figuren, die nicht von dieser Welt sind, mit ihren eigenen Überzeugungen, Werten und Sehnsüchten in unser tägliches Leben passen.

Sie lebt in Kanada mit ihrem eigenen außergewöhnlichen Helden, ihren drei Kindern und einer Katze, die definitiv nicht von dieser Welt ist.

facebook.com/MarinaSimcoeAuthor

instagram.com/marinasimcoeauthor

bsky.app/profile/marinasimcoe.bsky.social

patreon.com/MarinaSimcoe

amazon.com/author/marinasimcoe

bookbub.com/profile/marina-simcoe